도쿄의 시간 기록자들

어제를 기억하는 도시의 미래,
밀레니얼 장인의 일과 삶

도쿄의 시간 기록자들

글 · 사진
정 재 혁

꼼지락

intro

도시가 변하고, 사람이 변한다

이 책은 내게 몇 개의 사소한 장면에서 시작한다.

두 해 전 여름, 내가 알던 책방이 문을 닫는다는 소식을 들었을 때, 그건 나에게 도쿄의 이별이기도 했다. 1980년에 문을 열어 38년의 역사를 지닌 노포 책방. 지금 그 자리엔 다른 이름의 새로운 책방이 들어섰고, 최근 도쿄에는 이런 일이 다반사로 벌어지고 있다. 전통의 나라, 노포가 많고 오래된 것들을 지켜간다는 도쿄인데, 지난 몇 년 그곳엔 기나긴 역사가 문을 닫고 있다.

아마도 2020, 지금은 2021이 되어버린 지구촌 행사 때문이기도 하겠지만, 지난 5월 일본에선 연호가 바뀌었다. 30여 년의 짧은 헤이세이(平成) 시대를 마치고 다시 시작하는 새로운 이름의 레이와(令和) 시대. 이런 이름에 무슨 의미가 있을까 싶지만, 심지어 그건 천왕의 이름을 버리지 못한, 식민 시절의 잔해이기도 하지만, 레이와 첫날 도쿄 거리에는 첫 장사를 시작하는 백화점에 기나긴 행렬이 늘어섰다. 1년 365일이 지나고 새로 다가오는 첫날을 준비하는 새해의 아침 같은, 그런 싱그러움을 나는 부정할 수 없을 것 같다.

지금 도쿄에서 벌어지고 있는 대규모 재개발 프로젝트는 20여 개에 이른다. 따지고 보면 대부분 1980년대 완성되었던 빌딩이 노후해 다시 새 단장을 하는 별것 아닌 풍경일 뿐이지만, 내가 아는 도시, 노포의 역사를 자랑하던 도쿄의 변화는 그렇게 단조로운 발걸음이 아니다. 새로 문을 연 책방은 같은 자리에 있던 이전 서점의 구조를 그대로 살려 만들어졌고, 그곳의 하야시 부점장은 "여기에 맥도날드 같은 게 생기면 서운할 것 같았어요"라고 이야기했다. 38년의 세월이 지나고 건네온 이별, 그건 새로움을 향한 시작의 말이기도 했다.

이 책을 세상에 내놓기에 앞서, 내겐 몇 가지 변명이 필요하다.

먼저 책의 시작이 되었던 세 사람 중 단 한 사람과만 인터뷰가 성사됐다. '밀레니얼 장인의 일과 삶'이라고 쓰고 거창한 이야기를 하는 것 같지만, 기획의 첫걸음은 여지없이 늦게 일어난 아침 컴퓨터를 켜고 마주한 단 하나의 뉴스였다. 구두닦이 마스터 대회에서 사상 최초 20대 최연소 우승자가 나왔다는 이야기를, 별것 없이 또 한 번 찾아온 뒤늦은 아침에 보았다.

여기에는 몇 가지 놀라움이 있다. 하나는 그런 대회가 있다는 것. 그리고 그 대회를 위해 수행을 하고 연습을 하고 기술을 갈고

닦는 사람들이 수십, 수백 명 존재한다는 것. 그리고 그 대회는 벌써 10년을 넘겼다는 사실이다. 대회의 정식 명칭은 '구두닦이 일본 선수권'. 아무래도 구두닦이란 말은 좀 멋이 없으니 일본에서는 '슈샤이너'라고 부른다.

당시 우승한 스물아홉의 데라시마 나오키는 내가 보낸 메일에 답을 보내주지 않았다. 트위터 DM에도, 인스타그램 메시지에도 답변은 없었다. 노상에서 일하면서도 정장을 갖춰 입고, 머리는 포마드를 발라 단정하게 넘기고 그렇게 수년을 이런저런 사람들의 발걸음에 빛을 내던 사람이라 이번 기획에 찰떡같은 대상이라 생각했는데 한 달, 두 달, 연락이 없었다. '설마 불매운동 때문에? 혹시 한국을 좋아하지 않는, 알고 보니 우익 성향의 사람이라서?' 영문을 알 수 없는 나는 그저 그가 '일본' 사람이 아닌, 스물아홉의 슈샤이너이기를 바랐다. 그러나 아직도 그의 답변은 도착하지 않았다.

그리고 또 한 명의 장인은 일본의 동네 목욕탕 센토의 벽화를 그리는 최연소 여자 화공 다나카 미즈키였다. '일본센토협회'란 곳을 통해 연락했는데, 그녀는 메일로 '얼마 전 부상을 당했다'고 알려왔다. 결국 결과는 같은 얘기인데, 그 시절 먼 곳에서 들려온 메시지는 마음을 조금 따뜻하게 했다.

"근래 양국 간의 분위기가 좋지 않지만 민간 차원에서 책을 통해 서로의 문화를 계속 공유할 수 있길 바랄 뿐입니다." 다나카 미즈키가 보내온 메일에 그렇게 적혀 있었다. 시간이 지나고 지금쯤이면 부상당한 허리는 나아졌을 거라 다시 한번 연락해볼까도 생각했지만, 그녀와 나 사이의 어긋남을 나는 그냥 남겨두고 싶다.

세월을 거스르지 않는 여유, 좇아가지도 앞서가지도 않고 나란히 걷는 시간. 도쿄의 장인 14명은 내게 아마 이런 '삶'을 보여주었는지 모른다. 책의 안녕을 기원해준 그녀에게 난 이제 다른 안부를 물어야 하는 시절이 되었지만, 일본 사람이 아닌 슈샤이너 그리고 센토의 페인트 화공과의 완성되지 못한 만남이 내겐 그렇게 남아 있다.

지난여름에 시작해 어느새 올여름을 보내고, 장인을 이야기하는 계절은 참 더디게만 흐른다.

코로나19가 오지 않았다면, 그런 흉흉한 계절이 찾아오지 않았다면, 10년에 또 한 번의 마침표를 찍는 2020년은 조금 의미심장할 뻔했다. 근래의 트렌드들, 파머스마켓과 크래프트맨십, 리사이클링 너머 지속 가능성을 이야기하는 요즘은 시간에 가장 민감한 시대이기도 하다. 그리고 이건 아마 인류가 저지른 잘못 그리고 어떤 성취가 직면한 오늘의 거대한 시작일지 모른다.

내일을 염려하며 지금을 돌아보고, 앞으로를 위해 어제를 반성하는 날들은 새로운 라이프를 제안하는 상품, 광고, 캠페인으로 이어진다. 동시에 어제를 어떻게 이어갈 것인가, 나아가 어떻게 살아갈 것인가의 문제는 앞으로의 과제가 되어버렸다.

도쿄에서 백 년의 역사를 가진 노포 백화점이 문을 닫고, 대를 잇지 못하는 장인은 가업을 포기한다. 밀레니얼을 이야기하는 시대에 변화는 '일상'이 되어만 가는데, 도시는 '지금을 어떻게 지속해갈 수 있을까' 자꾸만 물어온다.

이 책은 그런 흐름 속 장인의 삶이 궁금해 시작된 이야기다. 지속하는 삶으로서, 이어가는 시간으로서 장인의 오늘이 염려되어 출발한 여정이다. 내일을 위한 전략이나 팁 같은 건 이 책에 별로 보이지 않을지도 모른다. 오랜 전통을 지켜가는 '장인다움'은 크래프트십을 이야기하는 도시에서 어떻게 살아갈 것인가. 대를 이어 공방에 틀어박혔던 그 느림의 시간은 어떻게 '지속 가능성'의 내일을 마주할 것인가. 그러니까 어떤 아침을 만들어갈 것인가. 최소한 '시간'에 관한 것이라면 '장인의 삶'이 무언가 말해줄 수 있지 않을까. 아마 그런 생각을 했는지 모른다.

끝으로 불매운동과 코로나19 이후 흉흉한 관계 속에서도 친절하게, 배려와 정성을 다해 응해준 14명의 장인들에게 감사의 마음을 보낸다. 무엇보다 이 지난한 계절을 함께 해주신 모든 분께 고마움을 전한다.

이번 책에서 가장 나이가 어린, 그리고 이 기획의 시작점이 된 세 사람 중 한 사람이었던 크래프트 콜라 장인 고바야시는 최근 내게 보낸 메일에 드라마 〈이태원 클래스〉 이야기를 한참 떠들어댔다. 세월이 어떻고, 장인의 삶이 어떠하고…… 복잡하고 어렵고 난해한 듯싶지만, 실은 그런 사람이고 사람이다. 돌연 멈춰버린 시간에, 가장 느리게, 더디게 그리고 진중하게 한 걸음 한 걸음을 걷는 14명의 농도 짙은 이야기를 잃어버린 봄의 기운을 담아 전하고 싶다.

그리고 이 작업이 무사히 마무리된다면, 그건 아마도 도쿄의 서점 주인 모리오카 요시유키 씨가 메일로 전해준 다음의 한 문장 덕택인지도 모르겠다.

> P.S. 문화를 사랑하는 사람에게 국경은 없다고 생각합니다.
>
> **– '모리오카 서점', 모리오카 요시유키**

내가 그들에게 배운 건, 이 책을 통해 느낀 건, 아마 사람 그리고 사람이었다.

차례

Tachikawa-si

11

01

07

03

01	이요시 콜라
02	히노데유
03	북숍 트래블러
04	시부야 치즈 스탠드
05	츠바메 노트
06	교겐
07	히오키 다카야
08	오니버스 커피
09	국립영화 아카이브
10	시손누
11	컬러풀 채소 고야마 농원
12	코뮨
13	나데시코 스시
14	구와바라 상점

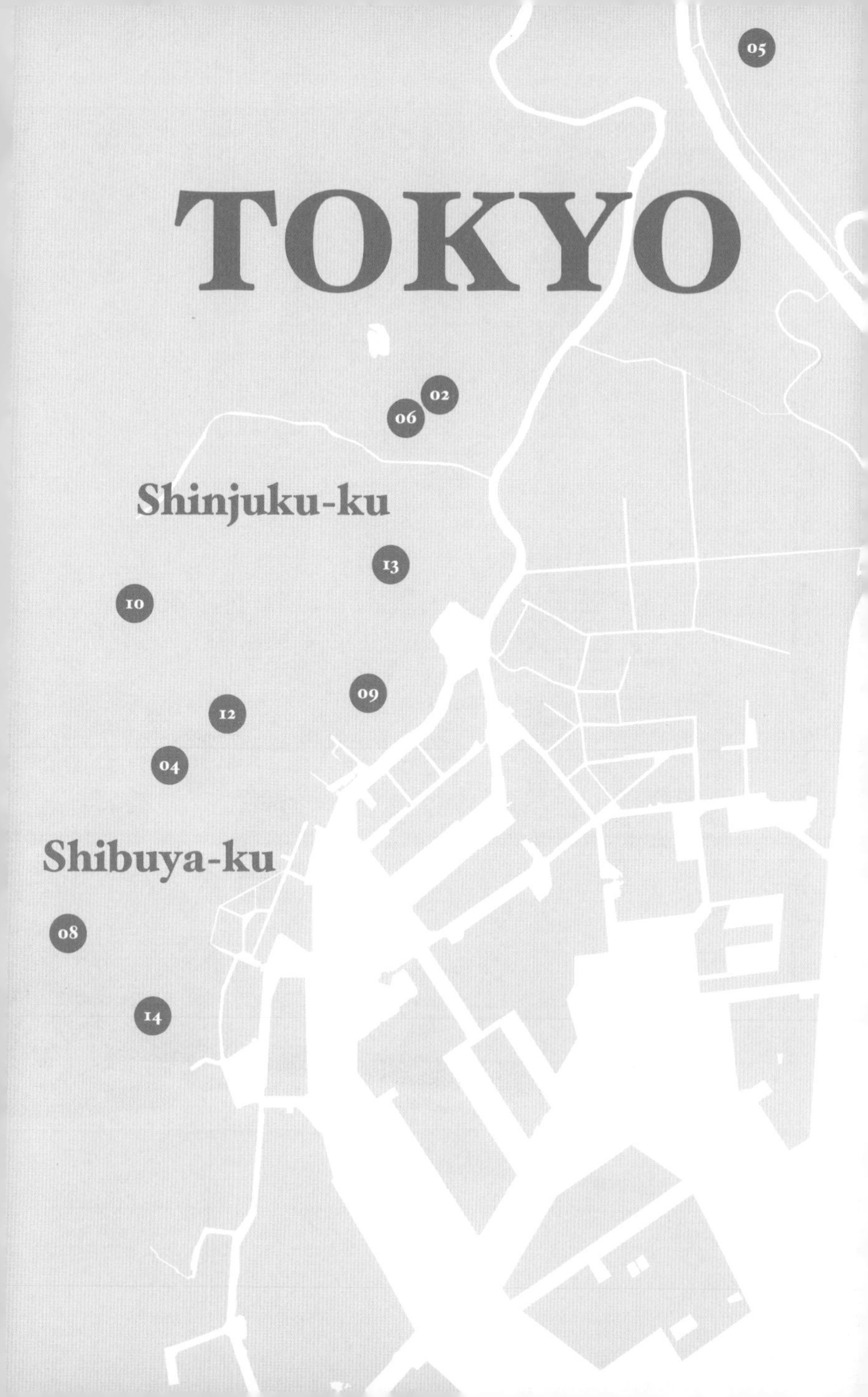

TOKYO

05

02
06

Shinjuku-ku

13

10

09

12

04

Shibuya-ku

08

14

01 코카콜라와 펩시의 뒤를 잇는 도쿄의 뉴 에디션

제3의 콜라를 꿈꾸는 「이요시 콜라」 코라 고바야시

"모든 건 사실 우연의 흐름이고, 거기에 기반해 살아가는 게 필연이라 느껴요. 스티브 잡스가 '커넥팅 도츠(Connecting Dots)'란 말을 했는데, 우연이라 생각했던 점들이 모두 이어져 하나의 선이 되는 거죠."

– 코라 고바야시

9월의 마지막 날, 콜라를 만드는 장인을 만났다. 극장에 가거나 햄버거를 먹거나, 소화가 잘된다며 종종 찾고, 어릴 땐 빨리 양치하지 않으면 이가 썩는다며 꾸지람을 들었던 그 콜라가, 지금 도쿄에서 다시 태어난다.

1954년 할아버지가 운영하던 한약방 '이요시 야코(伊良葯工)'를 이어, 한약이 아닌 콜라를 '다리는' 도쿄 출신의 30대 콜라 장인. 본명 대신 자신이 새로 지은 이름, 코라 고바야시를 쓰는 그는 코카콜라와 펩시에 이어 제3의 콜라 브랜드가 되는 게 목표라고 이야기한다. 코카콜라, 펩시 같은 말에도 장인의 시간을 느낄 수 있고, 무려 스티브 잡스를 이야기하는 장인의 시대가 지금 시작되고 있다.

어쩌면 우연히 자라는 시간

신주쿠(新宿)역에서 세이부 신주쿠선을 타고 두 정거장. 시모오치아이역(下落合駅)에서 걸어서 10분쯤. 간다강(神田川)이 흐르는 그곳에 크래프트 콜라 공방 이요시 콜라(伊良コーラ)가 있다.

강을 따라 삼각형을 그리듯 이어지는 길은 좁고 오밀조밀해 한참을 헤매며 맴돌았다. 왔던 길을 돌아가고, 갔던 길을 다시 가고. 이마에는 때아닌 땀이 흐르고, 태풍이 지나간 골목엔 잔서(残暑)가 길목을 가득 메운다. 두 정거장 거리에 숨어 있던 한적한 주택가와 남아 있던 여름의 뒤늦은 아지랑이. 어긋남이 흘러가는 시간 속에 발걸음은 때때로 멈춰 서게 된다.

장인이란 말은 여전히 오랜 세월이 묻은 예스러운 단어처럼 느껴지지만, 일본에서는 '이요시 콜라'의 코라 고바야시를 '세계 최초의 크래프트 콜라 장인'이라 부른다. 가장 대중적인 탄산음료를 제조하는 30대의 콜라 장인. 이 생경함이 나는 왜인지 싫지 않다. 사전은 장인을 '스스로 몸에 익힌 기술과 수작업으로 물건을 만들어가는 사람'이라고, 그저 심플하고 단정하게 정의하고 있을 뿐이다. 아이보리색 치노팬츠에 블루 셔츠를 입은 단정한 차림의 청년이 내게 다가왔다.

도쿄도 신주쿠구 다카다노바바(高田馬場) 3-44-2. 주소를 제대로 알고도 좀처럼 찾지 못했던 그 길처럼, 잠시 멈춰서 돌아봐야 하는 길목은 분명 어딘가 있다.

2019년 6월 도쿄 하라주쿠에 새 한 마리가 날아들었다. 청량한 블루빛에 레트로한 레드로 도색돼 좀처럼 지나치기 어려운 새 이름을 한 리어카 한 대가 1킬로미터 남짓의 캣 스트리트를 천천히 날았다. 다코야키랄지, 여름에는 아이스크림, 가키고리(かき氷, 빙수) 등을 판매하는 가게들이 문을 열고 장사를 해, 손에 음식을 들고 쇼핑을 하는 풍경은 생소할 것도 없지만 '가와세미호(カワセミ号)'라 불리는 이름의 리어카는 계속 사람을 불러 모은다.

'가와세미'는 물총새라는, 희귀한 조류의 이름. '이요시 콜라'의 로고이자 심벌이기도 하다. 고바야시는 "세 가지 이유를 갖고 로고를 만들었다"며 나는 잘 알지 못하는 그 작은 새와 콜라에 대해 설명을 하기 시작했다.

"첫 번째, 가와세미는 하늘에서 물가로 날아들어 먹이를 잡아요. 이런 역행의, 약동하는 이미지가 제가 만드는 콜라와 부합한다고 느꼈어요. 그리고 콜라의 기존 관념을 뒤집는 콜라를 만들고 싶은 마음도 담았어요."

IYOSHI COLA
伊良コーラ
THE DREAMY FLAVOR
WE BREAK THE MOLD
AS A KINGFISHER DIVING
INTO THE WATER

장인이란 말은 여전히 오랜 세월이 묻은
예스러운 단어처럼 느껴지지만, 일본에서는
'이요시 콜라'의 코라 고바야시를
'세계 최초의 크래프트 콜라 장인'이라
부른다. 가장 대중적인 탄산음료를 제조하는
30대의 콜라 장인.

고바야시의 본가이자 공방이 자리한 '이요시 콜라' 곁에는 간다 강이 흐르고, 그는 어릴 적 그곳에서 물놀이를 하며 수많은 시간을 보냈다고 했다. 내게는 생소하지만 그에겐 친숙한 이름, 가와세미를 그는 지금도 생각한다.

"가와세미를 본 적은 없어요. 그래서 희망을 의미한다고도 생각해요. 저는 콜라를 만들면서 마시는 사람들 얼굴에 웃음이 지어질 때가 가장 행복하다고 느끼거든요. 콜라를 마신 가족, 친구, 연인이 웃음을 나누는 순간을 보는 게 정말 좋아요. 그런 의미에서 콜라는 '피스(peace)'의 음료라고 진심으로 (웃음) 생각해요."

고바야시의 콜라는 오리지널 레시피로 제조한 시럽에 탄산수를 섞어 완성된다. 300밀리리터 팩의 테이크아웃용 음료가 500엔에 팔리고 있다. 약방의 유니폼과 같은 하얀 상의에, 해군 모자에서 떠올렸다는 베레모 모양의 모자. 고바야시는 "할아버지가 일하실 때의 모습을 생각했어요"라고도 설명했다.

고바야시의 콜라 리어카는 말하자면 요즘 식의 푸드 트럭. '크래프트'라는 말 역시 근래에 유행처럼 번졌던 키워드 중 하나다. 하지만 그의 리어카 행차는 2018년 국도 246길의 '파머스마켓'에서 시작돼 할아버지와의 수십 년 전 추억도 함께 실어 나른다. 작은 리어카 한 대로 출발해 지금은 이세탄백화점 내 신주쿠점과 올 2월 공방을 개조해 오픈한 로드숍까지 수천 일을 날았다. '이요시 콜라'를 마시러 가는 길엔, 진한 어제의 향기가 자꾸만 걸음을 멈추게 했다.

숨은 전통의 콜라를 만나러 가는 길

내가 고바야시의 콜라를 처음 마신 곳은 하라주쿠도 파머스마켓도 아닌, 기치조지의 영화관 '업링크(UPLINK)'에서였다. 쇼핑몰 로프트(Loft) 기치조지(吉祥寺)점 지하 1층을 통으로 쓰는 업링크는 2018년 겨울에 오픈했다. 이곳은 조금 늦은 개봉일과 적은 회차의 상영으로, 보다 많은 영화를 길고 다양하게 상영하는 이색적인 영화관이다. 고작 5개의 상영관에서 하루 20여 편의 영화가 동시에 돌아가곤 한다. 그리고 그곳에서 고바야시의 콜라를 코카콜라와 함께 판매하고 있었다.

"'이요시 콜라'를 가져오면서 코카콜라를 팔 것인가 말 것인가, 논쟁을 했어요. 크래프트 콜라를 팔면서 코카콜라를 파는 게 과연 맞는 일인가. 꽤 오래 토론을 했죠. (웃음)" 어디서도 듣지 못할 콜라를 둘러싼 논쟁. 극장이 오픈하고 6개월 후, 극장 대표인 아사이 다카시를 만나 이런 황당한 이야기를 들었다. 그는 "'이요시 콜라'는 코카콜라보다 두 배는 더 많이 팔려요"라고도 말했는데, 좀처럼 믿기 어려운 도시의 수수께끼를 도쿄는 품고 있다.

화학 재료를 조금도 쓰지 않는 고바야시의 콜라는 상냥한 느낌의 맛을 내고, 팩에 담겨 투명하게 비치는 음료는 도심 한복판에 하늘을 나는 작은 새의 비상을 꿈꾸게 한다. 정말로, 진심으로 딱 그런 맛이 났다.

고바야시를 만나고 돌아와 석 달쯤 지났을 무렵, 그의 트위터에서 행사를 알려왔다. 일본의 3대 백화점 중 하나인 이세탄백화점 신주쿠점에서의 기간 한정 팝업숍 공지. 인터뷰하던 당시, 테이블 위에 파랑이 아닌 초록 라벨의 병 하나가 놓여 있었는데, 고바야시는 "그건 레시피를 조금 변주한 '재팬 에디션(Japan Editon)'이에요. 이세탄백화점에서 팔 것 같아요"라고 이야기했다. 팝업숍은 성공리에 마무리됐고 지금은 지하 1층 상설 매장이 되었다. 백화점은 그의 콜라를 '마법의 시럽'이라고 소개한다. 현재 이요시 콜라는 '드리미 플레이버(Dreamy Flavor)' '밀크 콜라(Milk Cola)' 그리고 '재팬 에디션'을 판매하고 있다.

장인의 오늘이란 '실천하는 나날'이 일상이 되는 것일까. 내가 한국에 돌아와 지지부진한 시간을 보내고 있는 사이, 그곳엔 어김없이 오늘 이후의 내일이 흘렀다. 예고했던 이세탄백화점 한정판의 판매도, 상설 매장의 오픈도 그리고 공방을 개조해 가게 겸 공방으로 리뉴얼 오픈하겠다는 그의 다짐도, 지난 2월 28일 드디어 완성됐다. 이름하여 '이요시 콜라 총 본점 시모오치아이(伊良コーラ総本店下落合)'.

"할아버지가 약방을 운영하셨던 바로 그 자리에요. 처음엔 '이요시 콜라 다카다노바바(高田馬場)'라고 하려고도 생각했어요. '시모오치아이' 하면 잘 모르는 경우가 많거든요. 보통 '어딘데?'라고들 묻죠. 하지만 그래도 지역을 어필하는 게 좋겠다고 생각해서, 일부러 지명을 이름에 넣었어요. 오히려 사람들의 흥미를 끌 수 있지 않을까 생각해요."

伊
483
44

伊良コーラ
IYOSHI COLA
THE DREAMY FLAVOR
WE BREAK THE MOLD
AS A KINGFISHER DIVING
INTO THE WATER

伊良コーラ

다카다노바바는 이케부쿠로 근처로 유학생들이 자주 오가는 거리라 나도 한 번 가본 적이 있지만, 시모오치아이는 고바야시와의 만남이 처음이었다.

매장은 공방과 가게가 유리창으로 연결되어 있고, 창 너머에서는 할아버지가 쓰던 약재를 가는 '분쇄기', 약을 보관하던 '약재장'을 구경하는 재미도 있다. 그는 "얼굴이 보이는 '모노즈쿠리(物作り, 단순히 물건 만들기란 뜻, 장인의 작업을 일컫는 말로 자주 사용된다)'를 하고 싶다고 생각해요"라고 이야기했는데, 말 그대로의 그림이다.

"어떤 사람이 어떻게 만들고 있는지 전하고 싶어요. 콜라라는 음료를 통해 일본의 문화 '모노즈쿠리'를 세계에 알려나가고 싶은 마음이에요."

'시모오치아이'는 고바야시의 고향. 그는 "고향에 은혜를 갚고 싶다"는 말을 더했다. 어느새 한 사람의 작은 비행은 도쿄에만 일곱 곳에 둥지를 틀었다.

왜왜 소년이 던진 작은 물음표

콜라를 만든다는 건, 사실 '코카콜라'에서 '장인'을 떠올리는 것만큼 어려운 일이다. 어디선가 금고에 숨겨놓았던 레시피가 유출됐다는 도시 전설 같은 이야기는 종종 들어봤지만, 몇 걸음 만에 마트나 편의점에서 쉽게 손에 넣을 수 있는 콜라 한 병에서 장인의 시간을 떠올리는 사람은 아마도 없다.

"어릴 때부터 궁금한 게 많았어요. 이 거리는 폭이 왜 이 정도일까. 강은 왜 지류로 나뉘고 이렇게 흘러갈까. 한마디로 '왜왜 소년(なぜなぜ少年)'이었죠. (웃음)" 세상이 마침표를 찍고 앞으로 나아갈 때 그 길을 잠시 멈춰 세우는 건, 잘 보이지 않던 하나의 물음표이곤 하다.

"자연을 무척 좋아했어요. 콩 벌레를 잡아서 놀고, 삼백초 이파리를 으깨서 이것저것 섞어 친구한테 마셔보라고 하고, (웃음) 그래서 대학교도 자연이 풍부한 홋카이도(北海道) 쪽으로 갔어요." 고바야시는 그렇게 도쿄에서 1천 킬로미터나 떨어진 홋카이도 대학 농학부에 입학했다.

"필드에서 하는 일을 하고 싶었어요. 그래서 홋카이도로 진학한 건데, 들어가보니 실험실에 틀어박혀 연구해야 하는 학과였죠. (웃음) 실수였지만, 그렇게 분자생물학을 공부하게 됐어요." 실수라 하기에는 치명적이지만 그 '아차' 했던 순간이 고바야시를 콜라와 마주하게 했다. 지금의 그를 보면 오히려 기다리고 있던 실수다.

고바야시는 하필이면 편두통을 앓는 체질이었다. 하필이면 술을 마시지 못했다. 그래서 친구들이 술집에서 술을 주문하면 그는 하는 수 없이 콜라를 마시고 또 마셨다.

"술을 잘 마시지 못해서 바에 가면 술 대신 콜라를 시키거나 말리부 콕, 럼 콕 같은 칵테일을 주문했어요. 맛있더라고요. (웃음) 그리고 콜라 속 카페인이 편두통에 좋다는 이야기도 들었고요."

하지만 일상에서 잠자고 있던 물음들, 호기심 청년이 어쩔 수 없이 주문하곤 했던 콜라는 또 하나의 질문이 되었다. 그는 또다시 '왜왜'라고 묻기 시작했다. "콜라는 어떻게 만들어지는지 전혀 모르면서 왜 다들 아무렇지 않게 마시고, 아무도 의문은 갖지 않는지 이상했어요. 단순히 '콜라는 뭐지?'라는 생각으로 검색을 하기 시작했던 것 같아요."

'이 강은 왜 이렇게 나뉠까'에서 '콜라는 어떻게 만들어질까'로의 비약. 그는 잠시 학업을 쉬고 미국, 남미, 중동, 아프리카로 여행을 떠났다. 콜라를 향한 물음표를 채우기 위한 여정이 그렇게 시작됐다. 단 3개월 동안 30개국을 도는 짧고도 장대한 길. 그건 고작 편두통에서 시작된 일이다.

다시 돌아오기 위한 콜라와의 긴 여정

도쿄도 신주쿠구 다카다노바바 3초메. 이곳은 불과 수년 전까지만 해도 '이요시 얏코'라는 이름의 공방이 있던 자리다. 고바야시의 조부이자 한방 장인 이토 료타로가 1954년에 문을 연 오래된 동네 한약방. 한방과 콜라, 둘 사이에 접점은 좀처럼 보이지 않지만, 고바야시는 그저 할아버지와 유독 친했다.

"할아버지는 아침부터 계속 공방에서 작업하셨어요. 어릴 때 일을 도왔고, 그래서 한방이란 게 신선하거나 다르게 보이지 않았어요. 콜라는 옛날부터 좋아했었고, 그래서 저는 지금의 일이 매우 자연스럽게 느껴져요."

유치원에 다닐 때 그 나이엔 생소할 약재 탓에 친구들의 "이게 뭐냐?"는 질문에 할 말을 잃었고, 중고등학교에 들어가서는 한약방에서의 일을 겉으로 좋아한다고 드러내지 못했던 시절도 있었지만, 고바야시는 일을 시작하며 부모님이 지어준 '고바야시 다카히데(小林隆英)'가 아닌, 코라 고바야시로 이름도 다시 지었다. 이 이름에 대해 그는 "콜라를, 크래프트 콜라를 알려간다는 의미에서 일할 때는 '코라 고바야시'로 살자고 생각했어요"라고 말했다.

시대를 이어간다는 건 어쩌면 물려받은 시간이 아닌, 지금을 살아가는 시간. 그는 돌연 "여기가 원래 어떤 곳이었던 것 같아요?"라고 조금 상기된 얼굴로 물었는데, 미리 기사를 찾아봐 답을 알고 있었지만, 그보다 깊은 세월이 담겨 있을 듯 싶어 선뜻 답을 하고 싶지는 않았다.

오늘의 도쿄는 시대의 변화라기보다는 개인의 내일. 도쿄 신주쿠 시모오치아이에서 홋카이도와 미국, 남미와 동남아 그리고 중동을 걸어 도착한 고바야시의 지금은 결국 같은 자리에 있지만, 수십 마일 여정 이후의 오늘이기도 하다. 오후의 햇볕이 내리쬐던 그곳에서, 오늘의 장인을 만난 기분이 들었다.

코라 고바야시의 인생을 하나의 문장으로 정리하기엔 '샛길'이 많다. 애초 출발과 도착지가 같은 여정에 명확한 직선의 스토리는 어울리지 않는다. 고바야시는 남들이 상경할 때 홋카이도로 이주해 대학 생활을 했고, 동시에 NGO 활동을 하면서는 필리핀에서 봉사활동을, 도쿄에 돌아와선 광고 회사 직원으로 일을 시작했다.

보통 대학에서의 과외 활동이라고 하면 밴드부나 스포츠 동아리 정도겠지만, 고바야시의 그 무렵은 "어디론가 도망치고 싶은 기분을 느끼던" 날들의 기억이기도 하다. 소위 가업을 잇고 싶지 않아 방황하는, 그런 시대와 시대 사이의 부대낌이 그에게도 스쳐 갔다.

"어린 시절 멋이라면 솔직히 스포츠나 밴드 같은 거잖아요. 자연을 좋아했고 할아버지 일 돕는 걸 즐기기도 했지만, 조금 멀어지고 싶은 기분이 있었던 것도 사실이에요."

망설임과 주저, 방황과 갈등의 어제들. 할아버지의 공방에서 콜라를 만드는 고바야시는 매끈한 이 시대의 장인처럼 보이지만, 사실 그의 오늘엔 홋카이도와 남미, 동남아를 돌며 끊임없이 물어왔던 자신을 향한 질문의 흔적이 남아 있다. 올곧은 직선으로 보이는 길도 보이지 않는 샛길을 걷는다.

"정말로, 우연히 코카콜라의 레시피를 발견한 게 시작이에요. '코카(coca)'라는 열매가 있고, 그걸로 1886년에 미국에서 콜라라는 게 만들어졌다는, 그 사실 자체가 놀람이었어요. 그리고 시나몬, 카더몬과 같은 재료는 할아버지 일을 도우며 익숙히 봐온 것들이라서 만들어보고 싶었죠." 코카콜라에서 일급 비밀로 숨겨놓고 있다는 레시피, 누군가에 의해 금고에서 유출됐다는 진짜인 듯 거짓 같은 이야기 속의 레시피. 언젠가 들은 기억이 있지만 어느새 가물가물하다. 좋아하는 것과 좋아하는 것을 만드는 일. 종이 한 장 차이인 듯싶어도 그 차이는 보이지 않던 길을 발견하게 할지도 모른다.

"근처 고급 슈퍼에서 필요한 향신료를 모두 사서 레시피에 적힌 대로 만들어봤어요. 진저에일도 수작업으로 만들었다는 이야기가 있어서 저도 할 수 있다고 생각했죠."

하지만 비슷한 듯 아닌 듯, 맞는 듯 그렇지 않은 듯한 날들의 연속. 그는 "콜라 풍미의 시럽은 완성했는데, 딱 거기까지였어요. 누군가에게 감동이나 놀람을 전해줄 만한 퀄리티가 아니었죠. 코카콜라를 만든 사람에게, 그 오리지널에 리스펙트를 느껴요"라고 이야기했다. 편의점 냉장고에 진열된 탄산음료 코카콜라에 대한 리스펙트. 그에게는 할아버지에게 물려받은 'DNA의 유산'이 있었고, 나는 '콜라와 리스펙트' 그 이상한 말의 조합이 그저 다시 한번 좋았다.

마지막 퍼즐이 된 할아버지의 DNA

재료를 모으고, 레시피를 보고, 섞고 으깨고 끓이고, 완성되면

“콜라 제조는 스파이스를 졸여서 완전히 조화시킨 하나의 완성품을 만드는 작업이란 걸 알았어요. 돌이켜보면 어릴 때 할아버지와의 시간 그리고 대학교 연구실에서 조합하고 실험했던 날들의 영향이 컸다고 생각해요”라고 그는 이야기했다. 지난날의 영향, 할아버지의 유품이 전해준 메시지. 어제는 결코 사라지지 않았고, 오늘은 가끔 그 숨은 자리를 드리운다.

THE DREAMY FLAVOR

용기에 담아 보존. 콜라는 이렇게 만들어진다. 쓰인 대로만 잘 따라 하면 만들 수는 있다. 코카, 카다몬, 시나몬 2종, 오렌지 껍질, 코리앤더, 라벤더, 바닐라빈, 육두구, 생강, 정향 등 재료가 20종이 넘는다고 고바야시는 말했다. 하지만 쓰여 있지 않은 무언가, 말로 표현하기 힘든 실패와 애씀의 기록들. 시행착오는 아마 이런 시간에 출몰하고 그건 아마도 장인의 자리일 것이다.

"만들기는 했지만 시판되는 콜라와도 동떨어진 음료였어요. 집에서 '수작업으로 만들었다' 딱 그 정도였어요." 고바야시가 보여준 스마트폰 사진 속 누런 종이에 적힌 레시피가 돌연 암호처럼 보였다. "몇 년을 애먹었거든요. 그런데 할아버지가 돌아가셔서 유품을 정리하러 집에 갔는데, 쓰시던 물건, 기록된 책자를 보고, 할아버지 방식을 콜라에 응용할 수 있지 않을까 생각하게 됐어요. 친척들한테 물어보면서, 불을 가하는 방법이랄지 재료의 조합 방식이랄지 풀어가게 됐죠."

이후의 일들은 그야말로 거짓말과 같아서, 제자리에 묶여 있던 콜라는 멈춰 있던 시간에 쳇바퀴를 굴렸다. "풀리지 않던 게 단숨에 풀려버렸단 느낌이었달까요. 스파이스를 어떻게 섞는지가 중요해서 홀(원형)인지 파우더인지, 운향과(芸香科, 귤, 레몬 등의 속씨식물)를 우려낼 것인지, 껍질만 깎아서 오븐에 태울 것인지 그리고 비율은 어떻게 할 것인지…… 일일이 공을 들여야 해요."

지금에서야 하는 이야기지만 무심코 지나왔던 길들이 이제야 완성되어가는 듯하다.

"콜라 제조는 스파이스를 졸여서 완전히 조화시킨 하나의 완성품을 만드는 작업이란 걸 알았어요. 돌이켜보면 어릴 때 할아버지와의 시간 그리고 대학교 연구실에서 조합하고 실험했던 날들의 영향이 컸다고 생각해요"라고 그는 이야기했다. 지난날의 영향, 할아버지의 유품이 전해준 메시지. 어제는 결코 사라지지 않았고, 오늘은 가끔 그 숨은 자리를 드리운다. 여전히 콜라 한 잔을 마시며 이 묘한 시간을 떠올리기란 꽤나 힘이 들지만, 사람은 가끔 수상하고 시간은 아이러니해, 내일을 숨기고 스쳐 가는 어제가 그곳에 있다.

고바야시는 코카의 열매를 수입하기 위해 도쿄에서 1만 3천 킬로미터나 떨어져 있는 아프리카 가나까지 직접 다녀오기도 한다.

"콜라 재료를 구하기 위해 현지 영사관에 연락해서 제가 하는 일을 설명하고, 스파이스 수입 관련된 사람들을 소개받은 다음, 메일을 주고받으면서 산지를 확보했어요"라고 그는 설명했다. 고작 콜라 한 잔을 위한 1박 2일의 고집스러운 길. 한 줄의 문장으로는 결코 채워낼 수 없는 넓은 품과 깊이의 이야기들. 이런 걸 어쩌면 오늘의 장인이라고 할까. 심지어 일본에서 콜라의 주재료 코카과(coca科) 식물은 수입 금지 대상이기도 하다.

"현지에서 코카는 시장에서 1세디(cedi), 약 20엔 가격으로 팔려요. 그곳의 사정을 봐야 한다는 마음이 있었어요. 할아버지는 세상에 대한 자신만의 관점이 명확한 분이었거든요. 남들의 생각, 이야기를 듣는 것도 중요하지만, 마지막에는 결국 자신의 감성, 생각을 믿는 사람이었어요. 제가 그 DNA를 이어받았다고 느껴요. 그리고 코카가 영양분이 좋아서 그곳 사람들은 씹어서 먹더라고요. (웃음)"

어린 시절 한약방에서 보냈던 시간은 이렇게 이어지고, 오래된 어제가 완성해준 콜라의 마지막 퍼즐은 지금 이곳에 있다. 고바야시는 "향수의 톱노트 미들노트 라스트노트를 느끼듯이, 베리에이션을 의식하며 만들어요"라고도 이야기했는데, 그러고 보니 그는 '이요시 야코'의 3대 장남이다.

시대를 건너는 어느 콜라의 크래프트

고바야시는 매일 아침 자전거를 타고 공방으로 출근한다. 콜라 시럽 제조를 시작으로, 월요일에는 비즈니스 상담이나 취재, 금요일에는 매주 참여하는 파머스마켓의 준비를 위해 움직인다. 보통 장인이라고 하면, 공방에만 갇혀 일하는 모습을 생각하기 쉽지만, 세월은 이미 2020년, 밀레니얼을 이야기하고 있다. 2월에 오픈한 고바야시의 가게는 '크라우드 펀딩'으로 완성한 공간이기도 하다.

고바야시는 직접 만든 콜라 한 팩을 돌아가는 내 손에 쥐여주었다. 비닐 팩에 담겨 투명하게 비치는 오렌지빛 크래프트 콜라. 그는 "NPO 활동을 할 때 필리핀 시골에서 보고 아이디어를 가져온 디자인이에요"라고 설명했는데, 그러고 보니 몇 해 전 서울에선 비닐 팩에 담긴 칵테일이 유행하기도 했다.

한눈에 들어오는 레트로 컬러와 세련된 디자인의 로고는 할아버지가 오래전 모아온 성냥갑의 로고와 라벨을 참조로 만든 그림. "쓰타야에 가서 《브루타스》 같은 잡지를 사서 찾아보고 참조했어요"라고 고바야시는 이야기했다. 공방 앞에 세워진 청량한 블루빛의 앙증맞은 트럭은 삿포로에서 알게 된 정비소를 운영하는 친구와 함께 개조해 만든 BMW의 오래된 미니로버 모델이다.

시기는 제각각이지만, 이제야 이곳에서 어제와 어제가 만난다. 오늘의 그런 '커넥팅 도츠', 무심코 지나쳤던 날들이 도쿄 곳곳에 깊은 풍미의 시간을 완성하고 있다.

"공방 앞의 간다강은 하류로 흘러 니혼바시강(日本橋川)과 합류하고, 더 나아가면 스미다강(隅田川)에서 도쿄만(東京湾)으로 이어져 세계로 흘러가요. 이 공방에서 세계를 바라본다는 의미를 담아, 세계를 향해 출항하는 의미로 '가와세미호'란 이름을 지었어요"라고 그는 남겨두었던 한 가지 이유를 마저 이야기해주었다.

'가와세미호' 트럭의 넘버 플레이트는 144, 보통은 '이치욘시'라고 읽지만, 일본에서 음독 방법은 하나가 아니어서 이곳에서는 '이요시'. 그렇게 조금 다른 길에 내일이 숨어 있다. 고바야시는 가게를 오픈하면서 '콜라길(コーラ小道)'이라 적힌 팻말도 걸었는데, 지금이라면 아마 헤매지 않겠지……. 제3의 콜라를 꿈꾸는 그의 공방길을 조금 설레는 마음으로 걸었다.

코라 고바야시

コーラ小林

○ Profile

본명 고바야시 다카히데. 1989년 도쿄 신주쿠구 시모오치아이 출생. 홋카이도 대학 농학부 분자생물학을 전공 후 도쿄대 대학원 생명과학 연구학과 졸업. 재학 시절 아시아 지역에서 NPO 활동을 비롯해 콜라를 찾아 미국, 중동 등 30여 개국을 탐험하는 여행 이후 광고 회사에서 근무하며 콜라와의 시행착오 생활을 3년 정도 보냈다. 이후 2018년 세계 최초 크래프트 콜라 제조에 성공하고, 그해 7월 한방 장인이자 조부인 이토 료타로의 한약방 자리에 크래프트 콜라를 제조하는 '이요시 콜라' 설립, 2020년 2월엔 공방 겸 점포를 리뉴얼하여 오픈했다. 현재 도쿄 내 일곱 곳을 포함, 전국 아홉 곳에서 판매 중이고 매주 주말엔 국도 246길 '파머스마켓'에도 출동한다. 세계 유일의 콜라 장인이다.

http://iyoshicola.com

○ 취재 이후 이야기

"요즘 한국에서 dope한 곳은 어디예요?" 고바야시와 메일을 주고받다 질문 하나를 받았다. 무슨 연유인가 의아했지만, '도프(dope)하다'는 가게 몇 곳을 적어 보냈고, 이에 고바야시는 한국 드라마 〈이태원 클라쓰〉를 즐겨 보고 있다고 답변해 왔다. "주인공이 저랑 겹치는 부분이 많아서 궁금했어요." 나는 그 말을 듣고 뒤늦게 〈이태원 클라쓰〉를 정주행했고, 이렇게 알게 되는 '사람'도 있다고 생각했다. 요즘 그는 날개를 편 물총새처럼 TV, 라디오, 잡지에서 자주 보인다. 7월에는 100년 이상 역사를 지닌 니혼슈(일본주) 노포와 함께 이요시 콜라 브랜드의 첫 알코올인 'IYOSHI COLA SPIRITS'도 완성했다. 술을 못 마시는 그인데…… 역시 세상에 불가능은 없다. 아마, 〈이태원 클라쓰〉의 주인공 박새로이처럼.

02

목욕탕의 아침은 작은 기적을 닮았다

4대를 맞이한 센토 「히노데유」 다무라 유이치

매뉴얼을 뛰어넘은 커뮤니케이션, 대화에서 빚어낸 행복의 바이블, 서비스업의 기본을 되새기게 하는 한 권. 언뜻 요즘 잘나가는 비즈니스 경영서, 직장인을 위한 인간관계를 서술한 책의 수사처럼 보이지만, 일본 도쿄 모토아사쿠사(元浅草)의 작은 대중목욕탕 '히노데유(日の出湯)'의 이야기를 엮어낸 책, 《단골을 늘리는 회화의 비결(常連さんが増える会話のコツ)》에 달린 인터넷 리뷰 중 일부 구절이다. 대부분의 가정집의 욕실에 욕조가 생겨나고 찜질방이 거리를 채우며 대중목욕탕이 점점 자리를 잃어가는 지금, 새삼 목욕탕을 이야기한다. '가장 오래된 것이 가장 새롭다'는 왜인지 멋지게 느껴지는 문장이 지금 도쿄에서 완성되고 있다.

책을 완성한 것은 도쿄의 작은 대중목욕탕 '히노데유'를 운영하는 1989년생 다무라 유이치(田村祐一). 목욕탕이라면 오래전 일요일 아침 딸기우유를 손에 쥐고 집으로 돌아가던 길이 생각나는데, 한적한 주택가 이나리초(稲荷町) 골목길 그곳에서 '커피우유를 마실까, 진저에일을 고를까'라는 조금 낯선 고민을 했다. 목욕탕, 센토가 돌아왔다.

수상한 이별과 생소한 시작

올림픽을 준비 중인 도쿄는 변화의 길목에 있다. 오래된 가게가 문을 닫고 하늘을 찌를 듯 고층 빌딩이 세워지고, 도시는 어김없이 어제를 뒤로하고 내일이 되어간다. 현재 도쿄에서 진행 중인 대규모 재개발 프로젝트는 20여 개, 그렇게 어제의 나날은 내몰리기에 바쁘다. 가령 시모키타자와(下北沢) 상점가에 나붙은 "78년간 감사했습니다"라는 인사말의 뭉클함과 같은. 며칠 전 트위터에 들어가 보니 좋아했던 기치조지의 카페 moi가 문을 닫는다고 써놓았다. 전통의 시간에도 이별은 찾아온다.

일본에서 대중목욕탕은 센토(銭湯)라 한다. 1965년을 정점으로 쇠퇴에 들어 설비, 건물의 노후, 경영자의 고령화로 시대를 따라가지 못해 저무는 계절이 지금 그곳에 흘러간다. 도쿄 내 2500곳에 달하던 숫자는 어느새 700곳 남짓, 근 10년 사이 40퍼센트에 가까운 센토가 문을 닫았다. 하지만 동시에 요즘 도쿄에서는 수상한 소식들이 들려오고, 조금 낯선 계절이 시작되고 있다.

다무라 유이치가 4대째 일하는 2층짜리 작은 센토 '히노데유', 그 인근만 해도 대여섯 곳 되는 센토가 문을 닫았지만, 히노데유는 '해가 뜨는 목욕탕'이라는 뜻을 품고 있어서 마치 이별이 아닌, 시작을 말하고 있는 것만 같다.

지금 도쿄에서는 무슨 이유에선지 센토, 사우나가 붐이다. 드라마 〈고독한 미식가〉의 사우나 버전인 〈사도(サ道)〉, 목욕탕에서의 미스터리한 사건을 그린 영화 〈멜랑콜릭(メランコリック)〉(2018), 도쿄에 사는 프랑스 여자가 그리고 쓴 《프랑스 여자의 도쿄 목욕탕 순례기(フランス女子の東京銭湯めぐり)》 등 영화와 드라마 그리고 책을 통해 새삼 동네 목욕탕을 이야기한다. 인기 있는 일러스트레이터 나가바 유(長場雄)는 센토에 걸리는 노렌(暖簾, 포렴)을 다시 그리고, 도쿄 내 센토 550곳은 2018년 '센토의 추천'이란 이름의 센토답지 않은, 세련되고 깔끔한 이벤트를 진행하기도 했다. 이벤트에 참가한 센토들 중 일부에선 탕의 벽화도 새로 그렸는데, 그 일을 맡은 사람이 다나카 미즈키, 이번 취재에서 만남이 성사되지 못했던 그 화공이다.

히노데유의 다무라 유이치를 만난 건, 이렇게 알 수 없이 찾아온 익숙한 풍경의 낯선 문턱에서였다. "그곳에 가면 기분 좋은 청년이 있다"라는 어느 기사에서 다무라를 처음 마주했다. 길기만 한 기사의 제목은 임팩트 하나 없고 밋밋했지만, 다무라가 엮어낸 책 《단골을 늘리는 회화의 비결》은 온라인 서점 속 비즈니스 서적

다무라가 엮어낸 책은 비즈니스 서적으로 분류되어 있다. 요즘 가장 돈이 된다는 그 코너에 다무라의 책이 꽂혀 있다. 센토에서 경영을 이야기하고, 그런 새로움에 발걸음을 멈추는 요즘, 접객이 비즈니스가 되는 시대가 시작됐는지 모른다.

(사진 속 남자는 아르바이트 직원)

秋がやってきました…
スタンプラリーで
色々な銭湯に
行くのが楽しみでは
ありますが…
日の出湯のひのき風呂
に入ると、なんだか
ホッ…として
しまいます♪

으로 분류되어 있다. 요즘 가장 돈이 된다는 그 코너에 다무라의 책이 꽂혀 있다. 센토에서 경영을 이야기하고, 그런 새로움에 발걸음을 멈추는 요즘, 접객이 비즈니스가 되는 시대가 시작됐는지 모른다.

> 장사할 때의 접객 태도는 의외로 영향을 끼치기 때문에 접객 태도가 좋아서 '또 사야지!'까지는 아니어도 접객 태도가 나빠서 '두 번 다시 안 사!'는 종종 있기 마련.
> 단가가 별로 높지 않고 반복 구매가 목적인 상품을 그렇게 장사해서는 매출도 이익도 증가할 리 없다.
>
> **– 2020년 3월 3일, 다무라 유이치의 트위터**

목욕탕을 잇는 마음

다무라 유이치는 센토에서 태어났다. 지금은 없어진 가마타(蒲田) 지역의 오타 구로유 센토 '제2히노데유(第二日の出湯)'가 그의 고향이다. 센토에서 태어나 센토를 운영하는 4대 사장이라고 하면 오래전부터 예정된 어떤 운명 같은 이야기를 기대하게 하지만, 반드시 가업을 잇겠다는 포부가 지금의 그를 만든 건 아니다. 그는 평범하게 학교를 다녔고, 평범하게 대학을 졸업했고, 평범하게 일을 시작했다. 새해의 4월 다른 사회 초년생들이 새 출발을 하는 것

과 마찬가지로 집의 계단을 내려와 첫 출근. '제2히노데유'에서의 하루가 시작됐다.

"가업을 잇겠다는 다짐 같은 건 없었어요. 그냥 너무 일상이어서, 일상 중의 일상이어서 자연스럽게 하게 된 것 같아요. 굳이 이야기하자면, 만원 전철에 갇혀 출근하는 건 무리겠다, 그러면 마음의 병이 생기겠다, 싶었달까요. (웃음)" 다무라를 만난 다음 날, 아키하바라(秋葉原)의 스시 장인을 만나러 가며 하필이면 출근 러시에 갇혔고, 뒤늦게 그의 말이 더 리얼하게 와닿았다.

어릴 때는 간단한 비질, 중고등학생이 되어서는 가게를 보았고, 그 후에는 탕 내 높은 의자에 앉아 이모저모를 살피는 '반다이(番台)' 역할도 했다. 하지만 매일같이 반복되는 오늘이 당시에 이야기해주는 건 별로 없다.

다무라는 요코하마(横浜) 상과대학을 나왔다. 그 무렵 마을에는 망치질 소리가 진동했고, 다른 한편 센토는 경영 부진, 경영자의 피로, 건물의 노후와 고령화로 신음하고 있었다. 도시는 새로운 지형을 그려가지만, 타인의 시간을 바라볼 여유는 그곳에 없었다.

2012년 무렵, 다무라의 부친은 친구에게 맡겨놓았던 히노데유를 '이제는 접어야겠다'고 결심했다. 100년을 바라보는 센토의 역사가 돌연 멈춰버리려는 순간을 떠올린 다무라는 그저 "단순히 센토란 말이 사라져가는 게 싫었어요"라고 말했다.

세상은 너무 쉽게 2대, 3대를 이야기하지만 실은 오늘이란 이름의 하루와 하루가 쌓여야 만들어지는 시간이다. 안타까움과 애잔함을 뒤로하고 시작하는 또 한 번의 오늘. 다무라는 일개 직원으로 '제2히노데유'에서 5년여를 보냈다. 여느 신입사원과 마찬가지로, 그렇게 평범한 하루하루가 흘렀다.

어느 센토의 지속 가능성

일본에서는 4월에 모든 것이 시작된다. 새 학기, 회사의 시무식, 대부분의 새로움이 4월에 시작하고, 벚꽃이 열도를 물들이기 시작해 대대적인 '꽃놀이(花見)'가 시작되는 것 역시 4월이다. 우리에게는 조금 늦은 그 시작이 다소 생소할 뿐이지만, 다무라에게 그해 4월은 남들과는 조금 다른 시작의 계절이었다. 지금이야 구직이 그리 힘들지 않은 일본이지만,* 당시에는 취업이 '난(難)'이었고, 일주일 사이에 센토 하나가 사라질 때 다무라는 남들과는 다른 도전을 하고 있었다.

"많은 센토가 폐업했어요. 무엇보다 젊은 사람들을 센토에서 점점 보기 어려워졌고 일본 사람들 머릿속에 '센토'란 말이 사라지고

---

* 코로나19 이전에 일본은 구인 대비 구직 비율이 현저히 낮아 구인난을 겪었지만, 2020년 6월 '마이나비' 조사에 의하면, 올해 채용 인원의 절반도 채우지 못한 기업이 55.9퍼센트에 달했다. 과거와 달리 지금 일본에서는 '취업을 못하는 시대'가 아닌, '채용을 하지 못하는 시대'란 말이 나오고 있다.

있다는 생각이 들었죠. 그렇다면 다시 떠올리게 할 필요가 있겠다고 생각했어요."

말하자면 경제 불황 속 부실기업에 취업해버린 상태. 다무라는 '센토부(銭湯部)' 활동을 시작했다. 간단하게는 센토의 청소를 체험하는 프로그램부터 어묵, 군고구마, 빙수로 배를 채우며 목욕을 즐기는 등의 작고 사소하고 지극히 일상적인 이벤트를 '센토'에서 벌였다.

"우사가와 씨라고, 한국어를 통역하던 분이 있어요. 그분에게 '센토를 좋아하는 여자끼리 모여 요가를 한 뒤 아라카와구(荒川区) 우메노유(梅の湯)에서 입욕한다'는 이야기를 들은 게 어쩌면 시작이에요." 탕에 몸을 담그고 몸을 닦아내는 460엔짜리 시간의 비범한 반전. 다무라는 당시의 일들을 하나하나 기록하기 시작했고, 벌써 10년이 넘게 지난 지금도 그 글들은 여전히 새롭고 신선하다.

세 번째 센토부입니다.
'사토마루 LLP'와의 협력으로 야마나시 대나무를 이용한
나가시소멘을 진행했습니다.
그런데 말입니다. '나가시소멘(流素麺)'은 왜 나가시소멘인가?
센토라고 하면 후지산인데, 왜 후지산인가?
그 이야기를 서민문화 탐구가인 마치다 시노부 선생에게
들었습니다. 이유인즉, 후지산에서 시작해 영험하다고 알려진
물이 탕으로 흘러가고, 그 탕에 몸을 담그고, 피로와 몸에

더러움을 씻어냈다는 유래가 있었습니다.

마치다 선생님, 고마워요!

그리고 저희는 그 영험 있는 물에 흐르는 소멘을 건져

먹었습니다!

센토에서 이런 거, 저런 거 하고 싶다는 아이디어가 있는 분은

센토부로 놀러 오세요.♪

– 2010년 09월 23일, '센토부' 일지

나가시소멘은 물이 흐르는 기다란 대나무 슬라이더에 소멘을 떨구고 슬라이더 곁에서 긴 젓가락으로 면을 건져 먹는 놀이 풍습이다. 그 전통의 여흥을, 나는 오래전 후쿠오카(福岡)의 산속에서 딱 한 번 경험한 적이 있다. 그러니까 도시보다 산, 빡빡한 일상보단 넉넉한 여유 속에 그려지는 그림이다. 다무라는 그러한 산속의 유유자적함, 여유와 여흥의 한 자락을 도심 속으로 가져왔다.

이 일이 있은 후, 세상은 다무라를 주목하기 시작했다. 도심 한복판에 펼쳐진 독특한 질감의 오늘에 사람들이 반응하기 시작했다. 하루에 30명이 넘는 사람이 히노데유를 찾았고, 기껏해야 한 달 평균 방문객이 70명 남짓이던 센토가 대반전의 불을 지피기 시작했다.

센토에서 나가시소멘이라니, 꽤나 반전의 발상처럼 들리지만 다무라는 "어떻게든 이곳을 남기고 싶었어요"라고만 이야기한다.

어쩌면 어릴 적 기억, 혹은 지나간 어제에서 찾은 내일의 힌트가 그곳에 살아 있었는지 모른다.

탕의 커뮤니티, 도쿄의 온도

센토는 혼자만의 공간이다. 대중이 모이는 곳이지만 한 공간에 서로 관련 없는 '다수의 혼자'가 머무는 공간이다. 한국에서는 물리적 한계로 옆 사람에게 등을 맡기기도 하지만, 그조차 없는 일본에선 혼자의 공간을 벗어나지 못한다. 하지만 고등학교 동아리 활동을 연상케 하는 다무라의 '센토부'는 센토를 홀로 두지 않는다.

"센토에서 지금 무얼 할 수 있을까 생각했어요. 우사가와 씨와 '이건 어때요? 저건?' 식으로 센토에서 할 수 있는 것들을 찾아갔어요." 거창한 목표나 포부가 아닌 바로 지금의 할 일을 바라보는 그의 이야기는 여전히 어제를 기억하고, 내일을 바라보고 있었다.

어린 시절을 돌아보며 다무라는 "센토에서 목욕하면 동네 어른들한테 물장구친다고, 뛰어다니면 안 된다고 혼나곤 했어요. 지금은 그러기 어려워졌지만, 당시에는 자연스러웠죠. 어떻게 보면 손님들 손에 자랐다고도 생각해요. 정서 교육이란 게 있던 시절이에요"라고도 이야기했다.

사소한 일상이라 잊히기 쉽지만 맨몸으로 마주하는 타인과의 거리, 같은 탕에 앉아 아무런 대화 없이 함께하는 40도가 조금 넘는 온도의 시간. 그런 사소한 조각들이 모여 역사의 커뮤니티가 되어간다.

히노데유는 요즘 하루 100명 넘는 손님을 맞이한다. 오늘도 "이렇다 할 계획은 없지만 어떻게든 이곳을 남기고 싶었어요"라고 말하는 다무라의 마음을 담아 지난해 80년째 아침을 맞이했다. 가장 자연스러운 어제와 오늘과 그리고 내일. 추리닝 차림으로 계단을 내려와 인사를 하고, 그 모습 그대로 카페로 향하는 다무라의 뒤를 그냥 따라 걸었다.

"'지금 할 수 있는 걸 하자'고 생각해요. 원체 하고 싶은 건 없고 하기 싫은 건 많은 사람이라서. 저만의 룰이 하나 있다면 '하기 싫은 건 하지 말자'로 살고 있어요. (웃음)" 무리하지 않고 걸어가는 시간에 내일은 버겁지 않고, 사람과 사람이 모이고, 하루와 하루가 쌓여가는 길목에 1 더하기 1은 다행히 2가 되어간다. 그런 시간이 벌써 80년이다.

맨몸 학교와 맨몸 댄스클럽

—

'맨몸 학교(裸の学校)'라는 게 있다, 아니 있었다. 2017년, 몇 해 전부터 '리버스 프로젝트(Rebirth Project)'란 이름으로 사회 공헌 활동을 하는 배우 이세야 유스케와 손잡고 탕 안에 개교한, 세상 어디에도 없는 '단출한' 학교. 매번 다른 동네 주민이 교단에 서서 수업했고, 다무라는 한 단골손님이 시작이었다고 말했다.

"손님 중에 올해 96세인 할머니가 계세요. 같이 이야기하다 전쟁 때 일을 말씀하시는데, 교과서나 TV에서 보고 듣던 거랑 전혀 달랐어요. 리얼리티가 있달까. 그런데 그분이 돌아가시면 그 이야기는 이제 듣지 못하잖아요. 거기서 수업을 떠올렸어요." 커뮤니티의 온탕, 맨몸의 수업이 시작됐다.

그리고 댄스 타임. 탕 두 곳을 다른 장르의 음악으로 달구는 조금 뜨거운 밤이 2018년 펼쳐졌다. 프로젝트가 아닌 '후로(風呂)젝트'. 댄스 플로어가 아닌 '댄스 후로야(風呂屋)'. 그저 말장난 같지만, 행사를 함께 꾸린 페스티벌 기획사 '오존(Ozone)'의 아메미야 유(雨宮優)는 "클럽은 플로어를 달구고, 센토는 물을 달구고. 둘 다 '공간'을 달구고 사람 간의 관계를 만드는 공통점이 있어요"라고 이야기했다. 딱 그만큼의 충만감이 아직 그곳에 있다.

잠시만 머물다 갈게요, 도심 속 짧은 휴식

오전 11시 시모키타자와 오후 5시 시부야 그리고 밤 9시 아사쿠사(浅草). 도쿄의 서쪽과 남쪽 그리고 동쪽. 긴자선(銀座線)과 이노카시라선(井の頭線) 그리고 야마노테선(山手線). 다무라 유이치를 만나던 날은 도쿄에 와 가장 정신이 없던 하루였다. 끼니도 거르고 동선도 엉켜 히노데유가 있는 이나리초역에 도착했을 땐, 그야말로 욕조에 몸을 담그고 싶은 마음뿐이었다. 역에서 5분 정도, 가게

도심 한복판에 펼쳐진 독특한 질감의 오늘에 사람들이 반응하기 시작했다. 하루에 30명이 넘는 사람이 히노데유를 찾았고, 기껏해야 한 달 평균 방문객이 70명 남짓이던 센토가 대반전의 불을 지피기 시작했다.

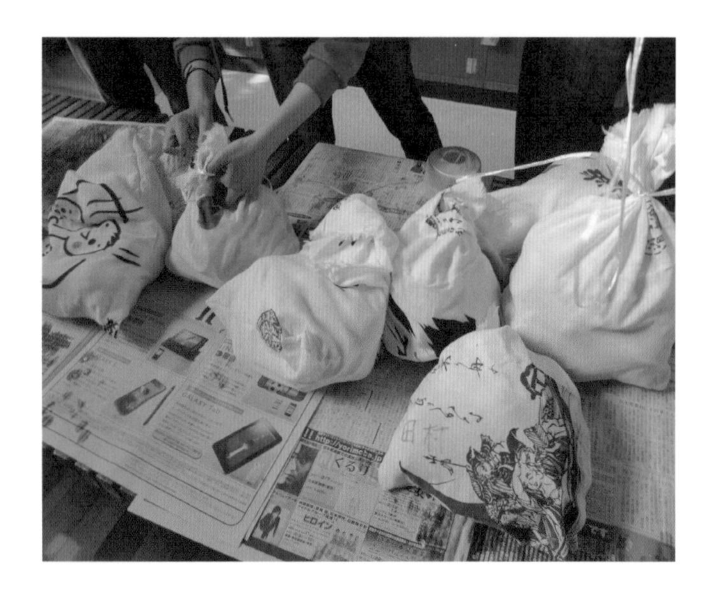

사소한 일상이라 잊히기 쉽지만 맨몸으로
마주하는 타인과의 거리, 같은 탕에 앉아
아무런 대화 없이 함께하는 40도가 조금
넘는 온도의 시간. 그런 사소한 조각들이
모여 역사의 커뮤니티가 되어간다.

4대를 맞이한 센토 「히노데유」 다무라 유이치

간판의 불도 모두 다 꺼져 가로등 불빛만이 아스팔트를 비추는 거리를 걸어서 도착한 그곳엔, 어둠 속에 잠긴 뒷골목 한편에 고요히 불빛을 비추는 히노데유가 있었다.

한국과 달리 저녁에 욕조에 몸을 담그는 관습이 있는 일본에서, 하루는 센토와 함께 저물어간다. "얼마 전에도 한국분을 만나 이야기 나눴는데, 한국은 목욕탕을 아침에 간다고 해서 놀랐어요. 일본은 저녁에 가거든요. 어릴 때부터 남들보다 저녁을 늦게 먹었어요. 보통 8시 정도 밥 먹고, 9시에 목욕하고 자는 것도 늦었고. 일을 시작하고 나서는 더욱더 밤형 인간이 되었죠. (웃음)" 조금은 낯선 밤의 이야기가 들렸다.

히노데유는 최근 리뉴얼 공사를 마쳤다. 100년 가까운 센토지만, 접수대 옆 냉장고엔 페리에, 애플 주스, 에너지 드링크 같은 센토에서 보기 힘든 음료가 가득했고, 그 옆으로는 커피머신이 보였다. 그 생소함에 대해 다무라는 "아내가 파티시에 장인이에요. 그래서 기존의 센토에서 파는 것들이 아닌 음료와 간단한 디저트를 연구했죠. 진저에일도 직접 시럽을 만들어 제공하고, 올해부터는 팥빙수도 시작했어요"라고 이야기했다.

따뜻한 아메리카노와 카페밀크. 우유는 소를 방목해 사육하는 농장에서 직접 가져와 제공한다. 아담한 프런트 공간엔 잡지도 진열되어 있고, 센토에서 신문이 아닌 《브루타스(Brutus)》나 《와이어드(Wired)》와 같은 컬처 매거진을 보는 시대가 지금 이곳에 도착해 있다. "목욕하지 않더라도 진저에일 마시러, 길 가다 잠시 쉬며 잡지 보러 와도 좋다고 생각해요. 지금 같은 시대에 센토의 역할을 찾아가는 과정이에요"라고 그는 이야기했다.

'제2히노데유' 시절, '센토부'로 펼쳐냈던 센토의 센토답지 않은 하루가 히노데유의 곳곳을 채우고 있다. 어제는 흘러가지만 기억은 남고, 그렇게 느린 시간 속에 어제는 가끔 내일이 되어 흐른다. 그리고 그건 어제를 이어가는 그곳, 히노데유만의 문장. 다무라 유이치는 변하지 않기 위해 오늘도 하나의 변화를 시작한다.

입소문과 대화, 어쩌면 그게 8할

요즘 가게에 갈 때마다 점원의 태도를 생각하는 버릇이 생겼어요.
열 곳을 가면 오늘 두 곳은 좋지 않았네. 뭐 그런 식으로.
근데 점점 나의 나도 모르는 무언가가 좋지 않았던 건 아닐까 생각하곤 해요.

– 유튜브 채널, @日の出湯ch에서

다무라 유이치는 요즘, 유튜브 채널을 운영한다. 얼마 되지 않는 구독자 수에, 업로드된 영상은 아직 19편밖에 되지 않지만, 그곳에서 발신되는 이야기는 '접객'이란 이름의 오랜 역사를 지닌 대화법이다.

다무라와 그의 지인, 단둘이 대화하는 영상에 '좋아요' 욕심은 어디에도 보이지 않고 10여 분 남짓의 영상은 그저 '듣는 자리'에 대해 생각하게 한다. 그가 '센토부'를 통해 만난 수백여 명, 2012년부터 센토를 살리자는 취지에서 시작한 웹진 〈SAVE THE SENTO〉를 통해 만난 십수 명. 다무라 유이치의 책《단골을 늘리는 회화의 비결》은 결국 '듣는 법'에 관한 이야기였고, 그는 묻히기 쉬운, 세월에 무력한 작은 이야기에도 귀를 기울인다. 그리고 그건 80년 역사의 히노데유를 가능하게 해준 그만의 커뮤니케이션 방법이다.

"혼자 사시는 고령의 할머니, 할아버지는 하루에 한마디도 하지 않고 보내시곤 해요. 그분들의 이야기를 듣는 게 중요하다고 생각하고, 일단 할 수 있는 걸 하자고 생각했을 때 떠오른 건 '듣는다, 잘 듣는다'뿐이었어요. 모두들 힘들다고 말하는 시기에도 일단 계단을 내려와서 가게 문을 열자고 생각했어요. 아버지가 늦잠 주무시면 '아버지, 아직도 안 나왔어? 그럼 가마에 불이나 지피자. 일단 문을 열자'고 생각했죠. 뭐, 그렇게 보낸 나날이었던 것 같아요."

고령화에 따른 사회 문제가 심각한 일본에서 60세 이상 노인 인구는 매년 증가하고, 잔인한 이야기지만 지금 가장 많은 소비를 하는 세대 역시 그들이다. 누군가는 이를 '커뮤니케이션 구매'라고 이야기하기도 한다. 하지만 다무라는 하루하루의 일상과 사람들을 향한 마음 씀씀이가 센토의 매출로 이어질 줄은 몰랐다. 그저 평범한 일상, 동네에 유독 센토가 많은 아사쿠사에서, 인근에만 유명 센토가 서너 곳에 이르는 그곳에서, 도시의 시간은 조금 더뎠고, 할머니, 할아버지들의 입소문은 빨랐다.

"한 손님이 '할머니들이 주인의 느낌이 좋다고 가르쳐줘서 왔어요'라고 말해서 나중에 알았어요. 할머니 커뮤니티 안에서는 센토에 대한 소문이 퍼지면 순식간에 공유되거든요. 일본에서 가장 돈을 많이 소비하는 건 70대 여성이라고 해요. 좋은 고기, 생선, 채소를 사는 사람은 압도적으로 70대 여성이 많대요. 그리고 그분들이 '커뮤니케이션 구매'를 한다는 걸 알게 됐어요."

커뮤니케이션 구매란 말을 조금 풀어보면, 물건을 살 때 싼 곳보다 마음에 드는 사람이 있는 곳을 찾아 구매하는 것. 나아가 점원과 말하고 싶어서 필요하지도 않은 것을 사는 것을 의미한다. '좀 비싸긴 해도 상냥한 점원이 대응하는 편의점을 찾는 것'이 그 예라고 다무라는 설명해줬다. 히노데유가 좁은 로비에 의자를 놓고 수제 진저에일을 만들기 시작한 것도 그런 대화의 장을 마련하기 위함이다. 입소문에 의한 장사는, 그런 셈법을 하고 있었다. "한 달 사이에 방문자 수가 70명에서 90명으로 늘더니, 반년이 지나자 역대 최고 기록을 찍기도 했어요."

가마의 불이 욕조를 데우듯 천천히 그리고 느긋이 움직이는 시간들. 밤이 깊어진 도심의 카페에 마주 앉아, 또 한 번 저물어가는 도쿄의 어둠이 조금은 야속했다.

"영화의 무대가 되는 센토를 찾는 데 애를 먹었어요. 세월의 때를 먹은 동네 목욕탕은 점점 문을 닫고, 간신히 구한 곳에서는 '정말 미야자와 리에가 오는 거예요?'라고 몇 번을 확인하고 허가를 내줬어요. (웃음)
그곳의 마지막 촬영이 잊히지 않는데, 원래 폐업이 예정되어 있던 곳이었거든요. 근데 저희 촬영 때문에 미뤄주셨고, 촬영 마지막 날 주인분이 탕에 물을 채워 데우고는 홀로 옷을 다 벗고 탕에 몸을 담그셨는데, 그 순간 '아, 이런 게 진짜 마지막 장면이다'란 생각이 들었죠."

-〈행복 목욕탕〉 나카노 료타 감독과 다무라의 대화, 웹진 〈SAVE THE SENTO〉 vol.14에서

다무라가 취재를 위해 만나 이야기를 나눴던, 영화 〈행복 목욕탕(湯を沸かすほどの熱い愛)〉(2016)의 감독 나카노 료타의 말이 떠오른다. 이 영화는 센토가 주된 배경이고, 촬영 장소를 찾지 못해 꽤 애를 먹었다고 한다. 겨우 화면에 담긴 곳은 후쿠오카 하카타(博多) 지역의 '쓰키노유(月の湯, 달의 탕)'.

나카노 감독은 센토의 미래에 대한 질문에 이렇게 답했다.

"역시나 깊게 새겨진 역사에서 스며 나오는 센토 특유의 분위기겠죠. 무리해서 복구하려 해도 어딘가 다르다 느껴요. 가지고 있는 걸 살리는 편이 좋지 않은가 싶습니다."

역사가 남긴 어제, 무리해도 복구하지 못하는 시간의 무언가……. 하타카의 센토 쓰키노유는 2015년 3월 문을 닫아 지금은 존재하지 않고, 다무라가 태어난 제2히노데유 역시 2015년 폐업으로, 촬영 장소로 사용됐던 몇몇 영상으로만 그 모습이 남아 있다. 하지만 시대를 모르고 그저 오늘을 살았던 날들은 마음속에 남아, 체념을 품고 살아가는 그곳에 용기가 태어난다.

영화 〈행복 목욕탕〉은 센토의 굴뚝에서 붉은빛 연기가 퍼져 나오는 조금 이상한 장면으로 끝이 난다. 다무라 유이치는 그 의미를 알 것 같다고 했는데, 그의 지금 역시 도쿄 하늘에 조금은 다른 짙은 자국을 남긴다. 도시와 다른 센토의 속도대로 느리게 살아가는 하루, 그건 다른 무엇도 아닌 스스로의 시간을 살아가는 오늘이었다. 그와 헤어지고 역으로 걷는 길, 조금 따뜻한 바람이 도쿄에 불었다.

다무라 유이치
田村祐一

○ **Profile**

1980년 도쿄 다이토구 가마타의 센토 '오타 구로유 센토 제2히노데유'에서 태어나 요코하마 상과대학 졸업. 폐업 직전의 센토를 살려내기 위해 2010년부터 '센토부' 활동을 시작. 2012년에 웹진 〈SAVE THE SENTO〉를 시작하고, 아버지 뒤를 이어 '히노데유' 4대 사장이 되었다. 이후 2015년 1월에 '접객 노하우'를 담은 《단골을 늘리는 회화의 비결》이란 책을 냈고, 현재는 100년 역사의 전통 센토를 운영하며 다양한 커뮤니티적 이벤트 활동을 벌이고 있다.

http://hinodeyu.com

○ **취재 이후 이야기**

일상의 곳곳이 문을 닫기 시작한 코로나19 시절, 일본에선 왠인지 목욕탕을 영업 제한 대상에서 제외했다. 이유는 공중위생을 위한 장소라는 것이었는데, 알몸으로 불특정 다수와 한곳에 머문다는 건 아무래도 위험하다.
다무라는 그즈음 홈페이지에 '목욕은 집에서 하자!'라는 제목의 글을 하나 올렸다. "사람이 모이는 곳은 서로가 서로에게 위험이 될 수밖에 없어요. 요즘 같은 시절에 부러 리스크를 감수하며 올 필요는 없어요. 안전해질 때까지 조금만 기다려주세요. 아마 망하지는 않을 거라고 생각하기 때문에! (웃음)"라는 내용의 글.
역경을 이겨내는 힘은 위에서 떨어지는 자제령 같은 것이 아니라, 함께 살아가는 이웃의 진심 어린 배려와 파이팅이다. 히노데유는 지난 3월, 1년 만에 유튜브를 업데이트했다.

03

책방을 빌려드립니다

안테나 책방 「북숍 트래블러」 와키 마사유키

책방을 빌려주는 책방이 있다. 한 달 임대료 5천 엔. '오늘의 메뉴'처럼 요일마다 점장이 바뀌기도 하는 책방. 30평 남짓 되는 공간 안에 70여 곳의 서로 다른 책방이 모여 있다. 요즘 책방의 변화가 수선하다지만, 이런 책방은 아마 내일도 모레도 그리고 오래오래 새롭다.

이름하여 '북숍 트래블러(Bookshop Traveller)'. 와키 마사유키(和氣正幸)가 단골 카페의 책장 하나를 빌려 시작한, 일본 전역 책방에 자리를 내어주며 완성되는 조금 이상한 책방이다. 책방 문을 열고 나와 책방에 들어가는 묘한 이어짐. '앤솔로프(anthorop)'란 이름의 커피 스탠드를 지나 좁은 골목을 걷다 보면 오솔길과 같은 길을 만나고, 그 끝 무렵에 아늑한 공간이 드러난다. 벨벳 소재의 소파, 짙은 앤티크 나무 테이블이 놓여 있다.

"지금은 없어진 깃사텐에서 가져왔어요. 팬이 많은 깃사텐이라 다른 데서 말하면 안 돼요. (웃음)"라고, 서점 주인 와키가 오래돼 보이는 그 소파를 꽤나 비밀스레 이야기했다. 잠시 후 입구에서 주문한 카푸치노가 초록빛 찻잔에 담겨 배달되었고 "여기 커피 정말 맛있어요. 이런 커피가 500엔, 심지어 테이크아웃하면 100엔이 할인돼서 380엔. 진짜 싸죠?"라며 와키는 호들갑을 떨었다.

좀처럼 바래지 않을 커피 향이 자욱이 내려앉아 시간을 잊게 되는 그곳에서 책방을 만난다. 사라진 깃사텐의 소파가 남아 있는 공간에서 오늘의 이야기를 듣는다. "이쪽은 책방으로 이용하실 수 있어요." 마침 노부부 한 쌍이 문을 열고 들어왔고, 와키가 자연스레 인사를 건넸다.

도쿄 미나토구(港区) 롯폰기 6-1-20

—

돈을 내고 들어가는 서점으로 한국에서도 화제가 된 '분키쓰(文喫)'는 사실 새로움을 알리는, 그런 '빠름'의 이야기가 아니다.
2018년 겨울, 롯폰기에 유료 서점이 들어선다는 뉴스를 처음 들었을 때, 내겐 그해 여름 문을 닫았던 '아오야마 북 센터(AOYAMA BOOK CENTER)'가 머릿속을 스쳐 갔다. '분키쓰'가 문을 연 곳은, 38년 역사의 서점 아오야마 북 센터가 문을 닫은 바로 그 자리다. 그곳을 찾았던 어느 저녁, '열람실'이라 이름 붙은 방 안에서 분키쓰의 부점장 하야시 이즈미는 "그곳에 맥도날드 같은 게 들어서면 서운할 것 같았어요"라고 이야기했다. 어제는 아마, 남아 있다.

내일을 찾아 바쁘게 움직이는 지금의 도쿄에서 어제의 그림을 바라본다. 책방이 카페와 섞이고, 카페가 테이블 곁에 책장을 두고, 호텔에서 옷도 사고 커피도 마시고 아트도 감상하는 시절이 되었지만, 그렇게 뒤죽박죽 서로 다른 장르가 서로 다른 자리에서 뒤섞이는 지금의 도쿄는, 가끔 무엇이 무엇인지 어디가 어디인지 길을 잃게 한다.

2014년 무렵 오픈한 다이칸야마(代官山)의 서점, '쓰타야 티사이트(T-Site)'의 책이 아닌 라이프 스타일을 파는 서점의 영향이라고도 하지만 그런 오늘에 책방의 자리는 조금씩 희미해지고 있는지 모른다.

'북숍 트래블러'가 시모키타자와에 문을 연 것은 2018년 여름, 고작 3년이 흘렀지만 그곳에도 변화는 진행 중이다. 철도 그룹 '오다큐(小田急)'의 주도로 벌어지는 재개발 프로젝트는, 연극의 성지, 빈티지, 인디 음악, 서브 컬처의 아지트라 불리던 시모키타자와를 몰라보게 변화시키고 있다.

"이 근처가 시모키타자와에서 가장 조용한 동네예요. 맞은편 1번가의 상점가도 조용한 편이에요. 그래서 저희 책방에는 주로 지역 주민들이 찾아오는 편이에요. 처음엔 그냥 그런 공간이면 좋겠다고 생각했지만, 최근엔 좀 더 알려야겠다고 생각해요. 아직은 책방이 있는 줄 모르는 사람이 많기 때문에, 다양하고 새로운 사람

와키 마사유키는 샐러리맨 2년 차에 책방 산책을 시작했다. 본인이 전부 꾸미는 책방은 지겨울 거라 말하는 '색채를 지니지 않은 그의 조금 색다른 순례길'은 오늘의 도쿄를 이야기하고 있는 것만 같다.

들에게 다가갈 방법을 궁리하고 있어요"라고 와키는 이야기했다.

지금 도쿄는 '재개발 프로젝트' '장르 간의 경계가 사라진 심리스(Seam-less)적 변화' '그러데이션의 융합' 같은 말들로 들썩이고 있지만, 와키는 가게를 알리기 위해 홍보 리플릿을 만든다. 책장의 점주를 모집하고 "공간을 확장해 좀 더 다양하고, 도쿄 안팎의 서점들도 함께할 수 있도록 책들의 진열을 궁리"한다. 그리고 그 담백한 하루는, 오래전 내가 알고 있던 도쿄처럼 보였다.

북숍 트래블러는 크고 작은 책장을 다양한 책방에 렌털하는 독특한 방식으로 운영되는 곳이다. 렌털된 책장의 센쇼(選書, 판매할 책을 고르는 일)와 큐레이션은 전적으로 임차인의 재량이고, 2019년 9월 현재 모두 70여 개의 출판사, 작가, 서점이 북숍 트래블러의 책장을 채우고 있다.

"저는 제가 아는 책보다 모르는 책, 다른 사람들이 좋아하는 것들을 알아가는 게 즐거워요. 전부 제가 고른 책으로 가게를 채운다면 아마 지루할 거예요. (웃음) 책방을 시작한 것도 카페랑 겸하는 공간이니까 주 4회면 괜찮겠지 싶어서였어요. 책방을 열면 여행을 못 가잖아요. (웃음)" '북숍 트래블러'라는 책방 이름대로, 여행을 하듯 책방을 걷고, 타인을 만나는 책방이 그곳에 문을 연다.

트위터 계정 중에 '도깨비 서점(おばけ書店)'이라는 게 있다. 새로운 책방의 아이디어, 때로는 황당무계하고 터무니없는 상상을 발신하는 체인 서점 '아유미 북스(あゆみブックス)' 도쿄 고이시가와(小石川) 지점의 공식 계정이다. 책방은 몇 년째 이어지는 업계의 불황 속에 버티지 못하고 3년 전 폐점했지만, 트위터 계정은 왠인지 살아, 말 그대로 '오바케(도깨비)' 고스트가 되어 책방을 발신한다.
아유미 북스의 전 직원이자 일본출판 판매협회(日本出版販売)의 북 디렉터, 분키쓰 운영에도 참여하고 있는 아루치 가즈키가 140자의 망상을 오늘도 지저귀고 있다. 오바케의 탈을 쓰고 아루치가 처음 적어놓았던 문장은 '중얼거리는 거야, 고스트 서점이'. 그게 벌써 4년이 다 되어가는 지금, 오래된 그 문장이 으슬으슬하게 느껴져 왠인지 웃음이 났다.

@obakebooks

책방은 변하고 변하지 않는다

헤이세이 연호를 쓰는 마지막 밤, 새로운 시대가 시작되던 날 신주쿠 가부키초에서 하룻밤을 보냈다. 가부키초는 동양 최대의 환락가라 불리는 호스트의 거리답게 주점의 흐느적한 네온사인으로 질펀한 곳이었지만, 나는 그 한복판 호텔에서 도쿄의 가장 조용한 밤을 보냈다.

근래 도쿄에 불고 있는 변화의 바람은, 오래됨을 지워가는 시간이기는 해도 무언가를 남겨가는 시간이기도 하다. 가부키초의 첫

날밤을 맞게 해준 '북 앤드 베드(Book and Bed)'는 책방과 캡슐호텔이 융합된 책방 겸 숙소, 숙소이자 책방이었고, 도쿄 밤의 상징이라는 캡슐호텔에 잠 대신 책을 펼친 자리였다.

로비 계단에는 새벽까지 책을 보는 사람들이 잠을 미루고, 밤은 깊어도 불을 끄지 않은 객실에서는 은은한 불빛이 새어 나온다. 내가 머문 방은 책장에 둘러싸여 있었고, 나는 마치 책장 문을 열듯 방에 들어가 잠자리에 들었다.

두 해 전 여름, 니혼바시의 깃사텐에서 만났던 북 디렉터 소메야 다쿠로는 "책이란 것 자체가 무한의 가능성을 가진 매체잖아요. 페이지를 열면 어떤 이야기가 펼쳐질지 그 수는 무한하고, 그래서 책은 본래 많은 사용법을 가지고 있어요. 오히려 지금의 변화는 너무 늦게 찾아온 거죠"라고 말했는데, 책은 이렇게 가끔 잠자리가 되기도 한다.

밤에만 문을 여는 책방, 날마다 점장이 바뀌는 서점, 한 권만 판매하는 것으로 한국에서도 화제가 됐던 긴자의 '모리오카 서점(森岡書店)'. 지금의 책방은 그저 새로워 보이기만 하지만, 어쩌면 책에 담긴 잠재되어 있던 시간을 이제야 바라보고 있는지도 모른다. 애초 책이 가지고 있던 리듬의 시간, 그런 날들의 뒤늦은 발견. 책방은 그렇게 변화하고, 변화하지 않는다.

"《책방은 최고!(本屋はサイコー!)》란 책이 있어요. '신쵸샤(新潮社)' 문고에서 나와서 지금은 절판됐는데, 그걸 쓴 사람이 '오라이도

서점(往来堂書店)'의 1대 점장이에요. 거기에 '문맥(文脈)'이란 말이 나오거든요. 그 책방은 외관은 평범해도 들어가보면 재밌고 정말 즐거워요. 문맥이란 말을 실천하고 있다고 느끼죠. 그때 책방은 역시 재밌다, 할 일이, 할 수 있는 일이 산적해 있다고 생각하게 됐어요."

와키 마사유키는 샐러리맨 2년 차에 책방 산책을 시작했다. 본인이 전부 꾸미는 책방은 지겨울 거라 말하는 '색채를 지니지 않은 그의 조금 색다른 순례길'은 오늘의 도쿄를 이야기하고 있는 것도 같다.

"저는 단지 책을 파는 가게뿐 아니라 책과 관련된 무언가를 발신하는, 세상에 무언가 내놓으려는 의지를 가진 사람들이 모두 책방이라고 생각해요." 일본 1세대 북 디렉터 우치누마 신타로의 책에서 참조했다는 이 이야기는 조금 도발적인 발상이긴 해도, 그렇게 가장 작고 가장 커다란 서점이 그곳의 오늘을 산다. 책에 담겨 있던 내일, 너와 내가 오가는 거리에 내일은, 어쩌면 어딘가에 예고되어 있다.

책방은 도시를, 사람을 닮았다

'독서는 일상일까 비일상일까?' 불과 얼마 전까지만 하더라도

와키 마사유키의 책방 북숍 트래블러, 책방
안에 서로 다른 출판사, 책방 혹은 작가나
디자이너가 책장을 빌려 마음대로 자신의
책장(방)을 꾸미는 꽤나 독특한 모양새의
책방 역시 서로 다른 평범한 오늘이 그저
한자리에 모였을 뿐인지도 모른다.

街の本屋さん
街の本屋さん

질문이 되지 않았던 이 문장은, 근래 다종다양하게 변화하는 책방의 풍경에서 물음으로 성립한다.

얼마 전 시부야 도겐자카(道玄坂)의 서점 '에스피비에스(SPBS, Shibuya Publishing & Booksellers)'에 들렀을 때, 후쿠이 세이타 대표는 지금 필요한 건, 독서의 '일상의 비일상화'라고 이야기했다. 책을 보다가 잠을 자는 가부키초 북 앤드 베드는 꽤 색다르게 보여도 실은 집에서의 별것 아닌 하룻밤이 자리를 바꿨을 뿐인 이야기인지 모른다. 일상이 비일상처럼 느껴지는 날들의, 이제야 시작하는 조금 늦은 계절의 이야기.

와키 마사유키의 책방 북숍 트래블러, 책방 안에 서로 다른 출판사, 책방 혹은 작가나 디자이너가 책장을 빌려 마음대로 자신의 책장(방)을 꾸미는 꽤나 독특한 모양새의 책방 역시 서로 다른 평범한 오늘이 그저 한자리에 모였을 뿐인지도 모른다. 와키의 책방 히스토리를 훑어보면, 그건 여느 대학생의 대수롭지 않은 일상, 중고서점의 아르바이트로 시작한다.

"학교 다니면서 '북오프(Book·Off)'에서 아르바이트를 했어요. '북오프'는 체인 중고서점인데, 와세다 대학 근처 다카다노바바 지점은 책의 진열, 선별 그런 것들이 좀 남달랐어요. 보통은 출간 시기에 따라 값을 매겨서 그에 따라 진열하고 혹은 타치쓰테토(タチツテト, 한글의 가나다라마)순으로 배열하는데, 제가 일하던 곳에서는 책과 책의 이어짐이랄까. 더욱 세세한 분류로 책장을 꾸몄죠."

일본의 책방을 취재하며 그 시작은 '다나즈쿠리(棚作り)', 즉 '책

장'을 꾸미는 매우 소박한 작업에서 비롯된다는 것을 알았고, 신간과 베스트셀러 중심으로 움직이기 마련인 출판시장에서 그건 책이 가진 고유한 세계를 간직하는, 가장 작고도 독자적인 자리다.

와키는 아르바이트 경력 2년이 지날 즈음, 작은 책방 북오프의 책임자가 되었다.

"저는 책을 좋아했다기보다 만화를 좋아했는데, 북오프에서 일하면서 '책장 만들기'의 즐거움을 알았어요. 그 안의 질서랄지 관계의 세계랄지. 손님이 책장을 둘러보다 '이 책은 있는데 (그 옆의) 이 책은 몰랐네, 사봐야지'라고 생각하는, 그런 흐름을 궁리하곤 했어요. 돌이켜보면 그게 아마 시작인 것도 같네요."

요즘 말로 이야기하면, 책과 책의 '문맥'. 근래 도쿄의 가장 큰 키워드는 '이어짐(繋がり)'이고, 혼자 몰두해 보던 독서에서 감상을 공유하는, 함께하는 '책 읽기' 시대로 흘러가는 지금, 책만 사서 돌아왔던 어느 주말의 오후는 책방 한쪽의 카페에서 커피를 마시는 시간으로 번져가고 있다. '도쿄의 조깅 코스 10선' 같은 실용서가 온다 리쿠의 《밤의 피크닉》(북폴리오, 2005) 속 밤공기 가득한 저녁으로 이어지는 것처럼. 책은 사람을, 사람은 책을 왜인지 닮아 있다.

와키가 대학을 졸업한 건 2010년, 졸업 후 화학 메이커 기업에 들어가 일을 했고, 본사 근무를 이유로 오사카로 이주했고, 돌연 찾아온 혼자만의 생활은 어딘가 허전해서 책을 떠올리게 했다.

"예전부터 독립하자는 생각은 있어서 뭘 할까 궁리하다 책방을 하기로 결심했어요. 그런데 책방과 관련해 아는 게 없었고 정보가 너무 없으니, 일단 내가 찾아보자 생각하게 됐죠. '혼야(本屋)'가 되자. 그렇게 생각했어요."

'혼야'는 책방이지만 '북숍 트래블러'에서는 사람이기도 하고, 일본에서는 종종 그 둘을 별 구분 없이 사용한다. 책방이 되고 싶다는 다짐, 조금 낯선 그 어감이 내겐 생생한 내일의 선언처럼 들려왔다. 책방이 죽어간다고 말하지만, 도쿄에서 '책방'은 점점 늘어만 간다.

일상에 비일상의 책방을 열다

와키 마사유키는《도쿄 굳이 가고 싶은 마을의 책방(東京 わざわざ行きたい街の本屋さん)》《일본의 작은 책방(日本の小さな本屋さん)》이라는 두 권의 저서를 냈다. 그 두 책은 아이폰 한 대를 들고 무작정 걷기 시작했던 산책길의 기록이고, 북숍 트래블러의 시작점이다.

와키는 지금도 책방을 찾아 매주《도쿄신문(東京新聞)》에 〈새로운 책방〉이라는 제목의 글을 연재하고 있다. 책방을 걷는 시간, 책방 산책, 내겐 생소한 그 말이 그에게는 지극히 일상의 오늘이었다. 그의 이야기를 듣다 보니 어딘가 책 냄새 가득한 산책길이 떠오르는 듯했다.

나 > 2010년부터 책방을 돌기 시작했다고 기사에서 봤어요. 어떤 산책이었나요?

와키 > 신서를 취급하는 노포 서점에는, 그 지역 출판사나 지역에 거주하는 작가의 책, 고향에 관한 서적을 두고 있는 곳이 많아요. 책방 산책에는, 그런 어디에도 없는 책을 발견하는 즐거움이 있어요. 나가사키지로 서점(長崎次郎書店)에 가보면 눈앞에 노면 전차가 달리거든요, 거기서 보이는 레트로한 건물이 정말 멋지죠. 그런 게 서점의 산책길, 그곳의 즐거움이라 생각해요.

나 > 단순한 이야기, 교통비가 정말 많이 들었을 것 같아요.

와키 > 교통비는 전혀 많이 들지 않았어요. (웃음) 오사카 근무할 때는, 간사이(関西) 지역 대부분을 집 근처 중심으로 돌았고, 규슈는 친구가 있어서 놀러 가는 김에 두세 곳 들르거나, 지역에 가더라도 대부분 자전거를 빌려 다니곤 했어요. 제가 너무 자주 책방을 찾아 여행을 가니까 당시 여자친구(지금의 아내)가 "도서관으로 안 돼?"라고 물었는데, 제가 "안 돼"라고 했죠. (웃음)

나 > 책방 산책의 정해진 룰 같은 건 있었어요?

와키 > 꼭 가보고 싶은 곳들 몇 곳은 미리 구글맵에서 찾아보고 정해뒀어요. 그 외에는 방문한 곳에서 추천받거나 점장, 손님들과 이야기하면서 가게 되는 곳이 많았어요. 전반적으로 느슨하게 돌자고 생각했던 것 같아요. 그리고

1F
奥
okitazawa
本屋
喫茶
BOOKSHOP TRAVELLER
&
anthrop
Simokitazawa
BOOKS
here!
Space
anthrop.

근래 도쿄의 가장 큰 키워드는 '이어짐(繋がり)'이고, 혼자 몰두해 보던 독서에서 감상을 공유하는, 함께하는 '책 읽기' 시대로 흘러가는 지금, 책만 사서 돌아왔던 어느 주말의 오후는 책방 한쪽의 카페에서 커피를 마시는 시간으로 번져가고 있다.

지금은 책방 외의 곳들도 가려고 해요. 카페랄지 지역의 사람들과 만나면서 알게 되는 곳이나 '사람을 즐겁게 하는 위치'에서 벗어나지 않으려고 노력해요. 같이 즐길 수 있는 것들, 책방에 들렀다가 좋은 책을 사고, 추천받은 근처 깃사텐에 들러서 '아, 여기도 좋네'라고 할 만한 기억들을 계속 만들 수 있으면 좋겠다고 생각해요.

나 > 책방을 다니면서 메모를 했다는 기사를 봤어요. 메모장이 꽤 될 것 같아요.

와키 > 거의 다 에버 노트로 작업했어요. (웃음) 사실 제가 지금 이런 일을 할 수 있는 건 아이폰 4 덕분이에요. 터닝 포인트는 2010년 아이폰 4가 출시됐을 때예요. (웃음) 독립했을 무렵 무엇보다 정보가 필요했는데 아이폰은 RSS 리더기로 많은 정보를 한 번에 열람할 수 있잖아요. 회사에서 업무 중에도 화장실에서 살짝 보기도 하고. (웃음) 그게 가장 컸다고 느껴요.

나 > 지금도 아이폰 4인가요? (웃음)

와키 > 아뇨.

나 > 그런데 최근에 당시 디자인 그대로 4를 출시한다는 뉴스를 봤어요.

와키 > 바꿔 탈까, 아니 돌아가는 거네요. (웃음)

나 > 근래 도쿄에 책방이 점점 늘어나는 걸 느껴요. 뉴스에서는 서점이 힘들다고 하지만 들려오는 건 전혀 다른 이야기예요.

와키 > 최근 들어 기존 출판업과 전혀 다른 걸 하는 사람들이 점점 늘어나고 있어요. 일종의 얼터너티브랄까요. 일본 출판 업계가 불황인 건 구조의 문제라고 이야기하지만 그건 벌써 10년, 20년째 계속되고 있어요. 그렇다면 '멋대로 내가 하고 싶은 걸 해도 되지 않을까'라고 생각하는 것 같아요. 저 역시 그렇고요. 그런데 멋대로 할 수 있는 게 너무 많아 힘들 지경이죠. (웃음) 그 많은 것 안에서 내가 할 수 있는 것, 무얼 하면 효과적일까를 생각해요.

나 > 시모키타자와라면, 우치누마 신타로의 저서《책의 역습》(haru, 2016)《앞으로의 책방 독본》(터닝포인트, 2019) 등이 한국에도 번역되었고, 'B&B(우치누마가 운영하는 책방, B&B는 책과 맥주)'는 꽤 인지도가 있어요. 최근 맞은편으로 이사했다고 들었는데요.

와키 > 우치누마 신타로 씨의 존재가 매우 커요. 그 사람의 책을 보고, 활동을 보면서 '나도 이런 거 해볼까' 생각해서 시작한 사람들이 많은 걸로 알아요. 제가 지금 서른네 살인데, 저보다 앞뒤로 다섯 살 정도의 세대랄까요. '일본출판 판매협회'에서 일하며 트위터 '오바케 서점'을 운영하는 아루치 씨도 그렇고요. 재밌는 책방에 관한 아이디어를 발신하게 됐어요. 기치조지에 '책장을 빌려주는 시스템'으로 운영하는 카페토리아(カフェトリア)란 곳이 있거든요. 거

기도 카페가 메인이라 우리랑 비슷하죠. 저는 요즘엔《도쿄신문》에 새로운 책방이라는 주제로 연재하는데, 다음 주에 나오는 게 가나가와현(神奈川県) 무사시코스기(武蔵小杉)의 북카페예요. 거기는 토 일에만 영업해요. 수요일에는 카페는 하지 않고, 책방과 작업용 장소로 공간을 개방해요. 주인이 디자이너인데 할머니, 할아버지가 운영하던 인쇄소를 개조해 만들어서 정말 운치 있고 좋아요. 그리고 밤늦게까지 운영하는 책방은 오노미치(尾道)의 '시헨(紙片)'이란 곳이 있는데 정말 좋아요. 애니메이션 영화 〈바람계곡의 나우시카〉 아시죠? 거기서 공주님이 "히메사마, 히메사마, 어디 계세요? 이런 데 계시다니요. 부패한 나무도 깨끗한 물과 땅에서는 독을 뿜어내지 않는다는 걸 알았어요"라고 말하는 장면 기억하세요? 거기에 나오는 작은 방이 그 책방의 모델이에요. 주인이 음악도 하는 사람이라, 지금 BGM, 이게 그분이 만든 음악이에요. 너무 좋아서 물어보고 CD를 사서 이곳에서 틀고 있죠.

나 > 책방이 정말 끝도 없네요. 연재가 가능할 만큼 새로운 책방이 계속 그렇게 많이 있나요?

와키 > 있죠. (웃음) 물론 갓 오픈한 곳도 있지만, 새로운 책방 소개라고는 해도 오래전부터 영업해온, 매력적인, 혼자 운영하는 작은 책방들도 소개하고 있어요. 오기쿠보(荻窪)에 있는 '타이틀(Title)'이란 책방도 정말 좋아요. 쓰지야

마 요시오라고 주인이 《책방, 시작했습니다(本屋はじめました)》란 책을 내기도 했어요. 2016년 1월에 생겼는데 꼭 가보세요. 추천합니다. (웃음)

당신도 어쩌면 책방입니다

와키 마사유키와 이야기를 나누며 '세상에 사람 위키피디아란 게 있다면 그걸 마주한 1인이 내가 아닐까?' 생각했다. 그의 말들은 문장 곳곳에 주석을 달아야 할 정도로 책방에 빠삭했고, 책장을 펴고 페이지를 마주하는 것과 같은 알알이 박힌 스토리가 가득했다.

책방의 주인이지만 정작 자신이 책을 골라 채우는 책장은 두세 개 남짓. 오히려 글을 쓰고 책과 관련된 이벤트를 기획하고 홍보를 하고 광고지 만드는 일이 더 많은 와키는 "모든 걸 제가 만드는 책방은 다 제가 아는 책들인 거고, 그건 즐겁지 않아요. 콘셉트를 갖고 책방을 운영하는 일은 저보다 더 잘하는 사람이 있고, 잘하지 않는 걸 해도 쓸모없는 일이니까, (웃음) 하지 않는 게 사회적으로 좋다고 느껴요"라고 웃으며 이야기했다.

책방의 장인이라고 하면 한 권 한 권을 지켜가는 오늘을 떠올릴지 모르지만, 와키가 꾸려가는 책방은 매일매일 서로 다른 타인이 어울리는 내일을 걸어간다.

"책방, 출판사, 작가 등이 렌털해서 꾸민 여러 책장을 보면, 책방

일본 출판 업계가 불황인 건 구조의
문제라고 이야기하지만 그건 벌써 10년,
20년째 계속되고 있어요. 그렇다면 '멋대로
내가 하고 싶은 걸 해도 되지 않을까'라고
생각하는 것 같아요. 저 역시 그렇고요.
그런데 멋대로 할 수 있는 게 너무 많아 힘들
지경이죠. (웃음) 그 많은 것 안에서 내가
할 수 있는 것, 무얼 하면 효과적일까를
생각해요.

東京人

이 이렇게나 서로 다르구나, 진짜 다르구나라고 두 눈으로 확인하게 돼요. 그건 정말 놀라운 일이고 매우 큰 즐거움이에요." 그 다름의 놀람이 쉽게 그려지진 않았지만, 그 놀람의 설렘은 알 것도 같았다. '책방' 와키 마사유키는 그 '다름'을 무한히 확장한다.

"우선 해당 책장에 대해 전적으로 꾸미고, 모든 수익을 가져가요. '히가와리 점주'라고 하루 동안 북숍 트래블러의 점장이 될 수도 있어요. 책방을 넓은 의미로 바라보기 때문에, 책과 관련된 것이라면 무엇이든 상관없어요. 자신이 직접 만든 북 커버랄지 책갈피, 근래엔 책에서 연상된 향을 모티브로 한 아로마를 개발했다는 사람과도 미팅을 했어요. 저는 정말 좋은 아이디어라 생각했고, 이렇게 책에서 비롯된 관계가 늘 즐거워요. 하다못해 집에서 일하는 프리랜서라면 명함에 기재할 주소를 여기로 해도 좋다고 이야기해요. (웃음)"

요즘 말로 이야기하면, 공유 경제와 스페이스 공유. 하지만, 그런 셈법으로 머리를 굴리는 시간은 그곳에 느껴지지 않는다. 와키의 책방 북숍 트래블러 역시 처음엔 카페 '앤솔로프'에 기생해 출발했듯, 그에게 책방은 가장 작은 꿈의 단위, 그런 공유의 출발점인지도 모르겠다.

"책방 점장 연습이나 놀이여도 좋다고 생각해요. 스타터의 자리로 쓰이면 좋겠다고 생각해요. 책을 좋아하는 사람과 책방을 좋아하는 사람을 굳이 나눈다면, 저는 어김없이 후자라고 느끼거든요." 책과 책방, 그 한 글자 차이에서 타인의 자리를 느낀다.

"저는 '야(屋, 직업이나 가게 이름에 붙임)' 자가 붙는 사람들을 존경해요. 무언가를 만들고, 세상을 향해서 발신하고 표현하는 건 지금 시대에 중요하다 느껴요. 다른 이에게 제공하려는 의지가 있다면 그리고 그게 책이 중심이라면 그렇게 바깥을 향하는 시선이 있다면, 돈이 있든 없든 모두 책방이에요."

서점과 책방, 서점을 취재하며 마주한 이 두 단어는 종종 고민하게 하는데, 그 차이는 '사람', 내가 아닌 '너', 타인의 자리를 의미하는지도 모르겠다. 도시는 지금 커뮤니티의 경제를 이야기하지만 북숍 트래블러라는 책방, 그곳에서 내일은 조금 다른 리듬의 한 걸음으로, 타인을 향해 걸어간다.

너의 오늘과 나의 내일, 책이 걸어가는 시간

지금의 도쿄는 어쩌면 오늘의 서울을 조금 닮았다. 연남동과 성수동을 걷다 보면 다이칸야마, 나카메구로(中目黒)에서 보았던 카페와 비슷한 그림이 스쳐 가고, 하나에 머무르지 않고 곁을, 너머를 바라보는 두 도시의 오늘은 분명 함께하는 시간의 내일이기도 하다.

술잔을 함께 마주했던 고탄다(五反田)의 사케바 '구와바라 상점(桑原商店)'의 구와바라는 "근래에는 한국 젊은 사람들도 자주 와요. 자신의 아이디어로 독립하고, 콘셉트를 갖고 가게를 여는 곳이 많은 걸 보면 대단하다 느껴요"라고 이야기했는데, 그 말을 그대로 그곳에 돌려주고 싶은 마음이 들었다. 한국에서는 언젠가부터 도쿄를 마케팅과 트렌드의 표본으로 참조하는 예가 늘어나기 시작했지만, 오히려 도쿄에서는 서울의 약동하는 오늘이 신선하다고 말한다.

와키는 '쓰타야 이후'라고 뭉뚱그려 얘기되는 책방의 변화에 대해서도 내가 모르는 이야기를 들려줬다. "일본에선 독립서점이라고 해도 이전까지는 대부분 헌책방뿐이었어요. 2000년대 나카메구로를 중심으로 셀렉트 서점이 늘어났고, 지금은 '카우북스(COW BOOKS)'를 제외하면 다 없어졌지만, 헌책을 중심으로 한 독립서점들이 생겨났죠. 도쿄는 아무래도 '진보초(神保町)'의 존재가 압도적으로 커서 독립하지 못했던 이유도 있어요. '후루혼야(古本屋, 헌책방)'에서 아르바이트하는 사람들은 언젠가는 독립하겠다는 목표를 갖고 있었거든요."

흔히 고서점, 오랜 세월의 거리라 불리는 진보초의 역사는 이곳에서 부럽기만 하지만, 바다 너머 그곳에선 '책'이란 세계에 갇혀 있는, 고여 있는 시간이기도 하다. 이곳에 헌책의 자리는 사실 별로 없고, 이미 지나간 책의 시간을 지켜가는 도쿄는 우리에게 로망의 대상이기도 하지만, 고개를 돌려 바라보는 그곳의 내일은 때로 힘겹기도 하다.

"허들이 높았죠. '후루혼야'에서 일하면 일정 기간 수행을 하거든요. '더 수행하고 와, 바보 녀석아'란 말을 듣기 십상이고, 그래서 미리 겁을 내는 사람도 많았어요"라고 와키는 이야기했다.

"일본에서는 헌책을 '시롯포이(白っぽい)'와 '구롯포이(黒っぽい)'로 나눠요. 흔히 고서라 불리는 건 긴 세월에 누렇게 변색이 된, 책 냄새가 진하게 묻어 있는 1940년대 이전의 책들이죠. 그게 '구롯포이'. 그리고 북오프에서 취급하는, 말하자면 중고 책들은 '시롯포이' 신서로 분류되는 헌책이에요. 2010년 전후로 50~60년대 책을 취급하는 젊은 사람들이 생겨났고, 그곳에서 신간도 취급하면서 일본의 다양한 독립서점의 운영이 가능해졌다고 생각해요."

오래된 고서점, 헌책의 역사는 분명 도시의 살아남은 유산으로 빛이 나도, 그 두터운 터울을 넘어설 때 또 한 번의 전통이 시작된다. 오늘이 어제를 돌아볼 때, 어제가 내일을 맞이할 때, 그렇게 타인이 타인에게 다가갈 때 새로움이 시작된다. 내가 아닌 너의 책장 속 한 권이 그렇게 이야기한다.

오노미야의 책방 '시헨'에서 가져왔다는 그곳의 오리지널 BGM이 손님이 떠난 자리, 와키의 작은 책방을 조용히 울렸다. 그 음악을 듣던 와키는 "이곳이 책방들 사이에서 다리 같은 곳이었으면 좋겠어요"라고 이야기했다.

도쿄의 책방, 그 오래된 시간은 지금 이어짐 이후의 마주 봄, 너와의 길을 걷기 시작했다. 여행은 사실, 만남을 찾아 떠나는 끝나지 않는 길이었다. 책방을 나와 책방의 문을 열었다.

와키 마사유키

和氣正幸

○ **Profile**

도쿄 출신. 책방 라이터. 와세다 대학에서 문학을 전공하고, 제조회사에서 샐러리맨으로 근무하다, 오사카 전근을 계기로 책방 산책 시작. 그 여정을 기록하는 'Bookshop Lover'란 이름의 블로그를 2010년부터 시작했고, 시모키타자와 단골 카페 주인의 제안으로 카페 '앤솔로프' 안에 책장을 빌려 '북숍 트래블러'를 2018년에 오픈. 책장을 빌려주는 방식, 말하자면 '안테나숍 책방'을 운영한다. 《도쿄, 굳이 가고 싶은 마을의 책방》《일본의 작은 책방》을 비롯해 다수의 저서가 있다.

https://bookshop-lover.com

○ **취재 이후 이야기**

고작 책 한 권 사러 서점에 가는 일도 조심스러워지는 시절에, 와키의 또 하나의 책방 트위터 'Bookshop Traveller'는 하루하루가 바쁘다. 책방 내 입점해 있는 출판사, 서점, 작가들의 '책방'에 대한 소개를 이 시절에 새삼 시작했다. 하루 한 곳, 140자 글에 담긴 책방 소식을 읽으면, 마치 그의 책방을 둘러보는 것 같은 느낌이 든다.

하지만 7월 20일 또 하나의 글이 트위터에 올라왔을 때, 그 소식지가 마지막을 준비하는 예고였음을 뒤늦게 알아차렸다. 북숍 트래블러는 2020년 7월 25일부로 다른 곳에서 문을 열었다. 그렇다고는 해도, 시모키타자와 내에서의 이사이고, 카페 앤솔로프 주인의 또 다른 카페 바론데세(ballon d'essai) 건물 3층에 새로 둥지를 틀었을 뿐이다. 인터뷰하던 날 그는 '내부를 확장하면서 재단장할 것'이라고 이야기했는데, 이건 좀 말이 다르다. 내겐 고작 어제의 일 같은데, 세월은 늘 알 수 없는 방향으로 흐를 뿐이다.

04 시부야에 떠오르는 모차렐라의 꿈

치즈 장인 「시부야 치즈 스탠드」 후카가와 신지

시부야의 새벽, 불빛 하나가 켜진다. 깊숙한 시부야란 의미의 오쿠시부(奥渋), 어둠에 가려진 가게 앞에 작은 수선함이 꿈틀댄다. 까마귀도 일어나지 않은 시간, 거대한 탱크로리가 골목에 들어서고 젊은 남녀 몇몇이 분주하게 움직인다. 소위 시부야의 새벽이라면, 밤늦게까지 북적이다 인파가 물러가고 차디찬 아스팔트만이 남은 한산한 거리이지만, 그곳의 뒷골목에 이른 아침이 태어나고 있다.

도쿄에서 유일하게 수제 치즈를 제조하고, 판매하는 '시부야 치즈 스탠드(SHIBUYA CHEESE STAND)'. 치즈라면 이탈리아이고, 일본에서라면 북쪽의 숲이 우거진 홋카이도를 떠올리겠지만, '시부야 치즈 스탠드'는 매일같이 치즈를 만드는 도심의 치즈 공방이다. 홋카이도도 아니고 소도 한 마리 살지 않는데, 그곳에서 치즈를 만든다.

공방의 주인은 올해 서른여덟인 후카가와 신지(藤川真至). '도심에서 갓 만든 치즈를 내고 싶다'는 그의 어딘가 아이 같고, 어쩌면 밀레니얼적인 마음이 낯선 아침을 빚어내고 있다. 매일같이 새로움이 팽창하는 메트로폴리탄 한복판에는 새벽 3시에 일어나는 아침도 있다. 장인의 하루는 지금 국경을 횡단한다.

가장 일찍 일어나는 도쿄의 아침

'타인의 고향'이란 말을 떠올릴 때가 있다. 물론 사전에도 없는 혼자 지어낸 말이지만, 여행 중 처음 걷는 거리에서 마주치는 이상한 친숙함, 서점 잡지 코너에서 페이지를 들추다 느끼는 곁에 선 타인의 인기척, 고작 같은 공간에서 얼마 되지 않는 시간을 함께할 뿐인데 느껴지는 조금의 안도감을, 나는 타인의 고향이라는 말로밖에 설명할 수 없을 것 같다.

시부야는 각양각색 수많은 사람이 오가는 '스쳐 감'의 거리이고, 하루 유동인구가 천만을 넘는다고 하지만, 그곳에는 그만큼의 온기, 왜인지 느껴지는 타인의 온도가 있다. 나는 그곳을 종종 걷고 싶어진다. 역에서 조금 떨어진 골목길 오쿠시부에는 오래전부터 좋아하는 책방 '에스피비에스(SPBS)'가 있고, 도쿄에서 처음으로 머리를 했던 미용실, 그리고 자주 찾는 극장 유로 스페이스가 모두 몇 블록 사이다. 타인이기에 느껴지는 멀지도 가깝지도 않은 거리감, 그런 도시의 시간을 도쿄는 생각하게 한다.

메탈릭의 회색빛 도시에서 사람을 이어주는 건 아마 이런 찰나의 수많은 반복들. 그 한복판에 후카가와 신지는 치즈로 타인에게 말을 건다. 오랜만에 찾은 수프 가게에선 스탬프 카드를 내미니 점원이 웃는 얼굴로 한마디를 더했다. "오랜만이네요." 도시가 나를 알아봤다.

"저는 '시부야'란 타이틀을 가게 이름에 꼭 넣고 싶었어요. 지금까지 치즈는 '목장'이랄지 '홋카이도'라는 이미지가 강했지만, 보다 캐주얼하고 보다 다양한 사람들이 맛볼 수 있으면 좋겠다는 마음에 가게 콘셉트를 '마을에서 갓 만들어낸 치즈'로 잡았어요."

굳이 도시에서 치즈를 만드는 밀레니얼의 꿈

'치즈를 만든다'는 건, 사실 도시의 문장이 아니다. 햄버거, 피자, 샐러드 등의 음식이나 이탈리안, 프렌치, 마트의 식자재 코너에서 치즈를 접하고 즐기고 있지만 치즈를 '만든다'라고 할 때, 그 자리는 분명 도시에 있지 않다. 긴 고무장화를 신고, 소 떼를 몰면서 흙 묻은 손으로 이마의 땀을 닦아내는 수염 긴 노인의 모습을 아마도 어딘가에서 본 기억이 있다. 하지만 보다 리얼한 건 마트와 편의점 냉장고에 진열되어 있는 하얗고 노란 치즈 패키지들. 도시는 종종 시작과 과정을 생략한 채 결과만 남기곤 한다.

"일본에 판매되는 치즈는 대부분 수입품이에요. 최근엔 조금씩 국산 치즈가 인기를 타기 시작해서 200곳 정도였던 공방이 300곳 정도로 늘었지만, 치즈는 기본 낙농가와 근접해야 하기 때문에 치즈 공방의 절반 이상이 홋카이도에 있어요"라고 후카가와는 설명했다.

바람과 기온, 환경에 민감하고, 무엇보다 선도가 중요한 치즈는 이렇게 도시 바깥에 자리한다. 그의 말에 의하면 치즈는 만들고 3일까지가 골든타임. 산지가 멀어진다는 건 그만큼 보존료의 사용량도 덩달아 늘어난다는 이야기다.

후카가와는 "우유는 본래 배송하지 않는 음료예요. 가능한 한 운송하지 않는 게 좋아요. 흔들리면 거품이 생기고, 지방이 산화되고, 그만큼 풍미가 사라지거든요"라고도 이야기했다.

하지만 그럼에도, 고온살균으로 100도가 넘어가면 조직이 망가져 단맛을 잃어버리는 우유를 매일 새벽 배송하고, '63도에서 30분 내 저온살균을 유지하며 우유의 풍미를 지키는 등의 여간 깐깐하지 않은 공정'을 거쳐 가면서 그가 매일 도쿄에서 치즈를 만들어내는 이유는, 오늘의 언어로 도전 혹은 스타트업 정도일지 모르지만, 밀레니얼 세대의 고집, 그런 새로운 장인의 모습이기도 하다.

"살균이 끝나면 유산균을 넣어요. 유산균이 활발해지는 40도 전

후로 온도를 조절하고, 레닛(Rennet)이란 응유효소를 넣어 우유를 응고시키죠. 그걸 부수면 입자 크기로 부서지고, 치즈의 부드러움이 거기서 결정돼요."

후카가와의 '치즈 스탠드'는 도쿄 내에 두 곳이 있고, 공방을 갖춘 가미야마초(神山町)엔 매일 새벽 사이타마 인근 기요세시(清瀬市)와 히가시쿠루메시(東久留米市)의 목장 일곱 곳에서 우유가 배달된다. 탱크로리 한 대 4천 리터 분량. 메이드 인 시부야 치즈가 태어난다.

소 한 마리 살지 않는 동네의 치즈 공방

시부야의 치즈 공방, '시부야 치즈 스탠드'에 가던 날에는 취재가 둘이나 더 있었다. 요리조리 시간을 맞춰봐도 끼니는 뒷전으로 밀리고, 가을 끝자락에 해는 짧아져 어둑해진 길을 "커피만 세 잔 마셨네"라고 투덜대며 걸었다. 취재를 마치고 가게에서 식사를 때울 수도 있겠지만 치즈를 만들고 파는 가게에서 떠올릴 수 있는 건 좀처럼 마땅치 않다.

시부야 중심에서 한참 떨어진 골목을 지나 언덕을 넘고, 어느새 부쩍 낮아진 건물의 스카이라인을 보면서 걷다가 좁은 일차선 골목을 끼고 들어서니, 후카가와의 치즈 공방이 보였다. 하얀 외벽에 단정한 검정으로 쓴 이름과 아담한 진열장을 촘촘히 채운 하얀 덩어리의 치즈들. 부라타, 카초카발로, 리코타, 호에이……. 카운터

'시부야'란 타이틀을 가게 이름에 꼭 넣고 싶었어요. 지금까지 치즈는 '목장'이랄지 '홋카이도'라는 이미지가 강했지만, 보다 캐주얼하고 보다 다양한 사람들이 맛볼 수 있으면 좋겠다는 마음에 가게 콘셉트를 '마을에서 갓 만들어낸 치즈'로 잡았어요.

& CHEESE STAND
RECOMMEND
テイスティングワイン
チーズを身近に、日常に。
ショップの奥にあるチーズ工房で
日々手づくりされるフレッシュなチーズと
チーズにまつわる「&」なものを。
チーズをさらに美味しくしてくれる食材やワイン、
気軽に食べられるテイクアウトフードもご用意しています。

점원에게 짧게 인사를 하고 가게 앞 벤치에 앉아 한숨을 고르니, 가게에서 나온 손님이 손에 무언가를 들고 곁에 앉았다. 모차렐라 치즈버거? 사전에 찾아봐 메뉴에 '모차버거'란 게 있다는 건 알았지만 한입이면 사라질 것 같은 사이즈에 애초 단념했고, 다시 한번 꼬르륵 소리가 들렸다.

후카가와 신지는 5분 정도 늦게 잰걸음으로 도착했다. 그는 조금 망설이다 나를 더 뒷골목의 카페로 안내했고, (설마!) 그렇게 네 번째 커피가 다가왔다. '여기엔 치즈가 잘 어울릴 것도 같은데…… 리코타? 음…… 아니면 부라타?'

시부야 치즈 스탠드는 치즈를 판다. 햄버거, 피자 위의 치즈가 아닌 '치즈' 그 덩어리를 판다. 먹는 법은커녕 이름도 난해한데 그 미지의 하얀 덩어리가 매일같이 동네 곳곳으로 팔려나가고 있다. "손님들한테 '치즈를 어떻게 먹으면 되냐'는 질문을 많이 받아요. 그래서 치즈를 맛있게 먹는 법에 관한 제안을 홈페이지에 올리고 있어요."

그는 두 해 전 도겐자카 인근 도미가야초(富ヶ谷長)에 2호점 '& Cheese Stand'를 오픈했다. 그곳에는 1호점에 없는 몇 개의 테이블과 몇 가지 요리, '그 자리에서 바로 굳힌 모차렐라'와 '리코타-엄선한 몇 종류 잼' 그리고 '쇼토(松濤, 지역명) aruru(레스토랑) 돼지 리예트(다진 고기와 채소 등을 섞어 빵에 발라 먹는 파테와 비슷한 프랑스 요리)'라 적힌 플레이트 메뉴도 제공한다. 눈에 익혀두었던 이름들은 벌써

희미해졌지만, 그 이름 모를 치즈는 돼지고기와 한 접시에 놓여 조금 특별한 식사를 만들어준다. 고작 재료의 매칭일 뿐인 '만남' '&'의 시간은 '이어짐'을 이야기하기 시작한 오늘의 도쿄처럼 느껴진다.

"이탈리아에서는 모차렐라 치즈, 토마토만으로 한 끼를 먹어요. 의외로 배가 꽤 불러요. (웃음)" 어쩌면, 저녁이 해결됐다.

어느 치즈의 '&'라는 셈법

치즈에 어울리는 소금, 올리브 오일, 굴 등을 소개할 수 있는 가게가 있다면 좋겠다고 느꼈어요. 치즈는 그것만으로도 하나의 요리지만, 다른 요리와 함께하는 재료로서의 위치도 갖고 있다고 생각해요. '치즈와 채소' '치즈와 꿀'처럼요. '&'로 치즈와 무언가, 그리고 사람까지 매력적으로 이어갈 수 있으면 좋겠다는 생각에 '&'라고 이름 지었어요.

– '시부야 치즈 스탠드'의 소믈리에 스태프, 후지카와 지즈루

후카가와가 도심에서 치즈를 만들겠다고 생각한 건, 이탈리아 배낭여행 중에 만난 일종의 '일상의 비일상적' 사건 때문이었다. 애초에 그에게는 이탈리아 치즈와의 접점이 없었다. 일상의 치즈라면 어릴 때 동네 빵집에서 사 먹었던 피자빵 정도였고, 10대 무

렵엔 웬만한 집에서 미국식 배달 피자를 주문해 먹곤 했다.

"저는 치즈에 대한 백그라운드가 없어요. 기후현(岐阜県)은 히루가네고원(ひるがね高原) 쪽에서 치즈를 조금 만들기도 했지만, 스키장이나 리조트가 더 성한 곳이에요. 전 단지 치즈가 좋았고 시골이었기 때문에, 녹는 슬라이스 치즈랄지 그런 걸 정말 많이 먹었어요." 그가 태어난 기후현은 고도 3천 미터의 히다산맥(飛騨山脈) 인근을 제외하면 낙농업과 거리가 먼 지역. 그의 고향 오가키시(大垣市)는 인구 15만에, 거의 일본열도의 정중앙이라 바깥 소식이 느리고 뜸하다. 그만큼 치즈와 연이 없다.

하지만 지금, 그의 가게에는 커다랗고 하얀 모형 소 한 마리가 늠름하게 서 있고, 새벽부터 젖을 짜내듯 치즈가 만들어진다.

"고등학교를 졸업하고 요리 전문학교에 가고 싶었어요. 그런데 용기가 부족했고…… 그래도 이탈리아에 관심이 있어서 인문학적인 공부를 하고 싶은 마음에 이탈리아어과를 선택했어요. 그리고 시바 료타로(《료마가 간다》를 쓴 소설가)의 책을 읽게 된 게 컸어요. 뜻을 품고 무언가를 이뤄내는 사람들에 대한 동경을 갖게 됐거든요."

그는 세상에 도움이 되는 일을 하는 것, 어떤 새로운 가치를 만들 수 있을까 생각하다 모차렐라를 만났다고 이야기했다. 조금은 겁이 나서 가지 못한 길, 최선이 아닌 차선으로 택한 길, 하지만 그곳에 쌓여가는 건 분명 오늘의 최선이고, 무엇보다 자신이 택한 시간이다.

후카가와는 2007년, 2학년 무렵에 이탈리아 나폴리 지역으로 배낭여행을 떠났다. "모차렐라를 조사하다 도심에서도 만들 수 있겠다는 생각을 갖게 됐어요. 처음에는 나폴리로 가서 빈둥빈둥, 마을을 돌아다니면서 사진 찍고 가게 돌아다니고, 그렇게 시간을 보냈어요. 배낭여행이라는 게 어느 정도 시간이 지나면 대부분 다 똑같거든요. (웃음) 그냥 허송세월이죠. 그러다 프랑스에서 레스토랑 수행을 하며 지내는 일본인 두 사람을 만났고, 정말 '나는 지금 뭘 하고 있는 걸까?'라는 생각을 했어요."

그렇게 피자와의 시간이 시작되었다. 후카가와는 나폴리 지역의 피자 가게에서 3개월, 이후 이탈리아 북부로 옮겨 스위스 근방 레스토랑에서 3주간 처음으로 수행이란 걸 했다. 무엇보다 도쿄에서 치즈를 만들겠다는 커다란 꿈을 세웠다.

"숙박 가능한 취업처를 소개해주는 곳이 있어요. 우프(WWOOF)라고, 그곳에 연락해서 나폴리의 한 피자 가게를 소개받았어요. '피제타(pizzetta)'라는 1유로짜리 피자로 아침을 때우고 시급 없이 가게에서 일어나 가게에서 자는 생활을 했어요."

고작 반년 남짓의 시간이었지만 여행을 마치고 돌아와 완성한 후카가와의 졸업논문 주제는 모차렐라였다.

"이탈리아에서는 치즈 사러 양동이를 들고 가요. 옛날에 일본에서 두부 사러 동네를 나서던 것과 같은 감각이에요. 이런 걸 도쿄

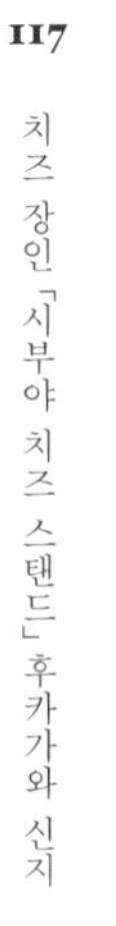

사실 치즈는 없어도 아무런 문제가 되지 않잖아요. 그거 없다고 누구 하나 어떻게 되는 건 아니니까요. 하지만 치즈가 있음으로 인해 생활이 달라진다고 생각해요. 새로운 만남이 생기고, 치즈에 감동하는 사람을 만날 수도 있고, 치즈를 통해 만남 자체를 만들어갈 수도 있고. 치즈는 분명 행복한 음식이에요.

에서 해보고 싶다, 우유 향을 맡으면서 하루를 시작하는 일상을 만들어보고 싶다고 크게 느꼈어요." 치즈가 아닌, 치즈에서 비롯되는 아침. 그는 그곳에서 처음 맛본 모차렐라의 맛을 '이게 진짜다'라고 이야기했는데, 점원이 먹어보라며 건네준 모차버거는 쥬시하고, 조금은 생소한 밀키함이 느껴지는 맛이었다. 역으로 걸어가는 길, 이상하게 배가 불렀다.

세상에 도움이 되고 싶은 치즈

매일 새벽 도쿄에서, 굳이 직접 자기 손으로 치즈를 만드는 후카가와의 모습은 새로운 장인의 오늘을 떠올리게 하지만, 사실 그러한 생경함은 여지없이 도심의 전차를 타고 일상에 안착한다. 일본 시골 마을에서 태어나 도쿄에서 이탈리아 전통 치즈를 만드는 30대 장인. 이렇게 서로 다른 이질적인 말들이 하나의 문장으로 완성되는 것 역시 가장 지금의 도쿄를 움직이는 '비즈니스적 자리'에서다.

"제가 이곳에 자리를 잡은 이유는, 외국인이 많은 상업지역이기도 하지만, 주민도 많고 근처에 NHK 방송국이 있어서 런치 장사도 할 수 있다는 비즈니스적인 이유가 있어서예요. 동시에 책방 '에스피비에스(SPBS)'랄지 와인바 '아히루스토어', 카페 '미미미(MEMEME)' 같은 독특하고 누구도 하지 않는 콘셉트의 가게가 여기저기 있어, 라이프 스타일을 소중히 여기는 거리라는 점이 좋다고 생각했어요."

수백 년 역사를 가진 치즈를 만든다 해도, 도쿄에서는 스타트업. 여기에 필요한 건 '모노즈쿠리(일본 사회의 장인정신을 의미)'보다는, 비즈니스 셈법이다. 후카가와는 소위 창업한 이들이 종종 내뱉는 하소연을 하기도 했다.

"처음엔 꽤 고생했어요. 당시 일본에서는 낙농가가 줄어들었고, 그에 따라 우유 생산도 곤란한 상황이라 우유 수급 허가를 간단히 내주지는 않았어요. 간신히 목장 한 곳과 계약을 맺을 수 있었지만 점점 필요한 우유량이 늘어나 힘들어졌고, 도쿄 낙농업 협동조합에 몇 번이나 집요하게 요청해서 도쿄 내 47곳 중 일곱 곳에 대한 허가를 받아냈어요."

2호점 '&'를 시작한 건 '치즈를 어떻게 먹을 것인가'의 확장이지만, 동시에 수요 창출을 위한 비즈니스. 1호점을 오픈하기 전에는 가미야마초 에스피비에스에서 진행됐던 '오픈 하베스트(open harvest)'에서 푸드 디렉터 노무라 유리의 강연을 듣기도 했다.

"캘리포니아의 레스토랑 '셰 파니스(Chez Panisse)'의 셰프를 초청해, 음식을 통해 사람을 모으고 마을을 만드는 방법을 듣는 자리였어요. 저도 '식(食)'을 중요하게 생각하고 있기 때문에, 그때의 경험이 많은 도움이 되었어요"라고 그는 이야기한다.

'&'에서 제공하는 요리의 식재료는 거의 모두 인근 지역에서 수확되고, 나아가 만드는 음식들과의 페어링으로 이뤄진다. 고작 테이블 하나에서의 이모저모이지만, 그 메뉴판에는 동네의 인연과 비즈니스적 셈법이 함께 작동하고 있다.

"오픈 직후엔 정말 힘들었어요. 치즈가 들어간 샌드위치를 테이크아웃 메인으로 밤 8시까지 했는데, 그것만으로는 경영이 힘들었어요. 모든 걸 혼자서 맡다 보니 전철에서 잠들고 마는 날들이 이어졌고, (웃음) 와인을 들여오고 레스토랑적인 요소를 강화하고 스태프를 모집하려 했지만, 잘되지 않기도 했어요."

그가 이야기했던 치즈가 아닌 치즈에서 시작하는 일상. 지금 그곳의 스태프는 모두 10명 정도이고, '&'란 말엔 좀처럼 마침표가 어울리지 않는다. 장인의 하루는 그렇게 점점 복수형이 되어가고 있다.

치즈 향을 내는 골목 커뮤니티

나 > **치즈 스탠드의 치즈 4종, 모차렐라, 리코타, 부라타, 카초카발로는 모두 같은 우유로 만드나요?**

후카가와 > **네, 하루의 공정 안에서 여러 가지 치즈로 변해가요.**

나 > **하루의 흐름은 어떻게 돼요?**

후카가와 > **최근에는 젊은 스태프들이 열심히 해줘서, 저는 아침 5시 정도에 가게에 와요. 얼마 전까지만 해도 3시에 왔었죠. 우유가 도착할 때 와 있지 않으면 망하거든요. (웃음) 3시**

에 제조를 시작해서 완성하면 10시 전후가 돼요. 패킹이 나 정리를 하면 오후 1시가 되고, 이후에는 사무를 봐요.

나 > 원래 아침형이었어요?

후카가와 > 아뇨. 전혀. (웃음) 그렇다고 밤형도 아니었지만요.

나 > 와인 소믈리에로 일하고 있는 지즈루 씨와는 어떻게 알게 되었어요?

후카가와 > 여행에서 돌아와 나고야 레스토랑에서 일할 때 처음 만났어요. 저는 대학 졸업하고 바로 피쩨리아라는 레스토랑에 들어갔는데, 그때 지즈루 씨가 점장이었어요.

나 > 일본에 돌아와서 도넛 회사에서도 일했었죠?

후카가와 > 네. 피자집에서 일할 때 연수로 미국의 '셰 파니스'를 방문한 적이 있어요. 그때 느낀 게 식재료를 다루는 자세도 하나의 브랜드 시스템으로 만들 필요가 있다는 거였어요. 당시 피쩨리아에서 매니저 역할을 했는데, 다점포, 프랜차이즈 전개 방식에 대해 공부를 했어요. 좀 더 경영을 확실히 배워야겠다는 생각에 도쿄로 올라오게 된 거예요. 마침 그때 들어간 IT 회사의 전 임원이 도넛 체인을 시작했어요.

나 > 말하자면 장인의 일과는 거리가 먼 업무들이네요.

후카가와 > 장인이 경영할 거라면, 구체적인 것들은 암기력을 기를 필요가 있다고 느꼈어요. 사물을 사고하는 법, 플랜을 짜기에 도움이 돼요. 더불어 치즈를 알리기 위해 관련 굿

즈, 오리지널 티셔츠랄지 토트백도 지인과 함께 만들어 판매하기 시작했고 2017년에는 《모차맨(モッチャーマン)》이라는 그림책도 출판했어요.

나 > **단순한 질문 하나 할게요. 모차렐라는 왜 늘어나나요? (웃음)**

후카가와 > **워싱 타이프라 불리는 녹는 치즈는 크게 커팅하지만, 모차렐라는 큰 호두 크기로 커팅해 잠시 놔두어요. 그러면 세밀한 입자가 자동으로 결착해, 커드(curd)라고 불리는 응고물이 생겨요. 처음에는 차완무시(茶碗蒸し, 계란찜)처럼 부드럽지만, 마지막에는 목면 두부만큼 단단해지죠. 유산균의 영향으로 pH가 떨어지면 단백질이 변해 늘어나게 되는데, 그 상태가 되면 커드를 뭉쳐서 둥그렇게 만들고⋯⋯ 그런 수작업을 통해 모차렐라를 만들어요.**

나 > **단백질의 변형이네요. 노비루(伸びる, 늘어난다), '주식회사 nobilu'. (웃음)**

모차렐라는 미래를 닮았다

후카가와의 (공방이 아닌) 회사 이름은 '주식회사 nobilu'이다. 여행에서 만난 모차렐라에 빠져 논문을 쓰고, 도심 복판에 가게를 열고, 어릴 적 요리사의 꿈은 멀어졌지만, 포기한 길에서 만난 단 하나의 장면은, 먼 곳의 하루를 도쿄 곳곳으로 확장하고 있다. 조금 유치한 비유지만, 모차렐라 치즈의 좀처럼 끝을 모르고 늘어나는 쫄깃한 식감처럼.

"제가 치즈를 만드는 건 '치즈를 친숙하게 느끼게 하고 싶다'는 마음 때문이에요. 프레시한 치즈의 맛, 치즈를 먹는 법을 제안하거나, 치즈를 좀 더 가볍게 접하는 것으로 식생활이 풍요로워진다고 생각해요."

그가 만든 부라타는 2017년 프랑스 국제대회 'Mondial du Fromage'에서 은상을 수상했고, 모차렐라는 2016년 '재팬 치즈 어워드'에서 금상과 최우수상을 모두 수상했다. 은상을 받은 '도쿄 부라타'는 지금 시부야 골목에서 1천 엔 조금 넘는 가격에 판매되고 있다.

"사실 치즈는 없어도 아무런 문제가 되지 않잖아요. 그거 없다고 누구 하나 어떻게 되는 건 아니니까요. 하지만 치즈가 있음으로 인해 생활이 달라진다고 생각해요. 새로운 만남이 생기고, 치즈에 감동하는 사람을 만날 수도 있고, 치즈를 통해 만남 자체를 만들어 갈 수도 있고. 그리고 항상 즐거운 자리엔 치즈가 있기도 하잖아요, 파티나 무언가 축하하는 자리에. 치즈는 분명 행복한 음식이에요. (웃음)"

시간이 있으면 킥복싱을 즐긴다는 그는 다부진 체격과는 어울리지 않는 맑은 미소를 가졌고, 배낭여행의 여운이 아직도 가시지 않은 듯 크게 부풀린 머리칼은, 아마 시부야 스크램블 교차로에서도 알아볼 수 있을 거라는 생각에 속으로 웃었다.

장인을 무언가 소신을 갖고 만들어가는 사람이라 정의할 때, 그 작은 소신은 지금 너와 나를 움직이기 시작했다. 그곳에서 '사람'은 비즈니스가 되기도 하고, 메트로폴리탄 도쿄에서 사람(人), 그 한 자는 회색빛 도시를 비추는 햇살이 된다. 치즈만 먹고 살 순 없겠지만, 후카가와의 모차버거는 640엔이다.

후카가와 신지

藤川真至

○ Profile

1981년 기후현 오가키시 출신. 어릴 적부터 피자를 좋아했고, 오사카 외국어대학(현 오사카 대학)에서 이탈리아어를 전공, 재학 중 후지와라 신야의 사진집 《메멘토 모리》(한스미디어, 2010)에 영감을 받아 배낭여행을 떠나고 이탈리아 나폴리산 모차렐라에 반해, 치즈 수행의 길에 들어섰다. 이탈리아 북부 지역 나폴리에서 4개월 정도의 시간을 보내고, 일본에 돌아와 나고야 피자 가게에서 요리와 함께 매니지먼트를 경험. 장인의 비즈니스를 찾기 위해 도쿄에 상경했다. 2012년 시부야에 치즈 공방을 열고 '마을에서 갓 만드는 치즈'를 모토로 '시부야 치즈 스탠드'와 2016년 2호점 '& CHEESE STAND'를 오픈했다. '주식회사 nobilu'의 대표이자 치즈 장인.

https://cheese-stand.com

○ 취재 이후 이야기

치즈의 덧셈을 이야기하던 그의 블로그는 코로나19 이후 소식이 뜸했다가, 지난 7월 20일 '여름에 반가울 레시피' 하나를 소개했다. 이름하여 리코타 치즈 듬뿍 사용한 수플레. 준비물은 레몬과 리코타 치즈와 계란 두 개와 버터와 그라뉴당과 분당. 먼저 흰자와 노른자를 분리하고 노른자에 옥수수 전분 15그램을 넣어 섞어준 뒤 리코타 치즈, 레몬 껍질, 타임을 더해 부드러워질 때까지 섞는다. 여기에 거품을 올린 흰자를 넣고 잘 저은 뒤 버터를 얇게 펴 발라놓은 그릇에 쏟아붓는다. 180도로 예열된 오븐에 20분 정도 구워주면 완성. 산뜻한 치즈 케이크를 집에서도 만들 수 있다. 더불어 후카가와의 치즈 스탠드는 찢어 먹을 수 있는 모차렐라를 출시했고, 캄보디아산 후추를 고집하는 '쿠라타 페퍼'의 블랙 페퍼로 악센트를 줬다고 한다. 이름은 찢어지는 모차렐라다.

05 남아 있는 노트의 첫 페이지

ROBOCUT

어른 손 한 뼘만 한 노트, 페이지마다 밑줄이 사선으로 그어진 노트. 멋을 부린 표지랄지 내지에 장식이 가득한 노트는 흘러가는 유행처럼 익숙하지만, 좀처럼 보지 못한, 어딘가 위화감이 느껴지는 생소한 노트에 시간은 잠시 멈춰 선다. 일기보다는 다이어리, 다이어리보다는 태블릿PC. 수고를 피해 편리를 찾아가는 시대에 노트는 조금 잊힌 말인지 몰라도, 부러 삐뚤게 그어놓은 선은 노트를 생각하게 한다. 그 자리에는 어제의 날들이 적혀 있고 왜인지 아직 곁에 있고, 굳이 구겨진 노트를 꺼내 적어가는 글자엔 그날의 감정이 묻어난다.

사선으로 그어진 밑줄의 노트가 아니었으면 몰랐을 이야기. 어느새 묻혀 아마도 숨어버렸을 장면. 그리고 어쩌면 70년이 넘는 세월이 쌓인 '츠바메 노트(ツバメノート)'의 오늘을 살아가는 이야기.

츠바메 노트 공장의 공장장 와타나베 다카유키(渡邉崇之)를 만나러 어느 가을의 초입을 걸었다.

노트 한 권에 멈추는 발걸음

햇볕이 따가웠던 9월의 어느 아침, '츠바메 노트'는 소리 없이 하루를 연다. 공장이라 하면 으레 떠올리는 시끄러운 기계음과 웅장한 덩치의 건물은 보이지 않고, 일본 특유의 낮은 주택들이 늘어선 골목에서 츠바메 노트가 기지개를 켠다.

겨우 명함 크기만 한 간판을 확인하고 미닫이문을 여니, 한 노인이 테이블 앞에 우두커니 앉아 있다. 조심스레 발소리를 죽이고 "실례합니다"라고 말해도 반응은 없고, 고요한 정적을 가르며 무엇인지 모를 기계와 도구, 종이가 산더미를 이룬 그곳을 한참 둘러봤다.

1947년 도쿄의 동쪽 아사쿠사바시(浅草橋)에서 시작해 2019년 4월 아다치구(足立区)로 공장을 이전한 츠바메 노트는, 아다치구에서의 시간이 길지 않음에도 공장 안에 어색함의 흔적은 보이지 않는다.

파란 반소매 티셔츠 차림의 와타나베가 웃으며 다가와 명함을 주고받았고, 그는 별다를 것도 없이 이야기를 늘어놓으며 걷기 시작했다. 나는 노트북이 든 숄더백을 내려놓을 겨를도 없이 잰걸음으로 그를 좇았다.

작은 의자에 앉아 종이를 한 장씩 끼워 넣는 나이가 지긋한 남자, 오래전부터 그곳에 있었던 것처럼 자연스레 한 자리씩 차지한 이름 모를 기구와 도구들 그리고 인사를 나누고 공장 구석구석을 오가던 와타나베 공장장. 갑작스레 마주한 타인의 하루가 이상하게 불편하지 않았다. 혼자만 마음이 바빠 거친 숨을 주체하지 못하던 나는 그제야 가방에서 녹음기를 꺼냈다.

다카유키는 조용히 종이를 한 장씩 매만지던 노인 앞에 다가가 "저희 아버지예요"라고 이야기했다. 다카유키의 부친이자 함께 공장을 일구는 와타나베 다케오 씨. 아버지와 아들. 2대가 함께하는 노트 공장. 어제와 오늘이 나란히 선 조금 근사한 하루가 시작되고 있었다.

시간이 수평으로 흐를 때

손바닥만 한 노트는 츠바메 노트의 주력 상품이 아니다. 괘선이 사선으로 그려진 '똑바른 노트(まっすぐノート)'에 제대로 필기를 할 수는 없다. 의도와 다르게 글자가 자꾸만 삐뚤어지는 습성을 가진 사람이라도, 밑줄이 대각선으로 그려진 노트를 일부러 사려고 하지는 않는다.

츠바메 노트가 시작된 것은 1947년 제2차 세계대전 이후, '미니

메모'와 '똑바른 노트'가 발매된 것은 2015년이다. 1947년 와타나베의 조부 하쓰사부로가 노트를 처음 만들기로 했을 때, 그건 '이대로는 일본이 좋아질 수 없다. 노트는 문화를 만든다'는 일종의 위기의식 때문이었다. 그리고 오늘날 노트는 디지털 기기에 밀려 끝나지 않을 썰물 속에 있다. 그만큼 노트의 지반이 흔들린다.

하지만 와타나베가(家)의 체계는 다소 독특하다. 다카유키의 형인 가즈히로가 4대 사장, 하쓰사부로의 차남이자 다카유키의 숙부인 세이지가 3대, 와타나베가의 장남이자 다카유키의 첫째 숙부 에이이치가 1대 사장으로 대를 잇기 시작한 형제들의 노트 만들기는 반세기를 넘나든다. 갇혀버린 시간 속에 노트가 살아간다.

가즈히로는 한 인터뷰에서 "숙부는 좋은 것을 만들어야 한다는 신념이 정말 강했고, 놀랄 정도로 항상 새로운 아이디어를 쏟아냈어요"라고 이야기했는데, 그 정신은 여전히 그곳에 살아 츠바메노트는 기업, 브랜드와의 협업을 통해 기존에 없던 조금 이상한 노트도 만들어내고 있다. '미니 메모'와 '똑바른 노트'는 바로 그런 새로움 중 하나다.

"그건 팔려고 만든 건 아니에요. 사람들의 이목을 끌 필요가 있었기 때문에 출시했던 상품이에요"라고 다카유키가 너스레 떨듯 이야기했다. 오래된 시간도 분명 오늘을 살고 있고, 어제로 밀려나지 않으려는 애씀이 그곳에 묻어 있다. 조부의 말씀과 형의 이야기와 동생 다카유키의 말과. 세상에는 품으로 이야기되는 시간이 있다고 잠시 생각했다. 세월은 그곳에서 왜인지 수평으로 흐른다.

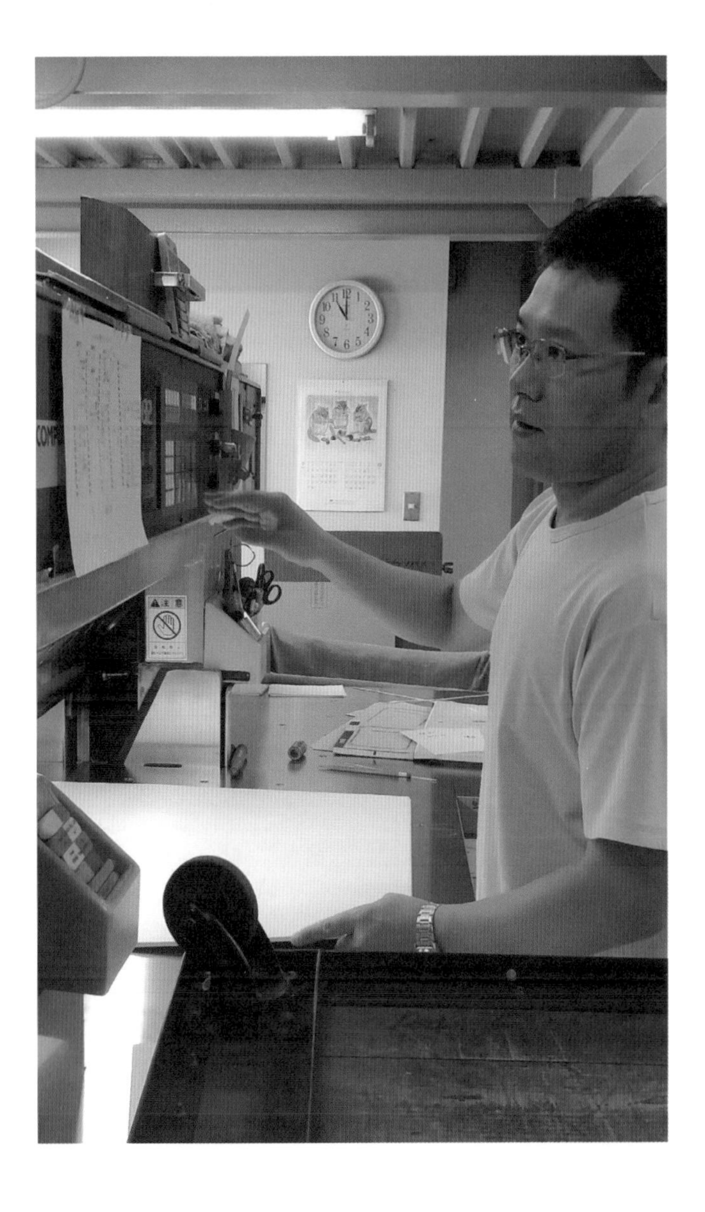

조금 불편한 츠바메 노트를 알기 위한 몇 가지 상식

—

• 괘선: 쉽게 말하면 노트에 그어진 밑줄. 글씨가 삐뚤어지지 않게 기준을 잡아주는 선이다. 지금이야 디지털 인쇄로 금방 해결하겠지만 괘선은 본래 유성잉크와 수성잉크로 인쇄했다. 대부분은 유성으로 인쇄하지만 츠바메 노트는 처음부터 수성잉크를 고집했다. "보통은 유성잉크로 인쇄하지만 그러면 괘선이 수성잉크를 번지게 해요. 츠바메 노트는 선을 수성으로 하여 펜의 잉크가 종이에서 겉돌지 않고 잘 스며들게 도와줍니다"라는 이유 때문.

• 게비키(罫引): 괘선 그리는 작업을 '게비키'라 하는데, 츠바메 노트는 악기의 현과 같은 물질이 나란히 걸린 기계에 수성잉크를 보충하고, 그 기계를 이용해 종이에 괘선을 그려가는 오래된 방법을 고수한다. 이 기술을 가진 장인은 일본에서 단 한 명이고 이런 방식을 고수하는 곳 역시 와타나베 공장 한 곳뿐이다. 현재 게비키는 아다치구가 아닌 다이토구(台東区)의 '게비키조(罫引所, 괘선 긋는 작업 하는 공장)'에서 작업하며 와타나베는 그 기술을 전수받기 위해 공부하고 있다고도 말했다.

• 후루스지(フールス紙): 노트에서 가장 중요한 거라면 단연 '종이'. 츠바메 노트는 '후루스지'라 불리는 종이의 발명과 함께 시작됐다. 초대 공장장인 다카유키의 증조부가 노트의 중요성을 인식하고 영국 제지회사와 함께 만들어낸 게 후루스지다. 이후 좀 더 질을 개량해 중성 후루스지가 만들어졌고, 지금 츠바메 노트에서는 그 중성 후루스지를 사용한다. 그리고 일반적으로 노트의 종이가 왜인지 더 하얗게 보이는 이유는 "하얗게 만들기 위해 형광염료를 많이 넣어요. 하얀색을 더 하얗게 만드는 거죠. 하지만 그러면 빛 반사가 일어나서 사용하는 사람 눈에 피

로가 많이 가요. 그래서 저희는 형광염료를 조금도 쓰지 않아요"라고 와타나베가 설명해줬다. 그곳의 상냥한 고집이 오늘을 지켜간다.

• 크로스(クロス): 본래 도배나 제본할 때 사용하던 말로, 책등을 마무리하는 작업과 기계를 말한다. 와타나베의 공장을 견학하며 가장 재밌었던 공정. 생긴 것은 방직기와 비슷한 모양이고 원리도 비슷한데 시스템은 꽤 복잡하다. 도르래를 수평으로 눕혀놓은 듯한 구조에, 도르래 본체에 검정 종이의 띠지(노트 등에 부착될)를 감은 뒤, 본드가 발린 책을 기계 상단에 투입하면 도르래가 돌아감과 동시에 아래로 이동, 중간쯤 장착된 '커터'가 회전주기에 따라 작동하며 띠지를 적당한 길이로 끊어준다. 그렇게 노트에 띠지를 부착하는 시스템이다. 와타나베 공장에 남은 '크로스'가 세계 유일이고, 찰칵찰칵 소리를 내며 노트를 뱉어내던 모습 또한 그곳이 유일하다.

• 노트 뒷면의 알파벳 WHBA: 하도 오래된 일이라 얼마나 진짜인지 알 수 없다고 하지만 츠바메 노트의 표지 디자인은, 길을 가던 점성술사가 우연히 들렀다가 그렸다는 설이 전해진다. 그 디자인은 지금까지 변하지 않았고, 일본의 한 해 디자인을 결산하는 '굿 디자인 어워드 2012'에서 '굿 디자인상'을 수상하기도 했다. 노트 뒷면의 W와 H는 와타나베 하쓰사부로의 이니셜이다. W는 B5 사이즈를, H는 A5 사이즈를 의미한다.

흘러가고 잊히는 모든 것의 계절

노트에 괘선은 언제쯤 그려질까. 100장짜리 노트의 A4 사이즈는 어느 단계에 재단될까. 페이지 수와 규격이란 것이 애초에 존재하긴 하는 것일까. 평소에는 좀처럼 생각지도 않는 물음을 달랑 노트 한 권 앞에 긁적인다. 분명히 정해진 공정을 따라 누군가의 노동으로 만들어지는 한 권일 텐데, 어디에도 그런 과정은 남아 있지 않다. 살기 바쁜 도시에서 노트처럼 간소하고 대수롭지 않은 소모품에 그런 물음표가 자리할 기회는 별로 없다. 어디든 시스템화된 공장에서 기계를 돌리면 노트는 만들어지겠지만, 그 안에 살아 있는 사람의 시간을 시대는 잊고 만다.

하지만 도쿄 골목 작은 공장의 생생한 장면들. 노트 한 권을 위해 움직이는 고집스러운 시간들. 30평 남짓한 공장에서 생경한 풍경을 맴돌다가 가장 커다란 몸을 한, 방직기를 닮은 기계에 대해 물었다.

"일본에 한 대밖에 없는 기계예요. 망가지면 살 수도 없어요."

츠바메 노트를 완성하는 공정은 크게만 따져도 십여 가지에 이르고, 그중 80퍼센트 이상이 수작업이다. 개중엔 어떤 건 밀려가고 사라지고, 그렇게 멀어지는 계절 속에 있다.

"요즘 이렇게 하는 데는 아마 저희밖에 없어요. 귀찮다면 귀찮지만, 좋은 것을 만든다는 생각을 하면, 이렇게 할 수밖에 없어요." 아직도 가방을 어깨에 멘 채 카메라를 찾고 있던 내게 와타나베의 그 이야기는 꽤 무거웠다.

사실 츠바메 노트가 아다치구로 공장을 이전한 건, 고령화로 나날이 문 닫는 노트 업체들의 역사를 남기기 위해서였다. 4대째 가업을 이어가는 가즈히로는 "폐업하는 그곳에 쌓인 기술을 우리가 남기고 싶은 마음에 오래된 기기를 물려받았어요"라고 말했다.

무엇보다 당초 그가 회사를 물려받게 된 건 숙부 세이지가 갑작스레 암 선고를 받고 병원에 들어가며 벌어진 일이다. 어찌할 수 없는 시절의 안타까운 가족사, 그 곁에 다카유키가 있었다.

그는 "어릴 때는 별다른 생각이 없었거든요. 노트는 거기서 거기니까 싼 거 쓰는 게 제일 아닌가, 그 정도였어요"라고 말했지만 지금 다카유키는 그 별것 아닌 한 권을 만드는 현장에서 하루를 산다.

현재 츠바메 노트의 전 사원은 고작 11명. "사원 모두가 제본 작업 기술을 이어받기로 하고, 열심히 하고 있어요"라고 다카유키가 이야기했다.

너무나 당연해 드러나지 않는 자리. 너무나 익숙해 잊어버리는 시간. 변화와 새로움이 요동치는 지금 도쿄에서, 그 내밀한 자리는 묘연하게 드러난다. 아이러니하게도 사라짐이 어제의 일상을 알려준다. 무언가를 잃어버렸을 때 알아차리는 빈자리와 같은…… 그런 허무한 상실감과 같은……. 애절한 길목에 노트가 내게는 몹시 뭉클했다.

와타나베의 공장은 빈 페이지의 노트 같았다. 몇 개의 기계, 높게 쌓아 올려 작은 기둥처럼 되어버린 종이 더미, 가정집이라면 베란다 정도 돼 보이는 위치에 놓인 미싱 한 대. 기계가 쉬고 있는 사이, 나는 그곳이 어디인지 잠시 잊었다. 오래전 문구점을 운영하던 와타나베 하쓰사부로가 노트를 만들기 시작하며 꾸려진 츠바메 노트 공장은 말 그대로 가내수공업, 그 자체의 오늘이다.

단순히 종이를 옮겨와서 기계로 인쇄하고 재단하고 제본하고…… 모두 기계로 완성될 거라고 생각하기 쉽지만, 츠바메 노트는 사람과 함께 움직인다.

"아침 6시 30분에 일어나, 한 시간 정도 식사 준비 후 아침을 먹고 8시쯤 집에서 나와요. 공장이 바로 근처에 있어요. 30분쯤 멍하니 휴식하고 9시부터 6시까지 일곱 시간 작업해요. 오늘 무얼 해야 할지, 전날 대체로 머릿속에 이미지화되어 있어요."

종이는 대부분 홋카이도 북쪽 지방에서 제작된다. 태생적으로 따뜻한 환경에서는 만들어지기 어렵기 때문에 기후적으로 선선한 위쪽 지역이 유리하다. 하지만 츠바메 노트는 홋카이도 도마코마이시(苫小牧市) 공장의 종이를 가져와 굳이 도쿄에서 만든다. 그조차도 박테리아 번식이 잦은 시기를 피해 5월과 가을 한철에.

"수온이 안정된 5월과 가을이 적합해요. 생산량을 생각하면 치명적이지만, 질 좋은 것을 만들어야 한다는 마음에 대량으로 사놓

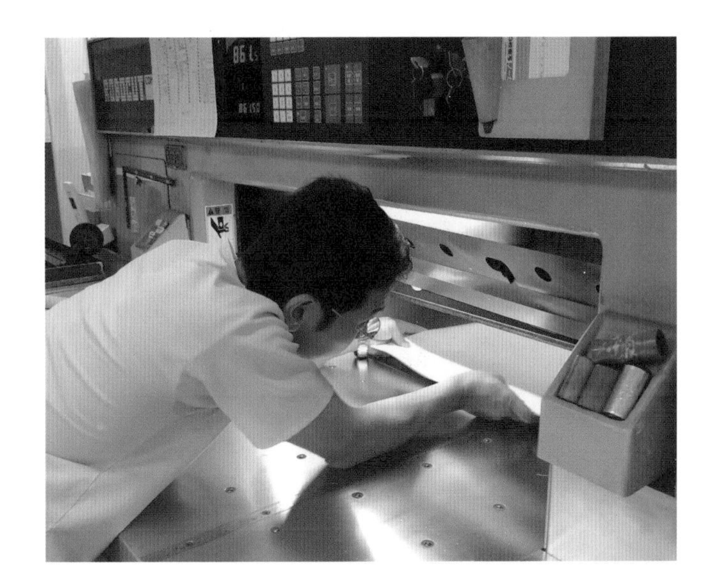

오래된 시간도 분명 오늘을 살고 있고,
어제로 밀려나지 않으려는 애씀이 그곳에
묻어 있다. 조부의 말씀과 형의 이야기와
동생 다카유키의 말과. 세상에는 품으로
이야기되는 시간이 있다고 잠시 생각했다.
세월은 그곳에서 왜인지 수평으로 흐른다.

너무나 당연해 드러나지 않는 자리. 너무나 익숙해 잊어버리는 시간. 변화와 새로움이 요동치는 지금 도쿄에서, 그 내밀한 자리는 묘연하게 드러난다. 아이러니하게도 사라짐이 어제의 일상을 알려준다. 애절한 길목에 노트가 내게는 몹시 뭉클했다.

NOTE BOOK
NOTE BOOK

고 거래처에 보관해놓고 있어요"라고 와타나베가 이야기했다. 공장을 찾았던 건 지난 9월 하순, 노트의 계절이 시작되고 있었다.

노트의 봄 · 여름 · 가을 그리고 겨울

츠바메 노트는 게비키조 공장에서 종이가 도착하면 재단기를 통해 종이 사이즈 맞추는 작업으로 시작한다. 오래전 단종된 'SINGER'사의 미싱을 돌려 노트 중앙에 박음질하고, 표지의 강도를 높이기 위해 표지와 내지 사이에 한 장의 종이와 면지를 삽입한 뒤 풀칠을 한다. 이어서 오리키(折機)라는 기계를 이용해 노트의 중앙 접힘 선을 확실히 굳혀준다. 이쯤 되면 봄, 여름, 가을, 겨울의 사계절 중에서 여름의 문턱에 도착한 셈.

그 무렵 동네 학교인지 어딘가에서 차임벨이 울렸다. 와타나베는 "함께 점심 가시죠? 나머지는 갔다 와서 봐도 괜찮아요"라고 권했고 공장에 도착하고 한 시간이 지난 낮 12시쯤이었다. 다카유키의 부친은 올해 일흔여섯이고 그래서 끼니를 제때에 챙긴다고 생각했지만, 어쩌면 하루도 거르고 싶지 않은, 노트에 일기를 적는 일과 같은 건지도 모르겠다는 생각이 들었다.

몇 분을 걸어 인근 깃사텐에 도착했고 의자에 나란히 앉아, 나와 다케오 씨는 오므라이스를, 다카유키는 나폴리탄을 주문했다. 이렇게 부드럽게 흐르는 일상이 이미 알고 있던 시간처럼 편안했다.

이후의 작업을 이야기하면, 오리키 작업이 끝난 종이가 한 다발의 노트로 자리매김할 수 있게 '오모시(重し)'라 불리는 무거운 돌덩이를 얹어 하루나 이틀을 재운다. 마무리로 나라시키(均し機)를 사용하여 각각의 페이지를 균일하고 평평하게 만든다. 어렵게 들리지만 무거운 걸 얹어 종이가 어디 도망가지 않게 하기 위한 작업이다.

츠바메 노트가 기계를 쓰지 않는 건 아니지만, 덧칠된 기름 자국에서 세월의 흔적이 보인다. 수리를 거듭한 듯한 기계 구석구석 테이핑의 흔적이 세월을 이야기한다. 와타나베는 "기계가 있지만 대부분 손으로 작업해요. 다른 회사들은 오토메이션으로 쭉쭉 뽑고 있죠. 물론 생산량은 고민이지만, 희소가치가 있다고 생각해주는 사람들이 있어요"라고 이야기했다. 세월이 지나간 길목에 남아 있는 또 한 번의 오늘. 그건 아마도 희소한 가치의 오늘이었다.

남아 있는 어제와 씨름하는 사람들

"거의 모든 작업에 섬세한 조절이 필요해요. 그게 꽤 힘들죠. '오리키'에 종이 다발을 넣는 스피드가 아주 조금만 어긋나도 이상하게 접히고, 미싱을 돌리는 각도가 1밀리미터라도 달라지면 버려야 해요. 게다가 날마다 종이 상태가 조금씩 달라지기 때문에, 그에 맞춰 세팅을 다시 해야 하죠.

누구라도 간단히 할 수 있는 일이 아니라는 것은 확실해요. 하지만 그렇기 때문에 더욱더 '내가 해내고 말 거야!'라고 느끼고, 잘됐을 때의 성취감은 배 이상이 돼요. 80대 베테랑 장인들도 기계랑 자주 싸운다고 해요. 어떤 분은 '오리키'가 갑자기 말을 듣지 않아, 이삼일을 계속 째려보고 있었대요. (웃음) 그게 경력 30년, 40년 되는 베테랑들 이야기예요. 장인의 일이란 건, 은퇴 직전까지도 계속 시행착오 겪는 거라고 생각해요. 그렇기 때문에 더 도전할 의미가 있다고 느껴요."

츠바메 노트는 14명의 장인을 만나며 가장 고생했던 난제 중 하나였다. 고작 노트일 거라고 생각했던 곳에 알 수 없는 용어가 수두룩했고 와타나베의 '노트 만들기'는 머나먼 혹은 지나쳤던, 아니면 알지 못했던 일상처럼 머릿속에 알 수 없는 그림을 그렸다. 그 중 하나는, 실로 매듭을 짓는 이토토지(糸綴じ, 사철). 근래 늘어나는 독립출판 소책자들을 제외하면 보기 어렵고 한물간 방식인데, 실로 종이를 엮어내는 그 오래된 수공업을 츠바메 노트는 70년 넘게 이어간다.

와타나베는 물레를 굴리듯 미싱 앞에 앉아 이야기했다. "보통 미싱과 달리 종이용 미싱은 한 땀 간격이 길게 떨어져 있어요. 실을 이용하는 게 더 튼튼하고 오래가기 때문에, 이 방식을 고수해요. 특히나 두꺼운 노트는 여러 번 쓰면 떨어지니까 옛날 방식을 이어가고 있어요." 그리고 그는 이를 가장 신경을 곤두세워야 하는 작업이라고도 말했다. 종이와 종이의 이음새, 사용하다 뜯어지지 않으면 별 신경을 쓰지 않는 그 '틈새'에도 츠바메 노트의 역사가 자라난다.

츠바메 노트의 미싱은 이제 제작되지 않는, 수리도 힘든 기종이고, 본래 있었던 우케자라(受け皿, 바느질이 끝난 노트를 놓아두는 그릇)는 망가져서 와타나베가 손수 만들었다. "미싱 작업 후 딱 이 높이에 놓아야 하는 '우케자라'가 필요한데 없으니까, 어쩔 수 없이 만들었죠. 대부분이 그래요. 제가 만들지 않으면 안 되는 게 많고…… 점점 그렇게 되어간다고 느껴요."

점점 그렇게 되어가는 시대, 사라지고 존재가 지워져 직접 만들어내야 하는 시대, 그런 애씀의 21세기 수공업. 시대의 부산물처럼 늘어나는 애절함과 안타까움 곁에 츠바메 노트가 살아간다. 다행히도 와타나베는 "어릴 때부터 조립하는 걸 좋아했다"고 이야기했다.

힘겹고 애달프지만 정작 눈물이 고이는 건, 길도 잘 찾지 못하는 나 같은 외부인. 그날의 그 오후를 또 금방 잊을 것만 같아 나는 녹음기를 다시 한번 확인했다.

사소해서 잊히기 쉬운, 그렇게 소중한

지난번 도쿄 방문 때, 급하게 공항에서 선물을 고르면서 자주

80대 베테랑 장인들도 기계랑 자주 싸운다고 해요. 어떤 분은 '오리키'가 갑자기 말을 듣지 않아, 이삼일을 계속 째려보고 있었대요. (웃음) 그게 경력 30년, 40년 되는 베테랑들 이야기예요. 장인의 일이란 건, 은퇴 직전까지도 계속 시행착오 겪는 거라고 생각해요.

찾는 문구 브랜드인 '스미스(Smith)'의 볼펜을 몇 개 샀다. 필기도구라면 '쓰기 편리함'이 가장 중요한 포인트일 테지만, 그와 상관없이 왠지 예뻐 보이는 컬러풀한 볼펜 일곱 자루를 가방에 넣었다. 개중에 빼빼로만 한 굵기에 검지 길이밖에 되지 않는 볼펜 세 개는, 천 원짜리 모나미 볼펜보다 못했다. 써도 써도 써지지 않는 글씨. 검정을 고른 건지 회색을 고른 건지. 하는 수 없이 필통에서 꺼내 책상 위 장식처럼 꽂아놓고 문득 '볼펜은 노트와 한 짝'이란 생각이 든 건, 츠바메 노트에서의 기억 때문인지 모른다. 아무것도 아닌 듯싶지만, 노트의 시작, 기본 그리고 중심.

츠바메 노트는 후루스지를 쓴다. 도통 감이 오지 않는 외계어 같은 말이지만 '쓰는 입장'에서 이야기하면, 글자가 부드럽게 써지고, 형광염료를 사용하지 않아 눈에 피로가 적고, 괘선이 유성이 아닌 수성잉크로 그려져 글씨가 번지지 않는 종이다.

"할아버지가 영국에서 수입된 노트에 감명받아 노트를 만들기로 생각하고, 당시 주조제지주식회사(十条製紙株式会社, 현 일본제지주식회사)와 공동으로 개발한 오리지널 종이예요"라고 와타나베가 기억을 더듬듯 설명해줬다.

1940년 후반, 먹고살기 힘든 시절에 노트는 굳이 없어도 되는 물건이었지만, 동시에 '문화를 만드는, 이대로라면 일본은 좋아지지 않을 무엇'이었고, 그런 위기감 속에서 만년을 기약하며 태어난 종이는 여전히 바래지 않고 이곳에 있다.

와타나베는 “노트는 싼 게 잘 팔린다는 생각이 여전히 강했고, 도산까지는 아니어도 우리도 힘든 시절이 있었어요”라고 이야기했다. 그런 가혹한 시절을 헤쳐 나온 노트가 바로 츠바메 노트다.

보통의 종이보다 색을 내는 원료를 얇게 펴 발라 꼼꼼하게 완성하는 ‘후루스지’는 필기에 최적이라 평가받는다. 사용자들 사이에서는 ‘글자를 써보면 종이에 빨려 들어가는 것처럼 펜이 움직인다’는 호평까지 나온다. 거장 구로사와 아키라 영화감독은 베개 맡에 두고 썼고, 패션 디자이너 아녜스 베 역시 오랜 시간 아껴가며 애용했다고 한다.

‘좋은 것을 만든다’는 진부함. 와타나베의 당연해서 별것 아니게 느껴지기도 하는 다짐. 노트는 그런 사소함을 닮았는지도 모르겠다. 작지만 마음을 담아 내일을 바라보는 시간들. 츠바메 노트를 펴고, 책상 위에 꽂아놓았던 펜을 다시 잡았다. 술술, 잘만 써진다.

끝날 줄 모르는 노트의 엔딩 크레디트

B5 판형의 별다른 장식도 없는 밋밋한 학습용 노트. 대학교 수업용 노트로 시작한 츠바메 노트는 여지없이 시대착오적 한 권인지 모른다. 시간이 흘러 지금은 매수와 사이즈를 다르게 하고, 용도와 표지를 바꿔가며, 때로는 색까지 넣어 40종이 넘는 노트를 만들고 있지만, 단종된 부품을 찾아 인터넷을 배회하고 간신히 구한

부품을 조립하고, 그렇게 오늘을 연명하는 날들은 다소 버겁게 느껴지기도 한다. 편리함을 찾아 갱신되는 시대에 그런 날들은 혼자서 '홀로' 불편하다. 하지만 그 불편함의 일상을 노트는 기록한다.

'크로스'는 고장 나면 공장이 중단될 처지고, 괘선을 그리는 '게비키' 기술을 가진 사람은 일본 인구 1억 2천만 명 중 단 한 명이고, 그 장인의 나이는 어느새 아흔을 향해간다. '스카시(透かし, 종이에 특수한 방법으로 새겨 넣어 빛에 의해 희미하게 드러나게 하는 기술)'로 새겨 넣던 츠바메 노트의 인장과도 같은 로고는, 20년 전 기계가 망가져 쓰지 못하고 있기도 하다. 하지만 와타나베의 노트는 그 모든 시절을 기억한다.

"'스카시' 기계는 자체로도 이미 오래된 기계였고, 고장 나서 수리하려 했지만 수천만 엔이 든다고 하더라고요. 애착이 담긴 마크를 없앤다는 게 몹시 쓸쓸했지만, 그 이유로 원가가 올라가면 가격을 올릴 수밖에 없어요. 하지만 그건 이용해주는 사람에게 죄송한 일이라고 생각해서 단념할 수밖에 없었어요."

'크로스', 본드를 바른 노트 등에 검은색 띠지를 순차적으로 부착하는 그 기계 역시 지금은 없어진 메이비도라는 노트 공장에서 물려받은 '골동품'이다.

"얼마나 오래됐는지는 모르겠어요. 확실한 건, 역사가 길다는 것과 이젠 찾을 수 없다는 거예요. 기계가 망가지면 부품을 찾아야 하는데 생산되지 않는 경우가 많아서 야후, 옥션 같은 데를 뒤지고, 어딘가 도움될 만한 부품이 보이면 가져와 개조해요."

올해로 74년째의 노트. 2020년 세월 한복판에서 다카유키는 1947년의 조각을 줍는다.

양동이에는 하얀색 본드가 한가득이고, 물을 넣어 본드를 희석하고 넓적한 붓에 묻히고, 한쪽에 쌓아놓은 노트에 일일이 풀칠을 하고……. 노트 한 권이 아닌 역사의 한 페이지를 만드는 듯한 그곳의 시간이 나는 그냥 좋았다. "본드의 질감은 약간 늘어나는 정도가 딱 좋아요. 바르는 정도에 따라 종이가 울 수도 있어서 더 신경 써야 해요. 이렇게 하는 곳은 아마 저희밖에 없을 거예요. (웃음)"

와타나베는 노트에서 중요한 건 '쓰기 편함'과 '내구성'이라 이야기했고, 츠바메 노트는 벌레 먹지 않는 한 만 년은 간다는 소리를 듣는다. 자동화, 대량생산, 디지털 시대. 아슬아슬한 벼랑길의 엔딩 크레디트는 이렇게 좀처럼 끝날 줄을 모른다.

가장 오래된 내일, 노트에 새겨지는 미래

나는 모두 세 개의 노트를 쓴다. 다이어리에 가까운 A3 사이즈의 두꺼운 비닐 표지와 스프링으로 제본된 조금 큰 사이즈의 메모용 노트 그리고 사적인 이야기를 적겠다고 굳이 하나 더 고른 여권 크기의 초록색 메모장.

쓰는 일을 직업으로 10년을 살았지만, 노트와 펜을 손에 쥔 날을 시간으로 환산해보면 아마도 얼마 되지 않을 것이다. 그만큼 펜과 노트의 감각은 둔해져 가끔은 내가 써놓은 글자를 알아보지 못하기도 한다. 그렇게 어처구니없는 일상이다.

하지만 여전히 취재를 나갈 때면 노트에 휘갈겨놓은 메모를 찾아 정리하고, 가방에 펜 몇 자루가 담긴 파우치를 잊지 않는 걸 보면, 1년 365일 하루 24시간, 노트의 자리는 분명 어딘가 있다. 160엔짜리 노트. 회색 바탕에 검정 글씨, 작은 금빛 로고가 박힌, 세상에서 가장 단출한 츠바메 노트는, 어쩌면 뒤편의 일상인지 모른다.

반세기가 훌쩍 흘러 시대는 편리함과 세련됨, 디지털과 디자인을 좇아 내일을 향해 뛰어간다. 하지만 조금은 귀찮고 성가셨어도 당연한 일상이었던 '불편함'의 날들을 왜인지 생각할 때가 있다. 굳이 택시가 아닌 버스를 탔을 때, 왕복 4천 엔으로 할인받을 수 있는, 출발·도착 시간도 정확한 나리타-도쿄 공항철도 대신, 언제 어떻게 밀릴지 예측할 수 없는 공항버스에 오를 때, '불편함'에 동반하는 일상의 기억들은 분명 어딘가 쌓여간다. 그저 스쳐 가는 순간이고 금방 잊어버릴지 모를 추억이지만, 그곳에 담겨 있는 정서를 기억한다.

와타나베가 지금은 없는 할아버지를 추억하며 꺼낸 말은 '앞으로는'이라는 단어였다. 꽤나 구태의 오래된 산물처럼 느껴지지만 츠바메 노트에는 언제나 내일을 바라봤던 지극히 소박한 오늘이 있다.

"할아버지는 '이제부터는 중성 후루스지다'라고 이야기하면서 중성 후루스지를 개발하셨대요. 이제부터는 고령화 사회라면서 행간이 넓은 노트를 만드셨어요. '이제부터는'을 정말 좋아하는 분이었어요." 츠바메 노트는 70여 년 전부터 오늘까지 그리고 내일도 중성 후루스지로 노트를 제작한다.

노트에 적는 말은 오늘의 기록일 때도 있고 내일의 계획일 때도 있고, 가끔은 숨기고 싶은 나만의 끄적거림이기도 하지만 '노트'는 한 번도 내일을 향하지 않았던 적이 없다. 그런 미래적인 '불편함'을 노트는 이어간다. 부러 택시가 아닌 역까지 산책했던 9월의 늦은 오후를 나는 다시 한번 열심히 기억했다.

와타나베 다카유키

渡邉崇之

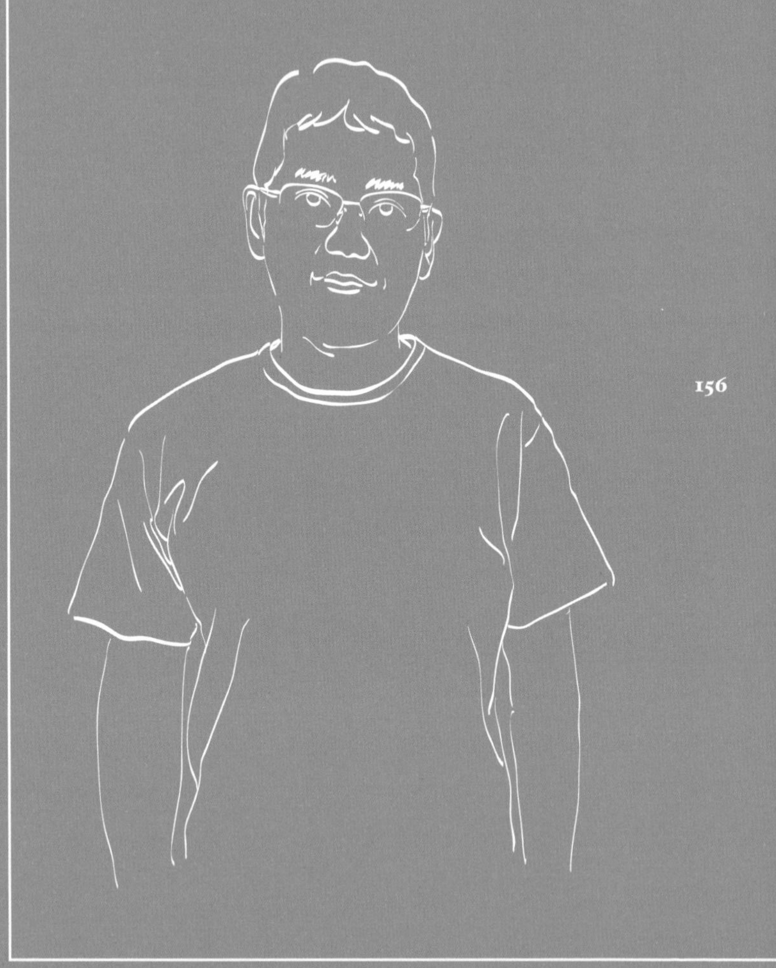

156

○ **Profile**

도쿄 출생. 프로필을 받고 싶다는 메일을 보냈지만 다카유키의 답은 좀처럼 오지 않았다. 뒤늦게 도착한 메일엔 "이렇다 할 게 없어서……" 라고 적혀 있었는데, 당장 뭐라도 써야 하는 입장에선 그저 당혹스러웠다. 하지만 사실, 장인을 프로필 같은 것으로 이야기할 수 있는 걸까. 결국 그의 형 카즈유키가 몇 마디를 적어 보내주었고, 그곳엔 프로필이 아닌 애틋한 사람 이야기가 적혀 있었다.

"다카유키는 어릴 때부터 '만들기'를 좋아했고, 나중에는 모 기업 공장에서 생산라인을 담당하고 있었어요. 그러던 어느 날 숙부가 갑작스러운 병환으로 은퇴하게 되셔서 후계자 자리를 고민하다가 다카유키에게 이야기했는데, '전혀 해보지 않은 일이라 할 수 있을지 모르겠지만 해볼래'라는 답을 줬어요." 그리고 그는 요즘 노트를 만든다. 어제도 오늘도 내일도 노트를 만든다.

https://www.tsubamenote.co.jp

○ **취재 이후 이야기**

츠바메 노트의 트위터 팔로워 수가 만 명을 돌파했다. 2020년 7월 14일, "트위터 시작하고 3년 만에 달성했습니다"란 메시지가 하늘을 나는 제비(ツバメ, 츠바메) 한 마리와 함께 올라왔다. 1950년대에 만들기 시작해, 회색빛 표지에 아무런 장식은 없고, 시대가 변해도 한 번도 유행을 좇은 적 없는 이 노트를 만 명이 넘는 사람들이 팔로우한다. 10년은 더 된 나의 초라한 트위터를 생각하면 참 알 수 없는 이야기지만, 츠바메의 트위터 글들을 보면 마음 한구석이 따뜻해진다.

"오늘은 회사 앞에 버섯이 자라났어요. 얼마 전에 누가 뽑아 갔는지 보이지 않아 쓸쓸했는데 다시 생겼어요. 균의 생명력이란 대단해요"랄지, "오늘 지붕에서 제비집을 만났어요. 1년 내내 열심히 둥지를 만들고 있었습니다. 저희도 더 열심히 해야겠어요"랄지. 전통의 노트 회사는 SNS에서도 아날로그를 그려낸다.

06 장인의 iMac, 나란히 걷는 부자의 삶

가몬 제작 공방 「교겐」 하토바 쇼류 & 하토바 요지

가몬(家紋), 한자를 그대로 풀면 집안의 문양. 아마도 조선 왕실사 혹은 오래전 역사책 어딘가에서 비슷한 이야기를 들은 것도 같지만, 가장 가깝게는 어느 집이나 하나쯤 갖고 있던 '가훈'이 떠오른다. 그것의 그림 버전일까 싶어 찾아보아도 분마와시, 몬쇼우와에시, 몬노리야 등 생소한 한자가 가득. 그나마 희미하던 그림도 흩어져 어느새 오리무중이 되어버린다. 하지만 지금 일본엔 오래전부터 내려오는 5만 점의 정해진 그림이 있다.

"'가몬'은 기모노나 집안의 중요한 물건에 새기는 문양이에요. 에도(江戸) 시대에 급격하게 늘어서 지금 현존하는 게 5만 점 정도죠. 이전까지는 서민은 가질 수 없었는데, 에도 시대가 되면서 규제가 풀리고, 모두 가질 수 있게 됐어요."

가몬을 그리는 니혼바시(日本橋)의 공방 '교겐(京源)', 그곳에서

3대째 가업을 잇고 있는 하토바 쇼류가 이야기했다.

취재를 준비하며 메일을 주고받은 건 올해로 서른다섯, 그곳의 4대를 잇는 하토바 요지인데, 작은 골목길에서 미닫이문을 열고 나를 맞아준 건, 기모노를 맞춰 입은 하토바 부자였다.

"요즘은 일본 사람들도 '가몬'을 모르는 이가 많아요. (웃음)" 요지가 뒤이어 말을 받아주었지만, 돌연 한 세대를 건너뛴 듯한 작은 충격. 도쿄는 가끔 그런 타임머신의 도시이기도 하다.

'교겐'의 '가몬', 그 그림은 요지와 쇼류, 부자의 오늘에서 붓을 뗀다.

가몬을 이해하기 위한 팁

—

가몬은 오래전 집안의 상징을 기모노에 새겨 넣던 문양을 의미한다. '몬노리야(紋糊屋)'는 그런 가몬을 기모노에 새기기 전, 다른 색이 묻는 일이 없도록 방염제를 바르는 일(곳)을 일컫는 말이고, 몬쇼우와에시(紋章上絵師)는 가몬을 기모노에 직접 그려 넣는 장인을 부르는 말이다. 먹과 붓과 함께 가몬의 필수 도구 중 하나인 '분마와시(ぶん回し)'는 요즘 말로 컴퍼스다.

어제와 오늘의 수상한 동거

장인은 사실, 따분하다. 매일 같은 시간에 일어나 같은 자리에서 같은 작업을 반복하는 건, 밖에서 보기에 흔들림 없이 지속하는 세월의 아름다움처럼 느껴져도, 10년 20년 대를 이어 삶을 이어간다는 건, 결코 아름답기만 한 이야기는 아니다.

무엇보다 내일이 쌓여가고 그렇게 변해가는 시대 안에서 그 파도를 마주하지 않기란 좀처럼 쉽지가 않다. 어찌할 수 없는 애씀과 인내의 시간들. 하지만 어쩌면 그건 또 한 번의 내일이 시작되는 시간인지라, 전통과 장인, 노포의 나라라고 하는 일본에서 요즘 그런 변화의 움직임은 전에 없이 활발하다.

4대째 동네 목욕탕을 이어가는 다무라 유이치가 센토에서 다종다양한 이벤트를 벌이고, 40~50년의 역사를 이어가는 노포들이 SNS와 유튜브에 채널을 개설한다. 근래에는 지역의 죽어가는 전통 산업을 살리기 위해, 매니징과 브랜딩을 도와주는 '시카케닌(仕掛け人)' 같은 집단마저 등장해버렸다. 어제에서 출발해 과거가 아닌 내일로 이어지는 시간들, 어제를 잊지 않으려는 그런 애씀들.

"지금은 예전과 비교하면 작업 방식이나, 활동 반경 등 많은 게 바뀌었어요. 하지만 그럼에도 축이랄까. 뿌리, 저희 집 근간에 있는 건 그대로라 느껴요." 100여 년의 역사, 가몬의 오늘을 이어가는 '교겐'의 4대 장인 하토바 요지가 이야기했다.

4대라고 하면 꽤나 진중하고 엄숙한 날들이 떠오르기 마련이지만, 요지의 작업은 아버지 쇼류 씨와 협력해 이뤄진다. 일상의 8할을 기모노 차림으로 보내면서도 그들의 작업은 맥북과 일러스트레이터로 마무리된다. 대를 이어나가는 장인의 시간이 아닌, 나란히 함께 걸어가는 장인의 일상이 그곳에 있다.

"일하지 않을 때는 기모노 차림으로 같이 동네 산책을 해요. 가몬을 계속 알려야 하니까요. (웃음)"

에스프레소 머신으로 내린 따뜻한 커피 한 잔이 테이블에 놓이고, 풍경 소리와 함께 손님이 찾아오고, 쇼류 씨는 아이폰을 열어 오래된 '가몬'의 문양을 찾기 시작했다. 맥북으로 그려내는 오래된 그림. 그건 설마 태블릿PC에 도화지를 꺼냈다.

복잡해서 짚고 넘어가는 & 가몬하토바네 이야기

—

하토바 집안에 가몬의 역사가 새겨진 건, 1910년(메이지 43년) 하토바의 증조할아버지가 도치기에서 도쿄로 이주한 뒤 '몬노리야'를 시작하면서다. 요지가 태어난 게 쇼와(昭和) 31년이니, 메이지-다이쇼(大正)-쇼와, 무려 두 시대를 지나온 이야기. "'몬노리야'는 '몬(紋)'을 넣기 이전 하얀 천에 다른 색이 염색되지 않게 방염제 바르는 것을 말해요. 1910년에 시작해서 (2대인) 할아버지가 기모노가 아닌 색지에 '가몬'을 그리는 '가몬가쿠(家紋額)'를 당시에 처음으로 시작하셨어요. 아버지는 '우와에시(上絵師, '몬'을 제작하는 장인)'에도 생각이 있으셔서 '기모노 종합가공회사'를 만드셨어요. 제가 일을 돕기 시작한 게 열아홉인데 당시에는 '가몬'을 쓰는 사례가 점점 줄어들고 아는 사람들도 점점 없어지는 상황이었죠. 당연히 회사 운영하기도 힘들었고요." 이런 요지의 말은 쇼류 씨의 이야기이기도 해서 28년 전, 그가 독립한 1985년에서 5년쯤 지났을 때의 일이기도 하다. 100년이 넘는 무수한 어제들. 하지만 내일은 분명 오늘을 갱신하며 흘러가고 있다.

백화점은 근대의 상징처럼 느껴지지만, 일본엔 400년이 넘는 백화점의 역사가 있다. 도시는 어제를 지워내기 바쁜 듯싶어도, 거리를 걷다 보면 종종 오랜 어제와 마주하곤 한다. 도쿄로 이야기하면 이자카야 문앞의 '마네키네코(招き猫, 손짓하는 고양이 인형으로 돈, 운, 사람을 불러온다고 전해진다)'랄지, 라멘집이나 오래된 일식집 문에 걸린 '노렌'이랄지. 일본 3대 백화점 그룹 '미쓰코시(三越)'에서 운영하는 니혼바시의 백화점은 이름도 예스러운 '코레도 무로마치(COREDO 室町)'이고, 그곳엔 하토바 부자의 '가몬'이 걸려 있다. 감색 바탕에 만다라를 연상케 하는 원형 그림이 쇼핑객들을 맞이한다.

쇼류 씨는 이를 "이틀 안에 완성해야 하는 작업이었어요. (코레도) 1, 2, 3관이 오픈하는 타임에 의뢰를 받았는데, 시간이 너무 부족했어요. 금요일 저녁인가 이야기 듣고, 다음 주 월요일에 보내야 했으니까 정신이 없었죠. 디지털을 도입하지 않았더라면, 손작업이었다면 분명 불가능했을 거예요"라고 이야기했다. 요지는 그 작업을 "미쓰코시 상층부 사람들이 마음에 들어 해서, 지금도 걸려 있어요"라고 자랑한다. 디지털, 맥북의 일러스트 프로그램이, 지금 이곳에 100여 년 전 그림을 그리고 있다.

일본 백화점의 시초는 1667년의 '시로키야(白木屋)'라 전해지고,

五金
業興

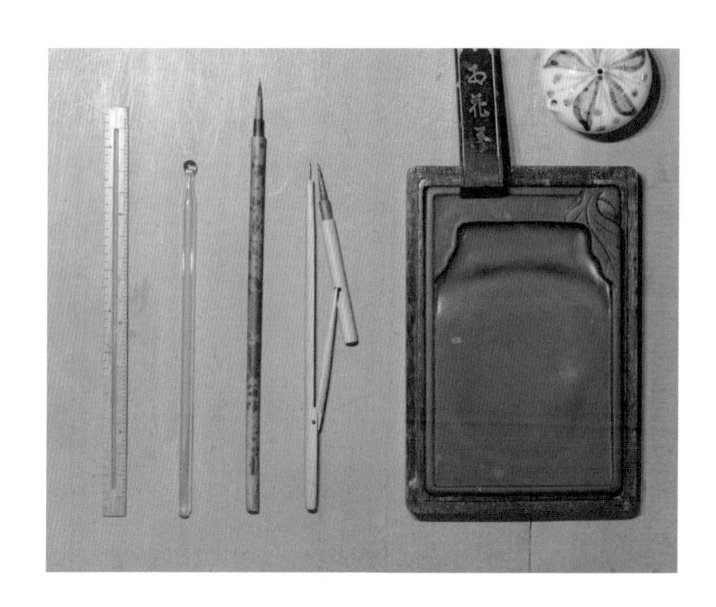

취재를 준비하며 메일을 주고받은 건
올해로 서른다섯, 그곳의 4대를 잇는 하토바
요지인데, 작은 골목길에서 미닫이문을 열고
나를 맞아준 건, 기모노를 맞춰 입은 하토바
부자였다. '교겐'의 '가몬', 그 그림은 요지와
쇼류, 부자의 오늘에서 붓을 뗀다.

이후 도큐백화점(東急百貨店), 미쓰코시백화점, 이름도 운영 주체도 달라졌지만, 여전히 자리를 지키며 명맥을 이어가는 그곳이 나는 그저 오늘의 도쿄인 것만 같다. 오래전부터 집안의 건강, 행복, 화목을 기원하며 정성껏 새겨 넣던 가몬, 그 느린 그림이 맥북, 디지털, 그런 설마 했던 사건과 만나 오늘을 걸어간다. 그런 걸음에 어제는 잊히지 않고, 둘의 이야기가 나는 왜인지 한 사람의 말처럼 들렸다.

부자가 교차하던 어느 봄날의 기적

니혼바시의 코레도와 이세탄백화점 신주쿠점의 설치 작품. 이탈리아 패션 브랜드 훌라(Fulra)의 90주년 가방과 크리넥스의 패키지 디자인. '교겐' 하토바 부자의 작업은 도쿄는 물론 오늘의 일상 곳곳으로 뻗어간다.

가몬은 고작 3센티미터 남짓의 작은 문양이지만, 기모노를 벗어난 그 그림의 쓸모는 한계가 없고, 직경을 넓힌 컴퍼스의 동그라미는 끝도 없이 늘어난다.

내가 그들의 그림을 알게 된 건 디자이너 요지 야마모토(yoji yamamoto)의 패션쇼 덕분. 요지 야마모토의 19년 F/W 컬렉션 36개 착장 중 26벌엔 하토바의 그림이 새겨져 있었다. 둘은 도쿄에서 자주 찾던 편집숍 '유나이티드 애러즈(United Arrows)'와 함께 유카타 컬래버레이션을 하기도 했다.

에도 시대와 도쿄 쇼핑 중심지의 묘한 융합. 시대를 아우르는 꽤나 거창한 컬래버레이션처럼 보이지만, 이건 사실 요지의 열아홉 번째 봄 그리고 쉰 살이 되어 새로운 목표를 그렸던 쇼류 씨의 하루가 그저 우연히 교차하며 벌어진 일이다.

요지가 스물을 앞두고 있던 봄, 쇼류 씨는 처음으로 아들에게 "일을 본격적으로 도와주지 않겠느냐"고 물었다.

두 개의 시간이, 하나의 길을 걷기 시작했다.

나 > **'교겐' 전에는 '기모노 종합가공회사'였더라고요. '교겐'이라고 이름을 새로 짓고 일을 시작한 건 어떤 사정이었는지요?**

쇼류 > **제가 스물세 살이 되던 무렵에 독립했어요. 근데 당시는 실크스크린 기술이 도입되던 시기거든요. 기모노의 가몬도 모두 인쇄하는 식으로 변해서 당연히 수작업으로 가몬을 그리는 장인의 일은 수요가 줄었어요. 그래서 이제 접어야 할지도 모르겠다고 생각했어요.**

요지 > **예전에는 어떤 물건을 만들 때 자신의 바람을 담아 간단한 그림이라도 그리는 게 당연한 일이었어요. 가족의 건강, 행복, 그런 소원을 비는 마음으로 가몬을 새기곤 했죠. 그런데 지금은 관혼상제를 제외하면 사용처가 거의 없고, 젊은 세대에서는 모르는 사람이 더 많아요. 주변**

친구들도 가몬이라고 말하면 뭔지 몰라요.

쇼류 > '가몬 자체가 세상에서 사라지겠다, 계속 남아 있을 수 없겠다'라는 막막함을 느꼈어요. 이대로는 일도 줄어들고 업계도 축소되고, 이 안에서는 아무것도 바뀌지 않겠구나, 생각한 게 그 시작이에요. '그렇다면 내가 직접 발신하는 일을 하자. 가몬을 아트로 만들어보면 어떨까' '정해진 것을 반복하는 게 아니라 내가 할 수 있는 것, 내 안에서 가능한 것을 파헤쳐보자'라고 생각했죠.

나 > 그게 요지 씨가 열아홉이 되던 때인가 보네요.

요지 > 제가 열아홉이 됐을 때, 아버지가 '일 도와주지 않을래?'라고 하셨어요. 사실 '우와에시'가 되려는 생각은 별로 없었거든요. 그런데 다시 이곳(니혼바시 이나리초)에 돌아왔을 때, 무언가가 마음속으로 스윽 들어오는 느낌이랄까요. 답답하던 게 한순간에 보이는 기분이 들었어요.

나 > 신기하네요. 본래 꿈이랄까요, 장래 희망은 뭐였나요?

요지 > 그런 질문 받으면 당황스러워요. 평소 그런 게 별로 없는 인간이라, 그냥 정말 바보였거든요. (웃음) 굳이 이야기하면 개그맨이나 건물 창문을 청소하는 사람이요. 높은 곳을 좋아했거든요. 아버지 일을 도우면서 처음에는 기모노 전반이랄지 가공 관련한 업무를 주로 했어요. 다만 제 안에 어떤 불안 같은 게 계속 있었는데, '나란 사람은 무엇인지'를 포함해서 '앞으로 어떻게 살아갈 것인가'에 대

한 물음들…… 그런 게 이곳에 돌아와서 한순간에 보였고, 그런 순간이 찾아왔다는 게 정말 감사하다고 느꼈어요. 그렇게 보이지 않던 것들이 보이더라고요. (웃음)

100년 그림의 새로운 자리를 찾다

쇼류 씨가 세월의 부침에 지쳐 있을 무렵, 요지는 이제 막 스물이 된 방황하는 청춘이었다. 어릴 적 아버지와 함께 서예를 배우기는 했지만, 요지에게 가몬 만드는 일을 이을 마음은 별로 없었다. 그는 "솔직히 가몬 때문에 친구들 사이에서 소외감을 느낀 적도 있어요"라고 말했다.

100여 년의 역사가 흘러가는 골목에, 그 무게는 전부인 듯싶어도 서로 다른 시간의 서로 다른 길은 왜인지 교차하며 방향을 찾기도 한다.

쉰의 나이에 새로운 꿈을 찾았다는 쇼류 씨와 스물을 앞두고 뿌옇던 미래가 보이기 시작했다는 요지. 이런 우연의 타이밍을, 어쩌면 세상은 운명이라 부를까? 아버지가 디자인을, 아들이 데이터 작업을 맡아 둘은 분업 시스템으로 같은 책상에 나란히 앉는다.

'미쓰코시'와 같은 백화점의 주문 제작부터 스와로브스키(Swarovski), 요지 야마모토 같은 브랜드, 기업의 로고 디자인을 비롯해 빌딩, 거리의 인스톨레이션(움직이는 대형 조형물) 등등. 그리고 그

중심에는 2012년에 제작한 〈MON-MANDALA〉란 작품이 있다. 가장 심플한 '몬'과 만다라를 융합해 그려낸 그 한 점은, 타이틀 그대로 무수한 '하토바식' 가능성을 일상에 그려내기 시작했다.

"가몬은 모두 오래전에 정해진 문양이라 재미가 없어요. 장인은 본래 재미없는 일을 하지만요. (웃음) 매번 반복하고 이미 있는 형태를 염색하는 일이니까, 사실 누가 해도 상관없잖아요. 그럼 더 '나'를 표현하자고 생각했어요." 쇼류 씨는 기나긴 장인의 계절을 벗어나, 또 하나의 목표를 찾아가던 첫날의 다짐을 이렇게 이야기했다.

그리고 요지는 그 작품을 보고 "형태는 바뀌어도 저희가 가진 아이덴티티, 즉 DNA를 이어가며 현대의 '가몬'으로 부활시킬 수 있을 것 같은 느낌을 받았다"고도 말했다. 기나긴 전통의 전환점, 하지만 새로 시작하는 시절의 아침이 찾아왔다.

'몬'은 정말 작은 원의 그림이다. 지름 38밀리미터 혹은 21밀리미터 크기의 원 안에 직선을 더하고 더하고 또 더해 완성된다. 쇼류 씨는 그 원을 '지킴으로써의 원'이라고 말한다.

"모든 것을 원으로 수렴하는, 그 원 안에 다 넣으면서 자신을 지킨다는 감각을 일본인은 갖고 있어요. 그래서 대칭을 좋아해요. 제가 생각하는 건 가몬을 통해 일본의 디자인성을 제 방식대로 풀어보고 싶다는 마음이에요."

티슈 박스에 그려져 있어도 쇼핑몰 외벽에 장식되어 있어도, 왜인지 오래된 그림처럼 느껴지는 건 수천 년 전통의 기품 때문이기도 하지만 어제를 놓지 않으려는 애잔함, 일러스트레이터를 쓰면서도 먹과 붓, 오래전 시작됐던 그곳을 잊지 않으려는 애씀 덕택인지 모른다.

요지는 본격적으로 일을 시작하면서 "'스가키(素描, 그림의 베이스가 되는 그림)'부터 출발했는데, 붓과 친해지는 데 엄청나게 고생했어요. 선을 한 번에 긋는 게 기본이고 가장 중요한데 그게 정말 잘되지 않더라고요"라고 분투했던 날들도 털어놨다.

먹의 정도, 붓의 상태, 종이의 질 그리고 그리는 이의 마음에 따라 드러나는 미묘한 차이들. "그날의 기분이나 날씨의 영향도 받거든요. 피곤한 날에는 피로감이 그대로 드러나요. 그래서 아버지랑은 싸울 수도 없어요. (웃음)"

이렇게 인간적인, 불완전한, 시대를 거스르는 동그라미. 장인의 계절에는 어김없이 사람의, 방황하고 좌절하고 애타했던 날들의 기억이 얼룩처럼 남는다.

가장 가까이 있던 내일과의 조우

72시간과 한 달. 100년의 역사와 4대째 이어지는 전통이라면 좀 더 멋있는 말, 가늠하지 못할 정도의 숫자 같은 걸 기대하지만, 1910년에 시작해 사라질 뻔한 위기를 겪었던 가몬을 이 자리에

가몬은 모두 오래전에 정해진 문양이라
재미가 없어요. 장인은 본래 재미없는 일을
하지만요. (웃음) 매번 반복하고 이미 있는
형태를 염색하는 일이니까, 사실 누가 해도
상관없잖아요. 그럼 더 '나'를 표현하자고
생각했어요.

紋章上繪
誂処京源

松竹梅
亀万年
天下三代
鶴千年

Kleenex

그는 아직도 연습할 때 붓과 먹을
이용하는데, 사는 건 그렇게 어제와 오늘이
서로 발을 맞춰가는 하루이기도 하다.
디지털 시대가 됐어도 빠르고 편한 시절이
찾아와도 '굳이' 그리고 '그렇게까지'와 같은
고지식한 말들, 그런 장인의 말들은 의외로
오늘의 언어이곤 하다.

있게 한 건, '금요일에 제안받은 일을 월요일 아침에 보내야 했던 급박한 2박 3일'과 포토샵, 일러스트레이터에 으레 붙어 있는 '한 달 서비스 체험 기간'이었다. 지금의 '하토바' 시스템은, 단 하나의 컴퓨터 응용프로그램에서 시작됐다.

"지금으로부터 9년 전에, 로고 디자인 작업을 의뢰받았어요. 그런데 그림을 데이터로 달라고 하더라고요. 디자인은 할 수 있지만 그걸 데이터화하는 건 해본 적이 없고 주변에 아는 지인도 없어서 '어쩌지 하다가 그럼 내가 해보자'라고 생각했어요. 아버지가 디자인한 걸 내가 데이터화해보자." 그렇게 요지는 아이맥과 일러스트레이터 프로그램을 샀고 서점에 가서 '일러스트레이터 배우기' 같은 책을 사 와서, 독학의 한 달을 보냈다.

"무료 1개월 체험판 같은 게 있잖아요. 매일 책을 보고 시행착오를 겪으면서 정말 어려웠지만 어떻게든 1개월 안에 납품할 수 있었어요."

기모노를 입고 양손을 곱게 테이블에 얹은 채 요지는 이런 이야기를 했다. 아이맥, 한 달의 무료 체험 기간 같은 이야기를 했다. 무료 1개월이 없었으면 어쨌을까 싶었을 이야기. 넷플릭스, 애플뮤직 같은 서비스를 이용하며 종종 무료 체험을 그저 공짜라 좋아했는데, 그런 상술도 도시에선 누군가에게 도움이 된다. 그렇게 별것 아닌 일들을 왜인지 도시의 배려라고 믿고 싶어졌다. 그리고 그 조합은 아이러니하게도 의외로 잘 맞았다.

"'미쓰코시' 이후에 작품을 조금씩 늘려갔어요. 더욱 디자인적인 것, 가몬이 가진 일본의 디자인을 살려 새로운 '몬'을 디자인하고 데이터화 작업을 완성하고. 손으로 하던 것을 일러스트레이터 소프트웨어로 바꿨는데, 그 궁합이 의외로 정말 좋았어요"라고 쇼류 씨는 이야기했다.

먹과 붓, 아이맥과 일러스트레이터 프로그램. 에도 시대와 현재, 그런 신구의 융합. 내게는 아직도 좀 아리송하지만 그 이상한 만남은 요지가 찾아 헤매던 자리이기도 했다.

"앞으로 대가 바뀌어 내가 이 일을 이어가게 됐을 때, '어떻게 해야 할까?'라는 막연함이 있었어요. 이대로 가도 되나. 그런데 9년 전 그 제안을 시작으로, 디자인 작업을 컴퓨터로 하면서 '이게 내가 진짜 하고 싶었던 거다'라는 느낌이 딱 들었어요."

그렇게 요지는 홈페이지를 새로 만들었고, 흑과 백을 담담하게 배치한 화면은, 먹과 붓만으로 완성되는 가몬의 세계를 세련되게 있는 그대로 오늘에 데려온다.

"막상 해보니 일러스트레이터로 그리는 선이 매우 예쁘다 느껴졌어요. 가몬에서 선은 정말 가늘게 시작되거든요. 근데 이 디지털 툴이라면, 이렇게 가는 선도 별 수고 없이 예쁘게 그릴 수 있겠다, 비즈니스가 될 것 같다라는 직감이 왔죠."

가몬의 역사는 1200여 년, 아이맥이 출시된 건 1998년. 그 수천 년의 시간은 의외로 적용 가능한 어제와 오늘이기도 했다.

가몬은 정원(正円)과 직선만으로 완성되는 그림이다. 하나의 선에는 보이지 않는 무수히 많은 선이 잠재되어 있고 장인에게는 그 선들이 보인다고 한다. 역시나 장인의 일이라면 맥이나 일러스트가 아닌, 이런 신비로운 말들을 기대하기 마련이다. 아무리 기술이 발달했다고는 해도 수천 년 역사의 동그라미를 클릭 몇 번으로 완성할 수는 없다. 왜인지 그런 건 조금 내키지 않는다. 하지만 또 한 번의 10년을 시작하는 지금, 장인은 '무엇을'이 아닌 '어떻게'로 써나가는 역사가 되어가려 한다.

"가몬은 곡선을 그릴 때 정원을 이어가며 완성해요. 그런데 일러스트레이터의 곡선 툴이 가몬의 방식과 매우 닮았다는 걸 알았어요. '베지에 곡선(Bezier Curve)'이란 걸 쓰면 되는데, 아버지가 그게 좀처럼 잘되지 않아서 엄청 고생하셨어요. 그러다 일러스트레이터의 원 그리는 툴을 활용해 조합해보면 어떨까 싶었고, 실제로 해보니 정말 도움이 됐어요." 요지가 이런 이야기를 했는데 한 편의 영화 같았다.

"우리는 컴퍼스로 항상 정원을 그리거든요. 중심을 어디에 두고, 그러면 반경이 어떻게 그려지는지 그 감각이 몸속에 새겨져 있어요. 그래서 컴퓨터상에서의 작업이라고 해도 별로 다르지 않다 느꼈고, 마우스로 포인트 한 곳에 중심점을 찍어서 확 넓혀가는 등의 과정이 서로 닮았다는 걸 알게 된 다음부터는 금방 진도가 나

본질은 변하지 않았어요. 디지털 툴을 사용하고서도 그건 달라지지 않아요. 다만 보다 다양한, 새로운 형태로 저희가 가진 세계를 표현하는 일을 한다고 느낄 뿐이에요.

갔죠. 갭 같은 건 거의 느껴지지 않았고 실제로도 시간이 얼마 안 걸렸어요." 뒤이은 쇼류 씨의 이야기는 마치 마술같이 느껴진다. 수십 년 붓만 잡았던 장인이 아이맥에 쉽게 적응해버리는 요상한 이야기. 멀게만 느껴졌던 오래전 어제는 사실 그리 멀지 않고, 시간은 그렇게 아리송하다.

요지는 "주변 아티스트들에게 물어보면, 그렇게 귀찮은 걸 왜 하냐고 해요. 그래도 확실히 이렇게, 저희가 하는 방식이 훨씬 빠르고 저희의 표현이란 느낌이 들어요"라고 이야기했다. 그는 아직도 연습할 때 붓과 먹을 이용하는데, 사는 건 그렇게 어제와 오늘이 서로 발을 맞춰가는 하루이기도 하다. 디지털 시대가 됐어도 빠르고 편한 시절이 찾아와도 '굳이' 그리고 '그렇게까지'와 같은 고지식한 말들, 그런 장인의 말들은 의외로 오늘의 언어이곤 하다.

변하지 않기 위해 변화하는 삶

전통을 이어가던 오늘이 오늘의 전통을 만든다. 오래된 노포들이 힘들다고 하지만, 세상은 '어떻게 살아갈 것인가'를 이야기한다. 전통도 역사도 이제는 시대에 발을 맞추는 시절이 흘러간다.

2016년, 하토바 부자는 NHK 프로그램 〈디자인아(デザインあ)〉에 출연했다. 당시의 일화를 들으며 나는 도쿄의 '변화하고 변화하지 않는' 그런 시절을 다시 한번 생각했다.

"프로그램 디렉터가 '몬'을 알고 싶다고, '몬'을 알아보는 프로그램을 만들고 싶다고 취재를 하러 왔어요. 그런데 저희가 하는 건 기존의 '몬'이라기보다는 지금 시대에 현대적으로 다시 그리는 '몬'이고, 보다 시각적으로 보여줄 수 있는 디자인성이랄지 현대에 사용하지 않게 된 것을 어떻게 전하고 있는지에 관한 것이어서, 역으로 다른 제안을 했어요. 며칠 지나서 다시 연락이 왔는데, '말씀하신 그대로의 방송 구성이 완성되었습니다'라고 하더라고요. (웃음) 그렇게 영상이 만들어져 방영됐어요."

쇼류 씨와 요지가 함께 궁리한 아이디어. 그렇게 만들어진 2분 남짓의 영상은 '처음은 원(最初は円)'이란 프레즈를 반복하며, 전자 사운드와 함께 꽃, 새, 곤충을 그리고 끝내는 삼라만상을 완성한다. 쇼류 씨가 이야기했던 가몬 속에 담긴 일본의 디자인성.

더불어 하토바 부자는 지금 시대에 '가몬'이 살아가는 방식에 관한 강연, 워크숍 등의 이벤트도 종종 열고 있다.

"사실 가몬은 없어도 사는 데 아무런 지장이 없고 곤란해지지 않는 거잖아요. 그럼에도 저희가 이걸 하는 이유는, 일단 재밌으니까요. 그리고 왜 내가 태어났을까를 생각하면, 역시 부여받은 사명이란 느낌을 받아요. 이제는 전통 속의 제약을 버리고 어떤 상황에서도 계속할 수 있겠다는 생각이 들죠. 더구나 아버지와의 관계성을 생각하면 더욱더 그래요"라고 요지가 이야기했다.

プレイベント

하토바 요지는 그날 신고 간 나의 Y-3 스니커즈를 알아봐주었다. 그의 이름이 요지인 건 그의 아버지 쇼류 씨가 요지 야마모토의 옷을 매우 좋아하는 팬이기 때문이고, 이 말도 안 되는 이야기를 직접 이름을 지은 쇼류 씨가 이야기해줬다.

"요지 야마모토의 첫 파리 컬렉션이 1981년이었는데, 요지가 태어난 게 1983년이에요. 제가 요지 디자이너를 너무 좋아해서 이름을 그렇게 지었어요. 그런데 요지 씨 이름의 한자가 히카루 변을 쓰는 '요(燿)'인데, 호적법 시행 규정상 이름에 그 한자를 쓰지 못하고 어쩔 수 없이 '요일'의 '요(曜)' 자를 붙였죠. 원래 쓰카사를 쓰고 싶었지만 그러면 고집이 세진다고 해서 지금의 이름으로 정했어요. 근데 헤이세이 2년에, 1990년 다시 개정된 규정안에 의해 히카루 변을 쓰는 '요'를 이름에 쓸 수 있게 바뀌더라고요. (웃음)" 맙소사.

기모노에 전통 문양을 그리는 '몬슈우와에시', 도쿄에서 10명이 채 되지 않는다는 몬슈우와에시인 쇼류 씨는 100여 년 가업의 전통을 아들에게 강요할 정도로 완고한 사람이 아니었다. 오히려 틀 안에 있기보다 NHK 국영방송에 역으로 제안할 정도로 새로움을 추구하는 사람이었고, "완벽한 부모는 없어요. 완벽한 자식도 없죠. 그래서 저는 아들과 한 사람의 인간 대 인간으로서 함께하고 있다고 생각해요"라고 말할 정도의 유연한 사람이었다. 유치한 표현이지만 '열려 있는 장인'.

아들 이름까지 요지로 지어버렸던 그는 2019년 요지 야마모토의 컬렉션에 참여한 뒤 "오랜 꿈이 이뤄진 것 같은 기분이었어요"라고도 말했다. 나이는 숫자에 불과하다는 말은 진부하지만 별로 틀리지 않고, 세상엔 쉰 살을 넘어 완성되는 시간도 있다.

둘은 거의 매일, 인터뷰 당일에도 맞춰 입은 것 같은 기모노 차림이었지만 쇼류 씨는 "이건 스페셜 버전이에요. (웃음) 보통은 훨씬 편한 버전을 입어요"라며 웃었다. 요지는 "처음엔 혼자 입지 못했어요. 되게 어렵거든요. 겨우 혼자 입어도 정좌했다 일어나면 '이러다 벗겨지는 거 아니야?' 싶을 정도여서 스타일리스트 친구들에게 조언을 받으며 나름대로 마스터했어요"라고 웃으며 맞장구쳤다. 쇼류 씨의 아들 요지는 이제 기모노도 혼자 입을 줄 안다.

100년의 원을 완성하는 오늘의 한 땀

대를 이어간다는 것, 또 한 번의 세월을 시작한다는 건 무겁게 느껴지지만, 농담인 듯 진담인 듯 터울 없이 대화를 주고받는 하토바 부자의 모습에 그런 힘겨운 그림자는 보이지 않는다.

"본질은 변하지 않았어요. 디지털 툴을 사용하고서도 그건 달라지지 않아요. 다만, 보다 다양한, 새로운 형태로 저희가 가진 세계를 표현하는 일을 한다고 느낄 뿐이에요."

쇼류 씨는 아들의 말을 듣고 있다가 종종 "가장 중심이죠" 같은 말로 합을 맞춰줬고, 전통을 지켜간다는 건 사실 그저 서로 조금씩 빈자리를 채워가는 과정인지 모른다.

쇼류 씨의 이야기를 들으며 요지를 바라보고 있던 나는, 꽤나 빤하고 진부한 질문을 굳이 하고 싶어졌다. "요지 씨가 일을 돕기 시작하면서 안심이 되었나요?" 쇼류 씨는 짧지만 모든 것을 담은 답을 들려줬다. "최고죠. (웃음)"

50세가 되어 새 출발을 결심한 쇼류 씨와 하필 그 무렵에 자신의 길을 찾게 된 요지. 세상엔 가끔 이렇게 기가 막힌 우연이 찾아오고, 그건 아마 '장인'이란 말보다 더 값진 무엇인지도 모르겠다.

"아버지는 친구기도 하고 스승이기도 하고, 지금은 비즈니스 파트너고, 함께 이벤트를 나가면 개그맨처럼 만담하는 것처럼 이야기하고 그래요. 사람들이 형제 같다며, 콤비라고 하죠. (웃음)" 요지의 그 말에, 그가 어릴 적 순수하게 꿈꿨던 '남을 웃겨주고 싶은' 순진한 동심의 꿈이 살포시 스쳐 갔다.

가몬은 '정원'에서 시작하고, 그 원은 '円'이라 쓰고 '엔'이라 읽고, 그 소리는 무슨 우연인지 인연을 이야기하는 연(縁)과 꼭 같다.

쇼류 씨는 "지금까지 모든 것은 사람들과의 만남으로 가능했다고 생각해요. 원을 더하고 더해서 가몬을 완성하듯, 円이 縁이 되는 거죠"라고 이야기했다.

연으로 태어난다는 것, 연을 만들어간다는 것. 그런 동그라미의 세상을 걸어간다는 것. '가몬'은 작은 동그라미 우주, 그러고 보면 세상의 모든 행성은 원형, 그렇게 너와 나의 그림이 되어간다.

하토바 요지
波戸場耀次

○ **Profile**

1983년 도쿄 출신. 2010년 가몬의 제작 공방 '교겐'의 시작에 맞물려 아버지 일을 돕기 시작한 하토바 4대 장인. 에도 시대의 그림과 디자인에 재미를 느껴, 독학으로 포토샵과 일러스트레이터 프로그램을 마스터했다. 아버지가 디자인한 그림을 데이터화하는 디지털 작업을 담당하고 있다. 가몬의 기술을 수작업으로 수행하면서 '몬'의 세계를 알리는 취지의 다양한 이벤트, 강연 등을 기획·진행하며 가몬의 새로운 가능성을 펼쳐내고 있다.

http://www.kyogen-kamon.com

하토바 쇼류
波戸場承龍

○ **Profile**

1956년 도치기 출신. '몬노리야' 집안에서 태어나 가몬을 기모노에 새기는 '몬슈우와에시' 장인이 되었다. 50세를 맞아, 아트로서 가몬을 제작하는 활동을 시작했다. 아들 요지와 함께 디지털 툴을 활용하여 에도 시대 그림을 세계로 발신한다. 아트로서의 가몬을 포함, 기업의 로고 디자인, 패션 브랜드와의 컬래버레이션 등 다양하게 작업하며 도심 곳곳으로 활동 반경을 확장하고 있다. 대표작 〈MON-MANDALA〉의 타이틀처럼 '몬'으로 오늘을 디자인하는 가몬 디자이너. 가몬의 새로운 가치를 확장하고 있다.

○ **취재 이후 이야기**

"전통이란 제약을 버리고 어떤 상황 속에서도 계속할 수 있다는 생각이 들었어요." 하토바 요지의 이 말은 지금까지 에도 시대의 가몬을 디지털 툴, 아이맥으로 구현하는 전환으로서의 문장이었지만, 코로나19 이후 그 말은 유튜브에서도 실천되고 있다. 하토바 부자는 집에서도 쉽게 가몬을 그릴 수 있는 방법을 강의하기 시작했다. 이름하여 '우와에몬(UWAEMON)' '우와에시'의 '시(師)'를 대신해 '가몬'의 글자 '몬'을 바꿔 적은 타이틀이다. 링크로 제공된 전용 용지를 다운로드하고, 연필, 컴퍼스 그리고 자 하나만 준비하면 하토바 부자처럼 따라 할 수 있다. 잊힌 가몬을 다시 일상에 데려오겠다는 두 부자의 다짐이, 지금 다시 그림을 그리기 시작했다.

07 옷이 다시 태어나는 계절, 헌 옷의 어떤 가능성

후루기 패치워크 디자이너 - 히오키 다카야

오래전 사두었던 코트를 꺼내 입는다. 왜인지 실루엣이 어색해 잊고 있던 코트는 아마도 입고 나선 날이 하루 이틀을 넘지 않는다. 몇 해 전 도쿄에서 샀던 바지는 한 해가 지나자 이상하게 예쁘지 않았고, 아직도 좀처럼 내키지 않아 꺼내 보는 날이 거의 없다. 하지만 옷을 사던 날의 감각이 다시 찾아오는 날은 왜인지 있어, 버리지 못하는 옷들이 그렇게 몇 벌은 더 된다.

알지 못하는, 어쩌면 아직 찾아내지 못한 옷의 쓰임들이 옷장엔 남아 있다. 체형이 변해서인지 보는 눈이 달라져서인지, 이유야 알 수 없지만 그런 옷들이 찾아오는 날이 분명 언젠가 있다. 지난 10월 도쿄에서 처음으로 고엔지(高円寺)로 향하며, 그런 생각을 했다. 고엔지는 후루기(古着, 헌 옷) 마을이라 불리는 곳이고, 만남이 예정된 디자이너 히오키 다카야(日置貴哉)는 그곳에서 헌 옷으로 새 옷을 만든다. 브랜드 이름은 자신의 이름을 그대로 가져온 'TAKAYA HIOKI', 모토는 '형태를 바꾸는 옷'. 나 같은 사람이 그곳에 한 명 더 있었다.

"옷을 만드는 것보다 입는 걸 좋아해요. 옷 만드는 걸 그만두는 일이 있더라도 옷을 좋아하지 않게 되는 일은 없을 거예요. '입는다'는 건 제 옷의 꽤 큰 주제이고, 이에 기반해 디자인한다는 감각이 있어요. 예를 들어 바지를 일부러 위로 배치한달지 기존의 복식 방법을 넘어, 예전에 이렇게 입었지만, 이 옷에는 사실 이런 복식 방법도 있다는, 그런 스타일링의 제안을 만들어가는 느낌이에요."

스타일링을 디자인하다

리사이클링과 리메이크, 그리고 헌 옷을 의미하는 '후루기'. 같은 듯 다른 듯 서로 비슷한 이름들 사이에서 히오키 다카야를 생각한다. 히오키의 작업이 리사이클, 리메이크가 아닌 것은 아니지만, 1980년대 '브룩스 브라더스(Brooks Brothers)' 재킷의 태그를 가져와 패치워크 원단을 만들고, 그것으로 140장의 하얀색 코치 재킷*을 손수 제작하는 그의 방식은 분명 다른 템포의 시간을 밟고 있다.

절약하는 오늘이 아닌 어제를 간직하는 시간. 보다 크리에이티브한, 장인의 날을 떠올리게 하는 디자인이 그의 작업이다. 효율을 좇아 옷의 수명을 연장하는 재활용의 반복이 아닌, 어제가 제시한 복식의 디자인을 이곳에 가져오며, 히오키의 옷은 태어난다. 옷을 입는다는, 그 단순한 동작에 숨어 있던 무수한 베리에이션이 새로운 복장을 만들어내는 셈이다. 말하자면 히오키 다카야는 '스타일링'을 디자인한다.

그는 패션 학교를 나왔지만, 디자인이 아닌 스타일링을 전공했고, 대부분의 디자이너가 매 시즌을 생각하며 새 옷을 디자인할 때, 그는 어제의 한 벌을 해체하는 것으로 작업을 시작한다.

"옷은 살 때 느끼는 기쁨도 있지만 '이렇게 입을 수도 있다'는 기쁨, 누군가 칭찬해주었을 때의 기쁨이 가장 크다고 생각해요. 기본적으로 옷의 디자인이라는 건 이미 많이 나와 있으니까, 브랜드가 다르다 하더라도 결국 중복되니까. 저는 겹치지 않는 디자인, 이미 있는 것들을 분해해 새로운 걸 만들고 있다고 느껴요."

옷을 잘 입기로 유명한 배우 오다기리 조의 스타일리스트 기타무라 미치코는 한 인터뷰에서 "저는 조각을 배웠고, 입체를 의식하며 스타일링해요. 스타일링은 하나의 육체에 옷을 더해가는 이미지가 있어요"라고 말했는데, '옷을 입는다' '옷을 어떻게 입는가'

* 코치들이 입는 느낌의 재킷이라는 의미로 가슴이나 소매 부분에 로고가 새겨져 있으며, 칼라가 있는 것이 특징이다.

는 옷의 자리를 확장하는 일, 나아가 어제와 내일의 경계를 지우는 일이기도 하다. 그렇게 철 지난 헌 옷에 새 삶을 불어넣고, 옷장 속에 숨어 있던 낯선 오늘을 끌어내는 조금 다른 오늘이 그곳에서 다시 태어나고 있다.

어제와 오늘, 그리고 어쩌면 내일이 뒤섞이는 옷에서만 가능한 교차들. 히오키 다카야는 지나간 어제의 한 벌, 후루기를 디자인한다.

다시 태어나는 헌 옷의 크리에이티브

후루기, 그러니까 헌 옷. 이에 관해서는 몇 가지 풀어야 할 오해가 있다. 더럽고 냄새나고 구멍이 났거나 늘어졌을 거라는 추측들. 하지만 일본에서 후루기를 이야기할 때 그건 반만 맞고 반은 틀린 이야기다.

'후루기'에는 헌 옷 수거함에서 꺼내놓은 허름한 티셔츠나 바지처럼 다른 주인을 만나 재활용되는 옷과 함께 그와 다른 자리에서 활용되는 헌 옷들이 있다. 후루기의 거리인 고엔지가 100년 넘게 주목받고 있는 건 옷을 거쳐 간 수많은 사람들의 흔적 때문이고, 메트로폴리탄 도쿄에 어울리지 않는 그림임에도 발길이 끊이지 않는 건, 그곳에 쌓여 있는 오랜 시간의 축적 때문이다.

"저는 열여섯, 열일곱 살 무렵부터 옷을 좋아하기 시작했는데,

그때는 후루기를 전혀 좋아하지 않았어요. 더럽잖아요. (웃음) 솔직히 대부분 더럽고 냄새나는 건 사실이에요. 하지만 우연히 흥미를 갖게 됐고 자연스레 후루기숍에서 일하면서 '멋있다, 디자인이 좋다'에서 시작해, 알면 알수록 뭐랄까 '새로운 재미'를 느꼈어요."

히오키 말에 따르면, 후루기는 만들어진 연도에 따라 값이 달라진다. 소위 빈티지라 불리는 것들은 수십만 원을 호가하기도 한다. 미국의 대형 슈퍼마켓 브랜드 '시어즈'의 바지는 1950년대 물건이라면 2만 엔이 넘을 거라고도 했다. 그러고 보면 일본의 대표 아이돌 그룹이었던 스마프(SMAP)의 멤버 구사나기 쓰요시는 자신의 유튜브 채널에서 빈티지 데님 수백만 원어치를 자랑하듯 늘어놓고 한참을 떠들기도 했다. 물론 꽤나 마이너한, 마니악한 취미에 한정된 이야기지만, 새 옷, 새 디자인이 아닌 헌 옷의 가치를 간직하는 문화가 그곳엔 있다.

책이 어제를 기억하는 것처럼 영화가 지나간 시대를 담아내는 것처럼, 헌 옷은 어쩌면 흘러간 시절을 가장 정확하게 알고 있는 또 하나의 '소품'일지 모른다.

"언젠가부터 후루기를 보면, 지금은 없는 디자인이랄지 다른 질감의 소재랄지, 그런 걸 살리고 싶다는 생각이 들었어요. 색이 바랜 정도도 옷마다 다르고, 지금과 예전의 차이를 대조하듯 조합해 만들면 재밌는 게 나오지 않을까 생각한 게 지금의 시작이에요."

패션을 크리에이티브, 오리지널의 세계라 이야기할 때, 히오키 다카야의 옷이 태어나는 시작에는 얼룩이 배어 있다. 내일을 예감

하는 트렌드가 아닌, 어제가 남겨놓은 누런빛의 철 지난 기억들. 유행과 첨단의 도시 도쿄. 그곳에서 후루기, 한 벌의 자리는 내가 아닌 타인이 걸어온 시간처럼 느껴졌다.

나 > 후루기에서 특유의 냄새가 나잖아요. 가수 스다 마사키는 그 냄새가 '가네슈(GONESH)의 섬유 유연제 NO.8'에서 나는 향 같다며 좋아한다는데, (웃음) 어떻게 만들어지는 냄새일까 궁금했어요.

히오키 > 역시나 사람이 한번 거쳐 간 옷이어서가 아닐까요. (웃음) 그런데 그건 저도 잘 모르겠어요.

시차(時差)의 온도를 품은 사람

히오키 다카야를 알게 된 건 어느 유튜브의 동영상에서였다. 일본의 TBS 방송에서 20년간 방영되고 있는 인간 밀착 다큐멘터리 〈정열대륙(情熱大陸)〉을 패러디한 패션 다큐멘터리 〈복열대륙(服熱大陸)〉.

〈정열대륙〉은 운동선수 나카타와 이치로, 피겨 스케이터 하뉴 유즈르, 그림 작가 요시타카 신스케 등 성공을 거둔 이들의 어제를 돌아보는 방송인데, 〈복열대륙〉은 고작 유튜브 바운더리 안에서 이삼일 남짓의 촬영으로 만들어졌지만, 어딘가 지나칠 수 없는 '느림'의 이야기를 하고 있었다. 유튜브 시대의 장인 이야기라고나 할까. 늦은 밤 침대에 누워 그의 유튜브 영상을 전기(傳記)를 읽듯 꼼꼼히 훑었다.

미에현(三重県) 이세시(伊勢市), 히오키 말대로 시골 중의 시골에서 태어나 TV로 패션을 접하고 패션 학교에 가고 싶었지만, 부모님 반대로 평범하게 대학에 진학하고, 그래도 패션을 버리지 못해 스물셋이라는 나이에 '문화복장학원(文化服装学園)'에 입학한 남자. 패션을 위해 원하지 않던 기계제조회사에서 2년간 돈을 벌며 버티기도 했던 디자이너.

오래전 도쿄에서 일할 때 알게 된, 노랗게 머리를 염색한 대만 친구가 그 학교 학생이었는데, 히오키에게 그런 화려하고 하라주쿠나 시부야 같은 네온빛 도시의 느낌은 조금도 없었다.

"거의 10년 정도 이사하지 않고 고엔지에서 살고 있어요. 작업하기도 편하고 도심과도 가까워서 다른 데 나갈 일이 별로 없어요." 그의 거주지는 6평이 조금 넘을까 싶은 크기에 작업실도 겸하고 있었다. 더불어 그와 만나기로 했던 장소는 고엔지 뒷골목의 20년 넘은 깃사텐 '바니(バニー)'. 오래전, 배우 오다기리 조의 스타일리스트 취재를 위해 약속 장소로 정했던 건 하라주쿠 대로변의 새하얀 카페 '도나(Dona)'였는데, 히오키와 나 사이엔 빛바랜 테이블과 세월을 입은 바닥에 쏟아지던 늦은 아침의 햇살. 차이 혹은 시차(時差)가 느껴졌다.

그는 담배를 참 많이 피웠다. 커피는 하루 20잔 정도 마신다고 했고 대부분 캔 커피. 별일이 아니면 카페에는 잘 가지 않는다고도 이야기했다. 모자도, 검정 색상의 반소매 티셔츠도 허리춤에 묶어놓은 체크 셔츠도, 따로 묻지 않았지만 모두 후루기처럼 보였다. 어쩌면 그냥 그렇게 자연스레 알게 되는 무드가 있다. 이른 오후, 햇살을 닮은 그 느낌이 참 좋았는데, 안타깝게 '좋아요' 버튼은 보이지 않았다.

한참 메뉴를 살피던 히오키는 "그냥 아이스커피 마실게요"라고 말했고, 내 앞에는 차가운 아몬드 카페가 놓였다. 후루기와 아이스커피와 담배 생활 10여 년에 처음 본 브랜드 담뱃갑과 십수 개의 담배꽁초. 어쩐지 그를 알 것도 같았다.

더딘 하루가 길어내는 새로운 복식

1986년 출생. 나와는 고작 서너 살 차이밖에 나지 않지만, 히오키 다카야의 하루는 나와 조금 더 멀리 있었다. 회사에서 나와 대부분의 작업을 카페에서 마감하는 나와 달리 그는, 고엔지 뒷골목의 다다미 여섯 장밖에 되지 않는, 방이자 아틀리에인 1LK에서 거의 모든 작업을 마무리 짓는다. 그래도 도쿄인지라 재료비가 비싸서 옷을 찾아 가끔 지방을 돌기는 해도 대부분 고엔지에서 머문다. 물론 이런 건 나이의 문제가 아니기도 하겠지만.

"고엔지에서 재료를 찾는 경우가 없는 건 아니지만, 고엔지의 숍들은 대부분 창고에서 옷을 가져오고, 미국에서 납품해 오는 옷들이라 가격이 비싸요. 후루기는 시골일수록 인기가 없기 때문에, 후루기 지식이 있다면 조금이라도 아낄 수 있어요." 패션을 한다면 대부분 파리, 런던, 도쿄나 홍콩을 이야기하지만, 히오키 다카야는 일본 전역의 지방 후루기숍을 돈다.

그를 만나기 이틀 전 나는, 그래도 도쿄에 왔으니…… 하라주쿠에서 데님 셔츠 하나를 샀는데, 히오키는 도쿄에서 두 시간이나 걸리는 우쓰노미야(宇都宮)의 후루기숍 '소나(SONAR)'를 추천했다. 별것 아닌 이야기지만 후루기를 만나러 가는 시간, 그 한 벌과의 '시차'를 생각한다.

히오키의 옷은 백화점이나 패션 거리라 불리는 곳의 가게에서 흔하게 팔고 있지 않다. 그의 홈페이지를 제외하면, 오프라인숍은 도쿄 시부야 진구마에의 '자나두 도쿄(XANADU TOKYO)' 셀렉트숍이 유일하다. 말하자면 대량 생산이 아닌 소량 한정 생산.

"보통 롱 티셔츠는 두세 시간이면 만들 수 있지만, 패치워크가 들어가면 아무리 서둘러도 최소 하루는 걸려요. 가끔 도와주는 친구가 와서 함께하기도 하지만 거의 전부 제가 혼자서 하죠."

히오키의 'TAKAYA HIOKI'는 100퍼센트 핸드메이드 리미티드 생산이다. 패치워크를 주된 도구로 활용하고, 천 조각을 이어 붙이는 작업은 말 그대로 귀찮음의 전형이다. 〈복열대륙〉에서 소개됐던 히오키의 코트는 앞부분은 옥스퍼드 원단, 뒷부분은 가노

코(鹿の子)*를 이용한 화이트 코치 재킷이었다. 그러니까 귀찮음과 귀찮음의 전형.

히오키는 "오늘은 데님 패치워크랑 코듀로이, 둘 중 하나로 작업하려고 해요"라고 말했고, 어느새 한 시간을 훌쩍 넘겨 나란히 작업실로 향했다. 후루기를 입는 날엔 조금은 더딘, 그렇게 낯선 시간이 흐른다.

"일본에서는 YKK 지퍼가 가장 보통이지만 그중에서도 랭크가 있고, 좀 더 마니악하게 이야기하면 람포(lampo), 락카니(raccagni), 이탈리아나 스위스의 파스너를 사용하기도 해요. 지퍼를 올리고 내릴 때의 스르륵하는 감각이 정말 좋잖아요. (웃음)"

그저 올리고 내리는 기능을 가진 작은 부품인 지퍼. 히오키에겐 그런 사사로운 것들이 좀처럼 그냥 스쳐 가지 않는다. 그냥 볼일(?) 볼 때 필요할 뿐인데……. 내겐 그 말이 조금 예쁜 고집처럼 느껴졌다. 후루기 그리고 어제를 바라보는 복식이란.

---

* 수평으로 박음질하는 방식의 변형, 사슴 등의 하얀 반점 무늬를 닮았다고 하여 가노코라는 이름이 붙었다. '시드 스티치(seed stitch)'라고도 하고 표면의 미세한 굴곡이 특징이다.

효율을 좇아 옷의 수명을 연장하는 재활용의
반복이 아닌, 어제가 제시한 복식의
디자인을 이곳에 가져오며, 히오키의 옷은
태어난다. 옷을 입는다는, 그 단순한 동작에
숨어 있던 무수한 베리에이션이 새로운
복장을 만들어내는 셈이다. 말하자면,
히오키 다카야는 '스타일링'을 디자인한다.

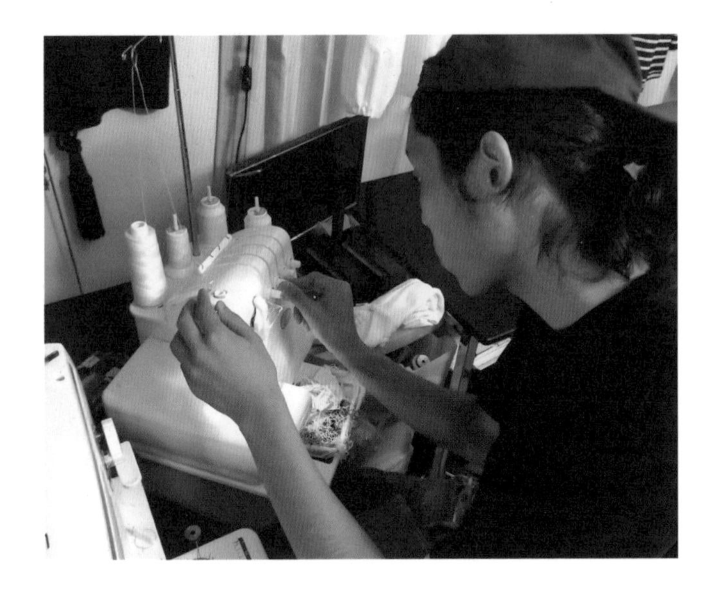

언젠가부터 후루기를 보면, 지금은 없는
디자인이랄지 다른 질감의 소재랄지,
그런 걸 살리고 싶다는 생각이 들었어요.
색이 바랜 정도도 옷마다 다르고, 지금과
예전의 차이를 대조하듯 조합해 만들면
재밌는 게 나오지 않을까 생각한 게 지금의
시작이에요.

새로운 시작을 위한 '해체와 조합'

카페를 나와, 그의 말에 따르면 2~3분 거리를 10분을 걸어 히오키의 집에 도착했다. 도쿄에 혼자 사는 남자의 집을 TV나 영화를 통해 여럿 보았지만, 히오키의 1LK에는 옷 그리고 잠자리가 다였다. 미싱과 재단을 할 수 있는 테이블이 갖춰진 약간의 공간을 제외하면 그저 옷 더미의 아수라장.

히오키는 한 더미의 청바지 속에서 몇 개의 찢어진 바지들을 꺼내놓았다. 헌 옷 수거함 몇 개 분량이 쏟아졌다. 쪽가위로 바늘땀을 하나하나 뜯어내고, 튀어나온 실밥들을 정리하고, 여기저기 떨어진 실 먼지를 닦아내기 시작했다. 옷은 좋아해도 아는 게 거의 없어 아리송했지만, 장인의 시간이란 본래 그런 것이라 단념하고 사진만 찍었다. 상처 난 청바지 다리 한쪽이 점점 팔 한쪽이 되어 갔다.

"대미지 입은 것들은 대부분 더러워서 쓰지 않지만, 쓰지 않으면 아깝다는 느낌이 들 때가 있어요. 참 이상하죠. 이제 다타키(叩き)란 작업을 할 건데, 헌 옷을 다시 쓰기 위해서 옷감을 재정돈하는 작업이에요." 일일이 묻기 미안해 여기저기 계속 사진만 찍었는데, 그 와중에도 실뭉치와 먼지가 방 안을 살포시 날았다.

"이런 실뭉치, 먼지가 정말 어마어마하게 나와요. 밖에 나가서도 옷에 묻은 걸 발견하고 떼어내길 반복하죠. (웃음)"

그의 작업은 패치워크가 메인이고 이미 있는 디자인의 여기저기를 오리고 조합해 만들어내는 재활용의 작업이지만, 그곳에도 어김없이 한 벌의 옷이 태어나는 0, 시작의 시간이 있다. 어제를 오늘로 돌려놓고, 맑은 하늘에서 내일을 바라보는 듯한 해체와 조합. 이는 히오키의 옷을 짜내는 굵은 두 땀의 축이다.

"본 브랜드의 아이덴티티를 많이 의식하며 작업해요. 이미 한 번의 재미가 태어났던 옷이기 때문에 중요하다 느끼죠. 그리고 저는 후루기를 일부만 사용하는 게 아니라서 더욱더 모티브로서의 의미가 있다고 생각해요."

그렇게 그는 어제의 유산을 이곳에 데려온다. 그렇게 기억을 계승한다. 1980년대 브룩스 브라더스의 2020년 버전, 1990년대 리바이스와 1980년대 리바이스의 융합. 단 하나의 지퍼로 남았지만 1970년대 이탈리아에서 만들어진 지퍼 브랜드 '라카니(raccagni)'를 장착한 데님이, 그곳에서 태어난다.

"패션은 돌고 돈다고 하잖아요. 제가 처음으로 제 돈 주고 직접 산 옷은 슈프림 모자였는데, 아마 지금 판다고 하면 일본 돈으로 8, 9만 엔은 할 거예요. 이럴 때 시대가 정말 재밌다고 느끼고, 고작 옷 하나의 로고지만 돌아보면 느껴지는 게 참 많다고 생각해요."

그가 이야기하는 '형태를 바꾸는 옷' 그건 어쩌면 어제를 이어가는 최선의 오늘. '패션은 돌고 돈다'는 그 흔한 말이 조금은 장인의 말처럼 들려왔다.

히오키의 패치워크는 결국 보지 못했다. 다림질을 마치고 그가 다시 한번 데님 더미가 들어 있는 검정 대형 비닐봉지를 뒤지기 시작했을 때, 마음은 체념 혹은 포기로 기울기 시작했다. 나는 바로 한 시간 후, 환승까지 해야 하는 나카메구로에 일정이 잡혀 있었다.

"가장 중요하게 생각한달까, 항상 생각하는 건 '차이'예요. 소재의 차이, 질감의 차이. 그래서 소재를 한 번 사용했다면, 같은 소재는 최대한 먼 곳에 배치하려고 해요."

대부분의 패치워크가 컬러나 소재의 질감 그리고 음영의 베리에이션을 활용한다면, 히오키의 패치워크에는 시간, 어제와 오늘의 차이가 주는, 어디에도 없는 '시차의 베리에이션'이 하나 더 있다. 그리고 그 생소한 이질감이 나는 좀 뭉클하다. 어제를 곁에 둔 한 장의 티셔츠랄지, 그제를 기억하는 한 벌의 세트업 피스랄지…… 옷에는 그 자리의 계절이 흐른다.

결코 바래지 않을 한 벌의 풍경

집에 돌아오니 히오키의 메일이 도착해 있었다. 그는 내가 돌아간 뒤 금세 완성했다며 몇 장의 완성된 패치워크 사진을 보내주었다. 한 시간 동안 반복해서 미싱을 돌리고 때리고 두들겼던 바지 한쪽은, 리바이스 로고 네다섯 개가 붙은 데님 스웨트셔츠의 오른팔이 되어 있었다. 보지 못한, 말로 기록하지 못할, 아마도 아름다

웠을 그 비약의 장면은 그저 아쉽기만 했지만, 햇볕이 따뜻했던 고엔지의 깃사텐, 그 자리에 남겨두고 싶다고 생각했다.

"후루기를 볼 때마다, 대미지를 볼 때마다 이걸 어떻게 해야 사람들이 좋아해줄까, 색바램은 어쩔 수 없지만 그걸 어떻게 살릴 수 있을까를 생각해요. 밀리터리 패치워크 할 때는, 보통 M1 필드 재킷(Field Jacket)*을 많이 사용하는데, 저는 M75 소재와 M65의 밀리터리 라이더 아랫부분을 합치는 식의 작업을 했어요. M1**은 비싸서 많이 안 쓰지만, 저는 써요. 소재값만 4천 엔이 넘는데도요. (웃음)"

어제를 기억하며 내일을 떠올리는 오늘. 시간에 따라 자연스럽게 색이 바랜 데님은 다른 농담의 블루와 만나 하나의 문양이 되고, 그런 굴곡의 실루엣은 하나의 새로운 디자인, 서로 다른 시절의 미묘하게 다른 로고는 이상하게도 애절한 울림을 만들어낸다. 그리고 그건 분명 유일무이한 디자인, 세상에 둘도 없는 한 벌이다.

히오키는 "같은 리바이스라 해도 지금의 것과 이전의 것이 색바램 정도가 전혀 다르고, 질감도 현재는 구할 수 없는 소재를 썼어요. 그런 게 시간이 흘러 지금은 매우 비싼 값에 거래되고 있어요. 세월이 깃든 것, 오래된 것, 그렇게 귀해지는 것, 대미지에 담긴 재미를 생각하고 의식해요. 참 신기하다 느끼고요"라고 말했다. 고

---

* 야전용 재킷 혹은 야상, M은 모델명, 뒤의 숫자는 제작 연도.

** 종래의 디자인을 수정해 만든 원형으로서의 모델.

작 옷 한 벌이, 세월을 이야기하고 있다.

인터뷰하는 동안 테이블 주위는 담배 연기로 뿌옇게 변했다. 그는 내가 모르는 오래된 담배를 피웠고, 그렇게 지나간 시절은 잊히지 않는다. 후루기는 분명 어제의 한 벌이지만, 그 옷은 분명 다시 태어나기도 한다. 그리고 그에겐 내가 아는 가장 하이패션, 배우 오다기리 조와의 접점, 그런 교차의 순간도 있었다.

“2017년 즈음에 오다기리 조 씨가 수상식에서 제 옷을 입어줬어요. 평소 납품하던 셀렉트숍에서 마음에 든다며 사 갔다고 하더라고요.”

히오키가 말한 옷은 블랙 컬러의 입체적 실루엣을 한 셔츠. 그의 말엔 여린 기대가 배어 있었고, 내일을 희망하는 설렘의 웃음과 꿈을 그리는 들뜬 표정이 살며시 비쳤다.

그는 어른이 되어버렸지만, 옷은 나이를 먹지 않는다.

히오키 다카야

日置貴哉

○ Profile

1986년 미에현 이세시 출신. 낚시를 좋아해 낚시 프로그램을 보다가 뒤이어 방영된 TV 프로그램 〈패션 통신〉을 보고 우연히 옷에 빠져 2010년 '문화복장학원'에서 스타일링을 전공했다. 패션의 길로 가고 싶었지만, 부모의 반대로 기계 고등학교에 진학, 2년간 기계제조업체에서 근무했다. 이후 후루기숍에서 아르바이트를 하며, 그가 스승이라 부르는 'NICK NEEDLES'에서 패션의 기초를 마스터하고, 2014년 봄여름 시즌부터 자신의 브랜드 'TAKAYA HIOKI'를 시작. 패치워크를 기반으로, 헌 옷으로 새 옷을 만드는 디자인을 한다.

https://twitter.com/takayahioki

○ 취재 이후 이야기

여전히 헌 옷을 수집하고 해체하고 실 먼지가 날아다니는 일상을 보내는 히오키는 헌 옷 한 무더기로 '새 옷'을 예고한다. 그의 트위터가 부지런한 건 아니지만, 디키즈(Dickies) 로고가 잔뜩 붙은 사진을 올리며 "soon"이라 적고, '스투시(stussy)'의 티셔츠 사진을 한참 올린 뒤에는 패치워크로 완성된 포켓 반소매 티셔츠를 공개했다. 고작 손 한 뼘만 한 포켓에 서로 다른 색상과 크기의 로고가 서로 다른 '어제'를 그려내고 있다. "이걸로 스투시의 역사가 모두 드러난달까요? (웃음)" 이 티셔츠 역시 〈복열대륙〉을 만들었던 나카메구로 편집숍 DAN의 발주 상품이다. 청춘과 거리의 브랜드 스투시를 생각하면, 그의 티셔츠엔 세상 모든 여름이 담긴다.

08

장인、도심의 커피 라이프를 열다

도쿄의 바리스타 「오니버스 커피」 사카오 아쓰시

2019년 9월 30일, 일정이 빠듯하게 잡혀 있던 오후. 후루기의 거리, 고엔지에서 나카메구로까지는 짧게 잡아도 30분. 헌 옷으로 새 옷을 만드는 히오키의 작업은 결코 메트로폴리탄 도쿄의 리듬이 아니었다. 청바지 더미에서 다리 한 짝을 또 찾아내는 그의 움직임에 마음은 플랫폼의 경고음을 울렸고, 그래도 다행히 그의 배웅을 받으며 역에는 도착했지만, 환승을 하고도 몇 정거장이 더 남아 있다. 도쿄는 오늘도 사람을 서두르게 한다.

나카메구로에 위치한 커피숍 '오니버스 커피(ONIBUS COFFEE)'는 오래된 목조 건물을 개조해 지어진 아담한 2층짜리 가게다. 곁에는 도요코선(東横線) 전차가 달리고, 노스탤지어의 경적이 뒷골목 특유의 아늑함과 함께 포근하게 어우러진다. 사람들이 커피를 사기 위해 줄을 서고, 가게 앞 벤치에서는 이야기를 나누고, 강아지가 길을 가다 잠시 눈길을 주는 곳. 별것 아니지만 걸음을 멈추게 하는, 머무름의 시간이 그곳에 있다. 도쿄에서 커피는, 어쩌면 이런 그림을 하고 있다.

얼마 전까지 있었는데, 얼마 전까지 없었는데

도쿄는 잰걸음의 시간을 걷는다. 장인이 가진 느린 템포의 두 글자는 좀처럼 이곳에 어울리지 않고, 유행과 트렌드를 좇으며 언젠가는 '핫 플레이스'라 하더니, 어느새 '힙 플레이스'라 부른다. 도통 지루함을 견딜 줄 모르는 도시의 오늘은 그저 내일을 바라보기 바쁘다.

2019년 가을, 그곳에서 프리 매거진 《아침부터 시부야에서 뭐 하니?(朝から渋谷で何してる?)》를 읽다 도쿄의 잰걸음, 그런 시간을 생각했다. 사쿠라가오카초(桜ヶ丘町)에서 제빵 학교를 나온 뒤 케이크 가게에서 파티시에로 일한다는 한 여자는 시부야를 '얼마 전까지 있었는데' '얼마 전까지 없었는데'라고 정의했다. 고작 한 글자 차이의 두 문장이 지금의 시부야, 그리고 지금의 도쿄를 이야기하는 것만 같다.

도시의 발걸음에 맞춰 하루를 살아가는 거리와 사람들, 그런 내일은 수많은 유행과 첨단의 새로움을 가져오지만, 어느새 그 자리에는 벌써 더 새로운 오늘이 시작된다. 크래프트와 파머스마켓과 핸드메이드와 업사이클링. 그리고 스페셜티 커피.

나카메구로의 카페 '오니버스 커피'는 올해로 9년째를 맞이하는 제법 역사를 가진 도심의 카페다. m이 아닌 n, 조금 생소한 이 이름이 도착한 건 벌써 10여 년 전, 2012년의 이야기다. '얼마 전까지 없었는데' '얼마 전까지 있었는데'……. 나카메구로의 카페는, 이 문장의 계절과 함께 살아간다.

도쿄의 아침을 여는 목공의 커피

캔 커피에 대한 혼자만의 별것 아닌 그림이 있다. 오후 3시 무렵의 빌딩 옥상. 슈트 차림의 샐러리맨이 피로와 함께 심심한 대화를 털어놓고, 동료와 함께 캔 커피 하나를 '딸깍'. 캔 커피를 홍보하는 TV 속 15초짜리 광고 영상이지만 그곳의 오후가 애틋하다. 10년을 일하면서 단 한 번도 슈트 차림인 적이 없는데도, 그 오후의 안락함을 알 것만 같다. 돌이켜보면 그저 커피와 함께 흘러가는 휴식, 지친 업무 중 캔 커피 하나가 가져다주는 옥상의 맑은 하늘 같은 여유일 뿐인데, 캔 커피가 그려내는 일상이 그곳에 있다.

오니버스 커피의 바리스타 사카오 아쓰시(坂尾篤史)를 만나러 가며 무슨 캔 커피 이야기인가 싶지만, 커피는 아마 어떤 시간과 함께 완성되는 한 잔이기도 하다. 도쿄 내에만 다섯 곳의 카페에, 원두의 재배부터 수입, 로스팅까지 커피의 시작과 마지막을 함께하는 사카오는 일본에서 가장 먼저 '스페셜티 커피'를 시작한 사람이라 불리지만, 그가 처음 만난 커피는 100엔 남짓한 캔 커피 하나였다. 사카오 아쓰시는 목공 집안에서 태어난 전직 목공이다.

"아버지가 목공 장인이세요. 저도 목공으로 일했는데, 목공들은 매일 오전 10시, 그리고 오후 3시에 캔 커피를 마시는 습관이 있어요. 커피를 본격적으로 알기 전까지, 저한테 커피는 캔 커피였죠. (웃음) 그래도 다들 나름의 취향이 있어서, 저는 다이도(DyDo)의 작은 걸 항상 마시곤 했어요." 1975년 창업한 다이도, 캔과 보틀, 두 가지 버전의 커피를 40여 년간 만들고 있는 커피 전문 기업 다이도는 오늘도 편의점과 마트에 진열되어 있다.

매일의 휴식으로 스쳐 가던 캔 커피가 10년 넘는 장인의 길로 이어질 줄은 아무도 몰랐겠지만, 가장 드라마틱한 도시, 메트로폴리탄 도쿄에서 별것 아닌 습관은 내일의 알 수 없는 예고편이 되기도 한다. 목공의 캔 커피가 예고한 스페셜티 커피 같은. 그런 도쿄가 나는 그저 새롭기만 하다.

"최근 멜버른에서는 커피의 산미를 과일에 빗대 이야기하며 커뮤니케이션을 해요. '어떤 플레이버예요?'라고 물으면, 와인 주문할 때처럼 '나무 느낌이 나지만 프레시하고 맑은 느낌을 좋아해요'랄지, '사와(サワー, 증류주에 과일즙을 더한 술) 같은 게 좋아요'라는 식으로 구체적으로 전달하는 게 트렌드예요. 그리고 커피가 맛있을 때는 'beautiful'이라고 이야기해요. 저희 시부야

가게 인스타그램은 팔로워의 3할이 오스트레일리아 사람인데, 그들은 'beautiful coffee'라는 코멘트를 달아줘요. (웃음)"

망치를 두드리던 목공의 'beautiful coffee'. 이런 말들이 내겐 도쿄에 있는 여느 카페 주인들의 이야기보다 섬세하고 예리하다.

시절이, 세대가 교차하는 문턱의 드라마

사카오 아쓰시, 그가 망치와 목장갑을 벗고 커피 머신 앞에 선 것은, 지금으로부터 10여 년 전이다. 스타벅스가 지금처럼 많지 않던 시절의 이야기. 사카오의 시간으로 이야기하면 대학에서 건축을 전공한 뒤 현장에서 4~5년 일하고 난 후의 일이다. 전통과 장인을 이야기할 때 2대, 3대란 말은 훌륭하게 들려도 쉽게 간과되는 건, 한 사람 한 사람의 숱한 오늘이다.

사카오 아쓰시는 건축 일을 하기 위해 도쿄로 상경했다. "본가가 공무점(工務店)을 운영하기도 했고 건축 전문학교를 지원하기 위해 도쿄에 갔어요. 거기서 공부하며 건축 디자인의 매력을 느꼈지만, 마침 취업난이 있던 시기였어요. 겨우 '제네콘(종합건설회사)'이라는 회사에 들어가 2년 정도 일했지만 제가 배치된 부서는 '처음은 모두 현장부터'라며, 설계 디자인이 아닌 현장 일에 투입됐죠."

최근 일본에서는 목공의 구인난이 사회문제로 보도될 정도

ETHIOPIA
COSTA RICA

로 사람 찾기가 힘이 들고, 소위 인구가 가장 많다는 단카이(団塊) 세대가 은퇴하고 난 뒤 그 자녀 세대인 단카이 주니어들의 활동이 뜸해진 지금, 목공은 3K, 즉 힘들고(きつい, kitsui), 더럽고(汚い, kitanai), 위험한(危険, kikenn) 업종으로 기피되는 분위기다. 1983년생인 사카오는 올해로 만 서른일곱, 그를 이 픽토그램 안에 넣어보면 '포스트 단카이 주니어'. 머리가 희끗한 베테랑 장인들은 '젊은 사람들은 힘든 걸 하지 않는다'며 볼멘소리를 했지만, 사카오가 느낀 '목공의 난점'은 조금 다른 곳에 있었다. 보다 현실적이고, 보다 리얼하고, 보다 오늘을 위한 이야기들.

"주로 주택, 백화점 개수 공사 일을 했고, 나중엔 현장 노동자를 관리하는 책임자 역할도 맡았어요. 하지만 '감수 업무'라는 건 그저 이름뿐이고, '어린 것들은 현장에서 더 수행하고 와'란 느낌의 분위기가 있었어요. 그냥 마음대로 부린다는 느낌이랄까요."

심지어 그는 하코다테(函館) 지역에서 머물렀던 반년 동안, 마흔 살 정도 되는 상사와 2DK 아파트에서 동거하며, 매일 아침 식사를 만들어야 했다. "주말은 매번 무리하게 스나크(スナック, 마마라 불리는 여자 점원이 운영하는 가라오케 스타일 주점)에 끌려가는 날들이었어요." 요즘 식으로 이야기하면 성공을 위한, 배움을 위한 부당함과 악조건의 처우. 장인이 되기 위한 땀방울은 아름답지만, 그건 사실 묵인된 전통의 애달픔이란 걸, 도시는 바라보지 않는다.

하지만 사카오는 책 한 권을 만난 뒤 오랜 여행을 떠난다. 오래된 전통 뒤에 가려져 있던 개인이 목소리를 내기 시작했다.

"점점 위화감을 느끼게 됐어요. 아버지가 목공 장인이어서 애초 '회사원'이란 개념 자체가 제게는 별로 없었고, 언젠가 독립해야겠다는 마음은 있었거든요. 그러다 우연히 사와키 고타로가 쓴 《심야특급(深夜特急)》을 보게 된 게 스물넷쯤 되었을 때예요."

《심야특급》은 논픽션 작가 사와키 고타로가 인도의 델리부터 영국의 런던까지, 오직 버스만을 이용해 홀로 여행하는 내용이고 '나'가 주어로 흘러가는 그 이야기는 조금 소설의 형태를 띠고 있다.

"그 책을 통해 밖에서 사람을 만나는 것을 의식하게 됐던 것 같아요." 사카오는 2년여 회사 생활에 마침표를 찍고, 오스트레일리아행 편도 티켓을 끊었다. 삶은 가끔 이렇게 픽션으로 방향을 튼다.

모르는 사람과의 커피, 새로운 아침의 시작

"'카페=트렌드'가 아닌 '카페=일상의 장소'예요. 단골 카페가 생기면, 항상 같은 자리에 앉고, 점원은 얼굴을 기억해줘요. 그런 게 오스트레일리아에서는 당연한 일이지만 일본에는 전혀 없던 광경이라, 매우 신선했어요. 모르는 사람과의 커뮤니케이션 장소가 된다는 건 대단하다, 재밌다고 느꼈어요. 그리고 여행하면서, 맛있는 커피를 찾아 떠나는 정열은 대단하다는 걸 세계 각국을 돌면서 새삼 느꼈죠."

– NHK 위성방송 〈고가쿠루(ゴガクル, 어학 스쿨)〉 인터뷰에서

사카오는 워킹홀리데이 비자로 오스트레일리아에 다녀왔다. 대학생 무렵 가장 쉬운 방법으로 외국에서 생활할 수 있는 프로그램. 목공 집안에서 태어나 커피 장인으로 사는 남자의 '워킹홀리데이'. 나는 이 생소하고 어색한 조합이 왜인지 그냥 좋았다.

그가 목적지로 오스트레일리아를 택한 건 별다른 이유도 아니었고, 사카오는 "어학 공부를 한다고 할 때 가장 쉽게 선택할 수 있는 게 오스트레일리아였어요"라고 이야기했다. 그만큼 장인이라기보다는 평범한 서른 문턱의 이야기. 멜버른을 시작으로 오스트레일리아를 돌고, 시드니에서 홈스테이를 하고, 커피를 마시고 또 마시고, 그렇게 1년을 보냈지만 그것 역시 별로 의도한 건 아니었다.

"시드니에서 홈스테이를 했어요. 그런데 같이 지내던 친구 하나가 매일 아침 학교에 가기 전, 카페에 들러 커피를 마셨거든요. 처음부터 커피를 염두에 두고 떠난 여행길은 아니었지만, 제가 시골 출신이기 때문에 좀 더 다양한 세계를 보고 싶단 마음이 있었고, 거기에 그저 커피가 있었던 거예요."

그리고 그건, 그제야 마주한 그의 작은 시골 밖 세상이기도 했다.

"오스트레일리아에서는 아침에 사람들이 모두 카페에 모여 커피로 하루를 시작해요. 커피가 일상과 밀접하게 이어졌다고나 할까요. 별다른 대화를 주고받는 것도 아니지만 점원과 간단한 인사를 하고 그런 사소한 관계가 태어나는 것이 기분 좋다고 느꼈어요."

목공의 하루를 본 적은 없지만, 사카오의 오늘은 못질을 하고 나무를 베던 어제와 멀리도 와버렸지만, 그의 말 하나하나가 어제의 애탄 바람처럼 들려왔다. 왜인지 자꾸만 오래전 그의 캔 커피가 스쳐 갔다.

"오스트레일리아에서의 커피는 맛도 정말 좋았지만, 동시에 일상에서 커피를 마주하는, 카페의 자리랄까요. 그런 게 좋았어요. 일본에서 커피는 설탕, 크림을 가득 넣어서 맛이 없었는데, 제가 알던 커피가 전부가 아니구나 싶었고, 카페가 지역에 뿌리내리고 있다는 느낌이 정말 좋아서 일본에서 하고 싶다고 생각했어요."

일하고 땀을 흘리고, 집에 돌아오는 날들의 반복, 그리고 오전 10시와 오후 3시에 캔 커피와 함께하는 약간의 휴식. 《심야특급》 열차는 그런 그를 오스트레일리아라는 먼 곳의 새로운 일상으로 데려다주었는지 모른다. 갇힌 생활에서 벗어나고 싶은 바람, 마음 속 깊은 곳의 답답함을 털어버리고 싶은 소망, 어쩌면 이런 걸 2인칭의 커피, 관계의 카페라 이야기할 수 있을까.

사카오는 오스트레일리아에서 1년을 지내고 나서 아시아 15개국의 커피를 찾아다녔고 일본에 돌아와서는 당시로서는 흔치 않았던 로스터리를 갖춘 '폴 바셋' 신주쿠점에서 2년간 수행의 시간을 보냈다.

그는 "일본에 없는 문화, 생활에 밀접한 카페 '신(scene)'을 만들고 싶었어요"라고 이야기했다. 그리고 그 거창한 다짐은 작은 시

사람들이 커피를 사기 위해 줄을 서고, 가게 앞 벤치에서는 이야기를 나누고, 강아지가 길을 가다 잠시 눈길을 주는 곳. 별것 아니지만 걸음을 멈추게 하는, 머무름의 시간이 그곳에 있다. 도쿄에서 커피는, 어쩌면 이런 그림을 하고 있다.

ONIBUS COFFEE
NIBUS COFFE
24

골 마을 목수의 어느 하루에서 시작되었다. 지금 어딘가에서 들려오는 캔 커피의 '딸깍' 그 소리처럼, 그렇게 사소했다.

관계의 커피, 커피 '신(Scene)'을 만들다

도시 한복판의 장인, 도쿄의 젊은 장인, 유행과 트렌드의 거리에서 이런 말들은 어딘가 어색하고 어울리지 않는 듯 들린다. 하지만 그건 사실 그저 새로운 시작의 어색함인지 모른다. 폴 바셋에서의 2년 후, 오쿠사와(奥沢)에 첫 가게 오니버스 커피를 오픈하기까지, 사카오가 기댈 커피 '신(Scene)'은 어디에도 없었다.

"멜버른, 시드니처럼 커피가 일상에 밀착한, 그런 문화를 일본에서 꼭 경험해보자고 생각했지만, 일본에는 그런 신이 없으니까 우리가 만들자고 생각했어요. 그렇게 작은 로스터리 겸 카페를 오쿠사와에 열었는데, 운영하는 게 정말 힘들었어요."

2012년 당시, 일본의 스타벅스 점포는 늘어났지만 로스팅을 직접 하는 카페는 얼마 되지 않았다. 하지만 세계적으로는 커피의 세컨드 웨이브(2nd wave), 서드 웨이브(3rd wave)가 일렁이고 있었고, 사카오는 커피 향 그윽한 그 하루의 일상을 어떻게든 도쿄에 꼭 데려오고 싶었다.

"그 당시 일본에는 스페셜티 커피가 거의 전무해서 그걸 널리 알리기 위해서는 점포를 최소 50곳 정도까지는 늘려야 하지 않을까 생각했어요." 그렇게 문을 연 게 오쿠사와에서 고작 2년 만인 2014년 시부야 도겐자카에 오픈한 테이크아웃 중심 커피 스탠드 'About Life Coffee Brewers'다.

그리고 이곳은 꽤 이상한, 별로 장사할 마음이 없어 보이는 실험적인 점포였다. 사카오는 '오니버스 커피'와 더불어 인근의 몇 안 되는 로스터리 겸 카페 '아마메리아 에스프레소'와 '스위치 커피 도쿄'의 원두를 함께 팔았다.

"도겐자카 지점에서는 세 곳에서 로스팅한 원두를 같이 취급했어요. 아직 사람들에게 원두의 맛이 친숙하지 않기 때문에 차이를 느끼면서 커피와 좀 더 친해질 수 있는 계기를 만들고 싶었죠. 스페셜티 커피가 아직 역사가 얕고, 과도기에 있었기 때문에 동종업자끼리 여러 시험을 해가면서 얻은 정보를 공유하고 협력하고 싶은 마음이 있었어요."

말하자면 '도쿄의 커피 동맹'. 그의 노력 덕택인지, 지금 로스터리를 겸하는 카페는 도쿄 내에만 수십 곳에 이른다. 근래 '커피 교과서'라는 타이틀의 커피 특집 내용을 실은 잡지 《브루타스》는 오니버스 커피에 대해 '기존에 사용하던 로스터에 더해 1960년대 빈티지 로스터를 도입하고, 콩의 캐릭터에 맞춰 신구 두 대의 로스터를 가동하며, 질이 높고 안정적인 브랜드를 제공하고 있다'고 평했다.

사카오는 매일 커피를 내리지만 그에 머무르지 않고, 카페의 일상이 그러하듯 커피가 놓인 작은 테이블 하나의 시간을 그려간다. "커피의 맛도 물론 중요하지만, 매일 사람들과 마주치다 보니 커피

문화에 흥미를 가질 수 있는 커뮤니케이션에 대해 깊이 고민해요. 그래서 나카메구로 지점의 2층에서 워크숍을 하는 등 이벤트를 해요. 몇 해 전에는 '코뮨(오모테산도의 커뮤니티형 마켓)' 내에 있었던 자유대학(自由大学)에서 강의했어요. 커피의 퀄리티에 대한 내용은 물론, '커피를 둘러싼 환경, 문화, 카페로 인해 지역 커뮤니티가 어떻게 변해가는가'에 대한 수업을 2~3주간 총 다섯 번 진행했죠."

마침 맞은편에서 한 직원이 테이블을 정리하고 있었고, 사카오는 '그때 수업을 들었던 학생'이라고 말했다. 커피의 신이란 아마도, 커피 한 잔에 서로가 마음을 기대는 작은 시간, 조금은 부드러운 일상, 그렇게 쌓여가는 나와 너의 사사로운 오늘이 아닐까.

지속 가능한 커피의 실천

도쿄의 장인을 취재하며, 수많은 그곳의 카페를 훑으며 '사카오 아쓰시를 만나고 싶다, 만나야겠다'고 다짐한 건 사실 단순하게도 장인이란 이름에 쉽게 떠올리는 2대 3대 혹은 30년 40년 같은 숫자 때문이었다.

오니버스 커피는 시부야 오쿠사와를 시작으로 도겐자카, 나카메구로, 진구마에(神宮前) 그리고 근래에는 야쿠모(八雲)와 함께 베트남의 호찌민까지 점포를 늘렸지만, 그곳의 모든 커피는 편도 30시간 거리의 과테말라와 브라질에서 가져온다. 중개하는 유통

업체를 통하지 않고, 산지의 현장에 직접 찾아가 사람을 만나고 원두를 확인하고, 그렇게 커피의 모든 것을 책임지는 방식을 고수한다. 그만큼, 더디고 신중하다.

"물론 중개업체 도움을 받으면 편할 수는 있어요. 직접 원두를 가져오는 게 매상에 도움이 되는 것도 아니에요. 하지만 저는 확실히 생산자인 사람을 알아야 한다고 생각해요. 어떻게 만들고 있는지, 현지의 토질은 어떤지, 어떤 사람들이 만들고 있는지 봐야 한다고 느껴요. 저희가 제공하는 커피의 투명성을 보다 명확하게 하기 위함이에요"라고 사카오는 이야기했다.

플러스마이너스로 성립되지 않는, 셈법을 잊은 시간들. 처음에는 사카오 혼자 1년에 한두 번 다녔지만, 지금은 스태프들과 함께 네다섯 차례 다녀온다.

"실제로 가보면 여기서는 알아차리지 못했던 것들을 느끼게 되는 경우가 많아요. 커피를 만드는 사람들은 빈곤한 나라의 하층민이고, 마시는 건 선진국의 부유한 사람들이잖아요. 그런 '갭'이랄까, 그런 걸 외면하면 안 된다고 생각해요."

요즘 이야기하는 '트레이서빌리티(traceability)'. 하지만 사카오의 카페에서 그 말은 이미 일상으로, 역사가 되어 살아가고 있다.

"생산 현장, 환경을 이해하기 위해서 그만큼의 시간을 들일 가치가 있어요. 농가 사람들은 대부분 자신이 만든 커피콩으로 우려낸 커피를 마셔본 적이 없거든요. 그저 돈이 되기 때문에 재배하는 거죠. 그래서 저는 일본에서 로스팅한 커피를 가지고 가서 '당신이 만든 거예요. 이런 맛이 되었습니다'라고 이야기해요."

스페셜하다는 수식은 아마 이런 보이지 않는 애씀, 그런 시간의 이름이 아닐까. '스페셜티(specialty)'라는 건 아마도 이런 날들의 고유한 명사가 아닐까.

오니버스 카페에서는 커피와 마찬가지로 투명성을 갖고 만들어지는 빵, 잼, 버터 등을 조화롭게 넣어 만든 간단한 음식도 제공한다. 취재 당일 카운터에 놓여 있던 쿠키는 그의 친구이자 과자 장인이 운영하는 'SAC about cookies'의 초콜릿 쿠키였다.

정성껏 재배된 원두로 잘 내려진 커피가 전하는 그윽하고 깊은 향과 풍미의 시간. 별로 알아주지 않아도 지켜가는 절대적인 믿음과 가치. 도시의 말로 옮겨보면 트레이서빌리티와 서스테이너빌리티(sustainability)겠지만, 그런 차갑고 건조한 말보다는 오니버스 커피 홈페이지에 적혀 있는 'PEOPLE TO PEOPLE'.

그곳의 커피는 그저, 너와 나의 테이블에 놓여 있다.

'너'로 인해 확장하는 나의 가능성

"지금 커피를 하고 있지만, 오늘을 만들어준 계기는 확실히 2011년 3월 11일이에요. 지진이 발생했을 때 봉사를 하려고 도쿄의 한 단체에 연락해서 5월에 미야기현(宮城県) 이시노마키시(石巻市)로 달려갔어요. 근데 이미 봉사

오니버스 커피는 시부야 오쿠사와를
시작으로 도겐자카, 나카메구로,
진구마에(神宮前) 그리고 근래에는
야쿠모(八雲)와 함께 베트남의 호찌민까지
점포를 늘렸지만, 그곳의 모든 커피는 편도
30시간 거리의 과테말라와 브라질에서
가져온다.

단체의 리더를 비롯해 저보다 젊은 사람들이 지진 3일 후부터 달려와서 부서진 건물의 철거 작업을 대부분 마쳐 놓았더라고요. 당시 저는 폴 바셋에서 일하고 있어서 바로 현지에 달려가지 못하는 상황이었는데……. 배낭여행할 때 매일 '오늘은 어디에 갈까, 어디서 잘까' 100퍼센트 제가 생각하고 행동했던 그 시절을 생각했어요……. 그리고 피해를 입은 한 할아버지가, 돈은 물론 소중한 가족과 친구도 잃어버린 상황에서 '우린 집이고 물건이고 다 잃었지만, 자기답게 살아주면 좋겠어. 자신답게 살아가기 위해 어떻게 해야 하는지, 확실히 생각해야 해요'라고 하신 말씀이 정말 크게 와닿았어요."

- 패션브랜드 'FABRIC TOKYO' 커뮤니티 웹진 〈하타라쿠(はたら区)〉 인터뷰에서

도쿄에서 '사람'을 바라본다. 지속 가능성과 투명성, 물건 소비보다는 경험 소비, 온라인에서 확장된 오프라인의 커뮤니티. 근래 도쿄를 수식하는 수많은 말에서 '사람'을 바라본다. 사카오의 오니버스 커피는 요즘 도쿄를 설명하는 키워드와 오버랩되고, 그곳에서 '사람'은 어김없이 혼자가 아닌 '함께하는 사람들'이곤 한다.

아버지의 뒤를 이어 목공 일을 하던 20여 년 전부터, 도쿄로 올라와 혼자의 삶을 꾸리던 스물 무렵, 오스트레일리아와 아시아 곳곳을 돌고 돌아와 또 한 번 경험한 회사 생활, 이후 독립해 오니버스 커피의 대표가 된 지금까지. 멀리 돌아온 길고 긴 여정인 듯

싶지만, 그 날들은 분명 오늘도 무사히 하루를 살고 싶은 나와 너의 시간이었다. 묵묵히 하루를 쌓아가고, 오늘을 이어가는 쳇바퀴 속 도시의 이야기였다. 그리고 지금을 살아가는 도심 속 장인의 모습이기도 하다.

벌써 9년 전, 동일본 대지진으로 인해 일상의 하루하루가 바닥을 드러내며 갈라졌을 때, 사카오가 마주한 건 무너진 오늘과, 그럼에도 살아가야 하는 '나다운 나'의 내일이었다. 말수가 적고 진중한 용모의 그가 직접 이야기하지는 않았지만, 그의 삶을 움직인 것은 아마 어제에 대한 믿음, 그렇게 오롯이 나일 수 있는 오늘에 대한 다짐이 아니었을까.

그는 고향에 있는 부모님을 이야기하며 "이젠 서운해하지 않으시겠죠"라고 말하고는 애틋하게 웃었다. 그 애잔한 웃음에 새로운 일상이 태어난다. 산다는 건 때로는 헤어짐이고, 그렇게 다시 만남은 시작된다.

사카오는 "돌이켜보면 지금까지 이야기한 것들은 거의 다 이뤄졌어요"라고 느긋하게 이야기했다. 《아사히신문(朝日新聞)》의 비즈니스 온라인 미디어는 이를 '유언실행(有言実行)'의 경영이라 딱딱하게 정의했는데, 내게는 그저 소란스럽지 않은 추진력과 주저를 모르는 행동들 그리고 내일을 향한 소박한 발걸음으로 느껴졌다. 말이 실천되어가는 가장 정직한, 보통의 일상.

그는 "고등학교 때 소바집이랑 식당에서 아르바이트했어요. 지역 밀착형 가게랄까요. 동네 어르신들이 자주 오는 곳이었는데, 손으로 직접 만들고 스스로 납득되지 않는 품질의 면이 나오는 날에는 장사를 하지 않을 정도로 철저하고, 면의 퀄리티에 대한 고집을 지키는 곳이었죠. 생각해보면, 그때 제게 어떤 기준이 만들어진 게 아닌가 싶어요"라는 작고 소박하지만 소중한 이야기도 들려줬다. 그러니까 다시 한번 마음의 지속성.

사카오는 지금 혼자 살고 있지만, 매일같이 카페에 찾아오는 사람들과 마주하고, 오니버스 커피의 '오니버스(Onibus)'는 포르투갈말로 '공용 버스'라는 의미를 가지고 있다. 사와키 고타로의 《심야특급》 속 버스, 혹은 사카오 아쓰시의 버스.

"사실 커피 일이 저에게 맞는지 안 맞는지는 지금도 잘 모르겠어요. 하지만 제가 커피에 들인 시간은 다른 사람보다 부족하지 않다고 자신할 수 있고, 그 시간 덕에 계속 일하고 있다는 느낌이 들어요. 카페에 있으면 다양한 사람들을 만날 수 있잖아요. 그 덕에 저 자신의 세계가 넓어진다고 느껴요."

어쩌면 고작 시골을 벗어나고 싶었던 작은 바람을 가진 청년이, 문을 열고 만난 세상의 이야기. 사카오의 소소한 커피 히스토리는 이렇게 쓰이고 있다. 작은 시골 마을에서 출발한 전차가, 다시 한 번 곁을 지나가며 경적을 울렸다.

단 한 잔의 오후를 위한
커피 장인의 레시피

—

"분쇄된 커피를 산다는 건, 뚜껑 열린 탄산음료를 사는 것과 마찬가지예요"라고 말하는 사카오 아쓰시의 드립 커피 내리는 법.

준비 단계 먼저 그라인더, 케틀(드립 포트), 드리퍼, 서버를 준비한다. 드립은 온도 조절이 어렵기 때문에 주전자에 끓인 물을 따르면서 기구의 온도를 맞춘다. 대략 90~95도.

원두 계량 한 잔을 기준으로 13그램, 물은 225밀리리터. 그 이상은 원두 1그램당 물 17.3밀리리터로 계산.

원두 분쇄 드립 커피이므로 중간 정도 입자로 분쇄.

불림 작업 첫 번째 물 주입. 40그램 정도의 물을 10초 이내에 붓고, 세팅한 타이머를 확인하며 작업.

* **사카오의 팁** 이 단계에서 작은 스푼으로 커피를 저어주면 풍미가 오래 남는다.

뜸 들이기 두 번째 물 주입 후 30초 정도 놓아두면 풍미가 드러나면서 깔끔한 맛이 형성된다.

물 붓기 두 번째 이후 80, 60, 45그램순으로 세 번에 나누어 물을 투입. 추출할 때는 중앙에서 가장자리로, 가장자리에서 중앙으로 빙글빙글 원을 그리듯 서서히 움직인다.

완성 단계 미리 데워놓은 잔에 부어서 완성.

사카오 아쓰시
坂尾篤史

○ **Profile**

1983년 지바현 초시시 출신. 목공 집안에서 태어나 대학에서 건축을 전공했다. 이후 '제네콘'에 입사했지만, 현장과의 괴리를 느끼고 퇴사한 뒤 오스트레일리아로 워킹홀리데이를 떠났다. 그곳에서 예상치 못하게 빠져버린 커피를 찾아 다시 여행했다. 이후 도쿄에 돌아와 '폴 바셋'에서 2년간 수행하고, 2012년 오쿠사와에 'ONIBUS COFFEE'를 오픈. 현재 도쿄와 베트남 호찌민을 비롯해 모두 여섯 곳의 카페를 운영하고 있다. 커피뿐 아니라, 카페의 '신' '커피 라이프'를 만들어가는 활동을 진행 중. 2014년 '재팬 커피 로스팅 챔피언십'에서 3위를 수상한 이력도 가지고 있다.

https://onibuscoffee.com

○ **취재 이후 이야기**

코로나19로 걱정만 점점 부풀어 오르던 시기에, 사카오에게 안부 메일을 보냈다. 그는 "저희는 테이크아웃에 한해 영업을 하고 있습니다. 이전과 조금 다른 방식으로 일상을 이어가고 있어요"라는 답변을 보내주었다. 지레짐작 걱정을 가득 담아 보냈던 메일이 부끄러울 정도로 별일 없는 문장이었다. 그는 지난 1월 브라질에서 개최된 커피 품평 대회인 'MICRO REGION SHOWCASE'에 참여했고, 블로그엔 그때의 기록이 여섯 편의 글로 나뉘어 7월부터 공개되고 있다. 지역의 작은 농장을 대상으로 세계 곳곳의 작은(micro) 로스터리가 참여해, 농원을 둘러보고 스페셜티 커피의 향후를 고민하는 자리. "이번엔 토양 관리에 대해 이야기를 들을 수 있었습니다"라는 문장이 눈에 띄었다. 커피를 재배하기 위해 순환을 생각하고 자연도 함께 돌보는 삶. 왠지 코로나19 시절의 메시지처럼 들려온다.

東京
大阪
朝日新聞連載
三上於菟吉原作
杉山公平撮影
衣笠貞之助監督
第二篇

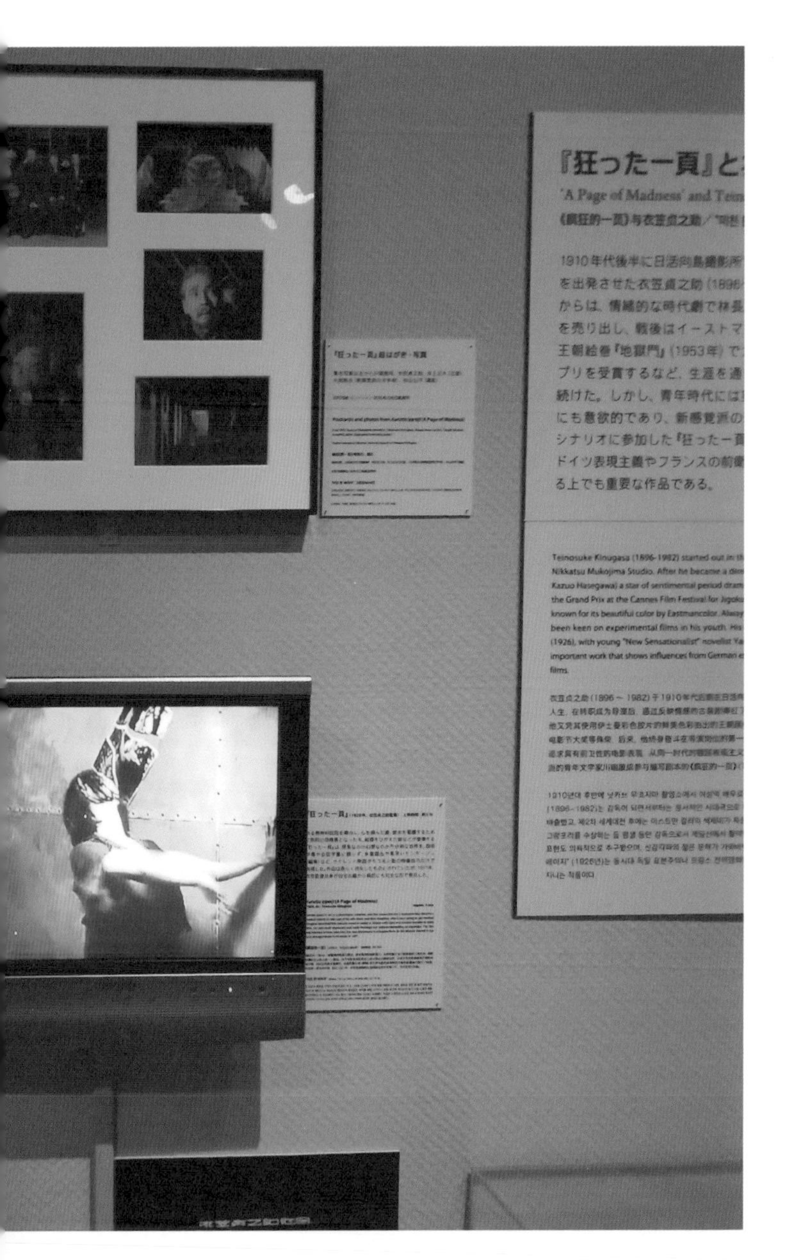

『狂った一頁』と
'A Page of Madness' and
《疯狂的一页》与衣笠贞之助
1910年代後半に日活向島撮影所
を出発させた衣笠貞之助（1896
からは、情緒的な時代劇で林長
を売り出し、戦後はイーストマ
王朝絵巻『地獄門』（1953年）で
プリを受賞するなど、生涯を通
続けた。しかし、青年時代には
にも意欲的であり、新感覚派の
シナリオに参加した『狂った一
ドイツ表現主義やフランスの前衛
る上でも重要な作品である。
Teinosuke Kinugasa (1896-1982) started out in
Nikkatsu Mukojima Studio. After he became a
Kazuo Hasegawa) a star of sentimental period
the Grand Prix at the Cannes Film Festival for
known for its beautiful color by Eastmancolor.
been keen on experimental films in his youth.
(1926), with young "New Sensationalist" novelist
important work that shows influences from German
films.
『狂った一頁』絵はがき・写真

영화는 가끔 참 신기하다. 오래전에 보았던, 이미 20년도 더 지난 영화가 아직도 떠오르는 날이 있고, 하루 종일 길을 걸을 뿐인 도통 알 수 없던 압바스 키아로스타미의 〈내 친구의 집은 어디인가(Where is The Friend's Home?)〉(1987)는 이제 와 마음 어딘가에 메시지를 남긴다.

2019년 국내에서 개봉된 오모리 다쓰시 감독의 〈일일시호일(日日是好日)〉을 처음 보고 그 제목을 읽을 수 없어 당황했는데, 영화가 슬쩍 건네는 페데리코 펠리니의 〈길(La Strada)〉(1954)처럼, 영화는 시간이 흘러 완성되는 무엇이기도 하다.

"세상엔 바로 알 수 있는 것과 시간을 들여 바라보아야 알 수 있는 게 있다"는, 지금은 세상을 뜬 배우 기키 기린의 대사가 말하는 것처럼 영화는 가끔 뒤늦게 찾아와 시차를 남기는 이상한 계절이곤 하다. '日日是好日(매일매일이 좋은 날)', 익숙하지만 낯선 이 말이 은유하는 오묘한 삶은 가끔 영화처럼 느껴져 지나간 어제를 이곳에 데려온다.

오래된 영화, 필름 영화, 무성영화……. 영화를 찾고 복원하고 보존하고 상영하는 기관 '국립영화 아카이브(国立映画アーカイブ)' 그곳의 오사와 조를 만나러 가며, 영화에 스쳐 간 어제를 생각했다.

시간이 흘러 완성되는 것들의 계절

10여 년 전 겨울, 사회 초년 시절 시부야의 아트시네마 '유로 스페이스'에서 보았던 구로사와 기요시의 〈도쿄 소나타(トウキョウソナタ)〉(2008)는 그날의 저녁, '프레시니스 버거'의 네기미소 버거(볶은 파에 일본 된장으로 양념한 버거)로 기억된다. 어쩌면 가장 마음 시렸을 또 한 번의 겨울, 시부야 2초메 '이미지 포럼' 극장에서 보았던 〈아사코(寝ても覚めても)〉(2018)는 울다가 잃어버릴 뻔한 마르지엘라 장갑 두 짝으로 남아 있다. 사실 영화와는 한 컷도 연관 없는 장면들인데, 어김없이 영화의 기억으로 남아 있는 날들이 있다.

아버지와 누나와 함께 두꺼운 파카를 껴입고 모 백화점 지하의 극장에서 보았던 〈영구와 땡칠이〉(1989)는 탱탱 불어 나왔던 짜장면 한 그릇이기도 하고, 둘째 누나와 함께 집에서 영화를 볼 때면 공포도 가끔 코미디가 된다. 이제 와서 영화에 덧붙는 이곳의 시간이, 나는 또 하나의 계절처럼 느껴진다.

영화의 '아카이빙'이란 말은, 말 그대로 기록하고 보관한다는 의미이지만, 영어의 세련되고 차가운 외연 뒤에는 어제를 스쳐 간 풍경이 엿보인다. 어제를 간직하고 기억하고 이어가려는 오늘의 애틋함. 도쿄에 위치한 '국립영화 아카이브'는 '남기다(残す)'와 '살리다(活かす)'를 두 축으로 운영되는 국립 근대미술관 산하기관이다. 그곳의 오래된 포스터가 붙어 있는 긴 복도를 지나, 영화와 함께 30여 년을 살아가는 연구원 오사와 조를 만났다.

영화를 이야기하고 돌아보고 추억하고. 고작 영화 한 편일 뿐인데, 그는 "영화 보존은 시절의 맥락을 살리는 작업"이라고 이야기했다. 오사와는 올해로 마흔다섯, 관람하는 영화는 한 해 300여 편. 삶을 반영하는 창으로써, 영화에 유효기간은 작동하지 않는다.

지나간 영화를 기억하는 도시의 아침

2019년 10월의 이른 아침, 국립영화 아카이브의 홍보 담당자 이마이 게이코는 나와 몇 번의 메일을 주고받다 아직 문을 열기 전이라며 정문이 아닌 뒷문을 알려줬다. 도쿄 주오구 교바시(京橋). 아사쿠사선(浅草線)을 타고 다카라초역(宝町駅)을 나와 걸어서 5분 정도. 거리는 여느 평범한 아침처럼 소리 없이 분주했고, 시절은 또 한 번의 연호를 지나 처음 맞는 가을이었다.

문을 열기도 전에 도착한 탓에 뒷문 근처를 서성이며, 이럴 때면 평소 보지 못한 풍경에 새삼 의미를 궁리하게 될 때가 있다. 어느 곳 하나 다를 것 없는 새 시대의 아침. 제복을 입은 경비원은 작은 끄덕임으로 방문자를 체크하고, 맞은편 건물에서 나온 어느 회사의 인부는 트럭에서 짐을 옮기고, 종종 호텔의 창밖에서 잠을 깨우던 까마귀는 별일 없이 건물 이편에서 저편으로 옮겨 앉는다. 사람에게 이름의 분위기가 느껴질 때가 있는 것처럼, 지명 역시 그곳만의 정서를 품고 있어 '교바시'라는 이름은 왠지 시대와 시대를 연결하는 도심의 '다리'인 것만 같다.

국립영화 아카이브에 소장된 필름 영화는 모두 8만 편. 그중 일본 극영화는 1만 2천여 롤이 있고, 가장 낡은 건 영화의 역사가 시작된 직후인 1910년까지도 거슬러 올라간다.

2019년 10월, 관내에서는 영화 잡지의 역사를 훑는 '영화 잡지의 은밀한 즐거움(映画雑誌の秘かな愉しみ)'이라는 전시가 진행 중이었다. 로비에 설치된 잡지 조형물을 둘러보며 내 삶의 3분의 1을 차지했던 잡지사 근무 시절이 떠올랐다. 불현듯 영화가 소환하는 오래된 나의 어제. 시대가 저물고 새로움이 도시를 채우는 지금, 그건 조금 특별한 어제의 그림이기도 하다.

국립영화 아카이브가 위치한 마을의 이름은 다카라초이다. 그건 '보물 마을'이라는 의미이고, 고작 지명일 뿐이지만 우연은 가장 근거 없는 아름다움이기도 하다. 영화가 영화인 건, 아마 이런 순간의 리얼리티 때문인 것만 같은 기분이 들었다.

뒷문으로 들어간 탓에 인터뷰를 마치고 밖에 나와 주위를 둘러보니, 일본 영화의 역사를 보여주는 색 바랜 사진들이 두꺼운 회색 벽에 오래된 그림을 그린다. 창간 100년을 넘은 영화 잡지《키네마 준보(キネマ旬報)》초기의 표지와 그림으로 커버를 장식하곤 했던 시절에 추억이 되어버린 영화들.

1952년 '국립 근대미술관'의 영화 부서로 시작해 1970년 역할을 확장해 '필름센터', 2018년 '국립 근대미술관'의 산하기관으로 독립하며 새로 단장한 국립영화 아카이브는, 고전 영화와 필름 영화 등 오래된 영화의 흔적을 살려내는 작업을 하는 곳이다. 이곳에서 오사와 조는 매달 수백 편의 영화와 자료 속에 살며 그 시절의 이야기를 이곳에 데려온다. 그는 필름 복원이라는, 시간을 역행하는 작업에 대해 이렇게 설명했다.

"국립 근대미술관이 시작이지만 개관 첫날부터 영화를 상영했어요. 뉴욕의 모마(MoMA)는 미술관이면서도 개관 초기부터 1930년대 영화들을 모았고, 저희의 가장 가까운 모델이기도 해요. 하지만 당시에는 '모으다'까지 나아가지는 못했고, 세월이 흘러 일본 영화가 놀랄 정도로 남아 있지 않다는 사실을 알고 찾기 시작했어요."

오사와의 이야기대로 영화를 복원하는, 즉 모으고 발굴하는 아카이빙은 1980년대 들어 활발히 퍼져갔고, 국립영화 아카이브는

ルイ・リュミエールと中田俊造

국립영화 아카이브가 위치한 마을의 이름은
다카라초이다. 그건 '보물 마을'이라는
의미이고, 고작 지명일 뿐이지만 우연은
가장 근거 없는 아름다움이기도 하다.
영화가 영화인 건, 아마 이런 순간의
리얼리티 때문인 것만 같은 기분이 들었다.

'국제 필름 아카이브'에 참관 자격으로 참여하기 시작해 1989년에 정식으로 가입한 상태다.

"옛날 영화를 상영하려고 해도 프린트가 없거나 제작하려고 해도 네거 필름(Negative Film, 현상하기 이전 색과 빛이 정반대인 상태의 필름 초기 버전)을 찾을 수 없고, 다시 만들려고 해도 그러지 못한다는 사실을 점점 알게 됐어요."

그렇게 끝나버린 어제는 그저 무력해 이름 모를 영화 몇 편이 알 수 없이 떠올랐다 사라졌다. 고작 영화일 뿐이지만, TV가 생기고 비디오가 보급되고 DVD가 발매되면서 오래된 영화는 점점 잊혀가고, 디지털 시대에 흑백영화는 그런 멜랑콜리한 기억으로만 남아 있다. 거리를 걸어 다카라초역을 지나며, 그 이름은 1978년 주거 표시 개편으로 '교바시'와 통합돼 역명으로만 남아 있단 사실을 뒤늦게 떠올렸다. 사라진 마을의 이름이 마치 흑백영화와 같았다.

"'남기다'와 '살리다'를 이야기하지만, '남기다'가 '살리다'로 이어지고 남기는 것으로 인해 살리는 것이 가능해져요."
주임 연구원으로 일하고 있는 오사와의 책상은 온갖 영화 자료와 서류, VHS 등 어제의 기록으로 가득했지만, 그건 분명 '남기다' 그리고 '살리다', 내일을 바라보는 그림이었다.

– '그의 작은 데스크를 살펴보다가', 인터뷰 메모에서

영화여서 하는 이야기. 〈기생충〉(2019)으로 확고하게 세계적인 감독으로 자리 잡은 봉준호는 영화적 디테일이 워낙 꼼꼼해 '봉테일'이라고 불린다. 흔치 않게 매년 한 편 이상 장편 영화를 만드는 홍상수 감독은 매일 아침 '쪽대본'으로 촬영을 시작한다. 〈비포 선라이즈(Before Sunrise)〉(1995) 〈비포 선셋(Before Sunset)〉(2004) 등으로 유명한 감독 리처드 링클레이터는 시간의 본질을 찾아내기 위해 12년간 같은 배우, 같은 스태프와 함께 〈보이후드(Boyhood)〉(2014)를 찍었고, 주연배우 엘라 콜트레인은 여섯 살부터 열여덟 살이 될 때까지 그 영화와 함께했다. 어찌 보면 비효율적이고 쓸모없고 굳이 필요하지 않은 것들의 이야기. 하지만 프레임을 조금 돌려 영화를 바라보면, 세상에는 쓸모와 효율이 아닌, 쓸모없음과 비효율의 시간이 있고, 굳이 할 필요 없는 것들이 만들어내는 세계 혹은 현실 속 작은 성과 같은 자리가 있다.

시대는 점점 내일을 향하고, 필름으로 만들어지던 영화는 대부분 디지털로 촬영되고 흑백 프레임은 컬러, 3D, IMAX로, 극장에 가서 보던 영화는 VHS, DVD, 심지어 스마트폰 5인치짜리 화면에서도 재생되지만, 필름에 기록된 1960년과 손바닥만 한 화면에 담기는 1960년은 전혀 같은 그림이 아니다.

"오즈 야스지로 감독의 영화는 극장에서도 보고 DVD로도 여러 번 봤지만, 복원 작업을 하면서 컬러 작업이 끝나고 본 필름은 정말 충격이었어요. '크레디트에 등장하는 시작 화면의 색깔이 이랬구나. 내가 오즈를 본 게 아니었구나' 싶었죠"라고 오사와가 말했다.

신작이 또 하나의 신작을 밀어내고 영화관의 무드가 점점 실종돼가는 시대에, 오래된 영화를 발굴하고, 복원하고, 없으면 다시 제작하여 상영하는 일은 사실 쓸모없고 비효율적이고 무엇보다 생산적이지 못한 노동이다. 하지만 변해가는 거리에서 시대를 반영하는 창으로써 영화는 가장 가까운 어제이기도 해, '어제를 알아야 내일을 살 수 있다는 건 변하지 않는 사실'이라는 오사와의 말은 그렇게 지금의 문장이 된다. 영화여서 하는 이야기. 하지만 이건 결코 영화만의 이야기가 아니다.

"같은 작품이어도 매체에 따라 전달되는 게 판이해요. TV의 좁은 프레임으로는 밝은 건 하얗게 뭉개지고 어두운 건 무너지고, 시대의 뉘앙스가 삭제되죠. 하지만 정말 좋은 상태의 필름은 사람의 얼굴이랄지 그림자랄지, 대상이 놓인 위치에 따라 다양한 뉘앙스가 느껴져요. 필름이 가진 풍부한 표현력이 있는 거죠. 저는 이걸 아직도 다 알아차리지 못하고 있다고 느끼고, 그걸 전하는 게 중요한 역할이라 생각해요."

오래된 영화를 본다. 후시녹음으로 들려오는 대사는 어색하기 그지없고, 갑자기 몇 컷은 생략된 듯 점프해버리는 진행은 오히려 아방가르드해 보이기도 한다. 색이 더해지기 이전, 소리를 담기 시작하기 이전의 영화라면 그 생경함, 위화감, 오늘과의 이질감은 더욱더 깊어져 마치 다른 장르의 세계를 엿보는 듯한 경험으로 다가온다. 하지만 그러한 장면들은 어느 시절 분명 어딘가에 존재했던 시간이다. 오래된 영화를 본다는 건 시나리오나 시놉시스, '누가, 언제, 어디서, 무엇을'이 아닌 당시의 풍경, 유행, 영화가 놓인 시대의 맥락을 바라보는 일이다.

"아카이브라 했을 때 중요한 건 모으고 복원하고 보여주는 상영뿐 아니라 그 영화가 어떤 배경, 의도로 만들어져 어떤 방식으로 상영됐고, 필름의 편성까지 포함해 그 작품에 얽힌 정보를 전달하는 것이라고 생각해요. 영화가 완성되기까지의 시간, 거기에 관계된 사람들, 사회적 문맥을 전하는 게 저의 일이라 느끼죠."

오사와의 작업은 그의 연구 '관동대지진 기록 영화군의 동태와 분류(関東大災害記録映画群の同定と分類)', 2001년 세상을 뜬 소마이 신지 감독 회고전 '다시 태어나는 소마이 신지!(蘇る相米慎二!)' 등과 같이 영화가 남긴 어제에 일관되고, 과거 어느 시절 오늘이었던 날들을 향해 한 걸음 한 걸음 다가가는 불가능에 가까운 작업이나 다름없다. 그리고 그 과정은 때때로 시계를 거꾸로 돌려, 고작

1980년대 색감을 위해 수십 년 전 필름 속 시간으로 들어가기도 한다.

2019년 진행되었던 기획전 '떠나가는 영화인을 그리며(逝ける映画人を偲んで 2017-2018)'의 상영작 중 이타미 주조 감독의 〈장례식(お葬式)〉(1984)은 촬영 당시 보조 스태프였던 후쿠자와 마사노리와 함께 리프린트, 재-타이밍(컬러 보정) 작업을 다시 거친 프린트다. 꽤나 번거로운 일, 수고가 필요한 일, 어쩌면 완벽히 해낼 수도 없고 별로 알아보지도 알아주지도 않는 일. 그리고 무엇보다 오늘은 결코 1984년이 될 수 없는 법. 하지만 그 무력한 오늘은 이곳에서 느리게 태어나, 내가 아는 가장 애달픈 오늘처럼 보인다.

왜인지 영화가 영화이지 않은 사람들

영화는 가끔 참 이상하다. 영화는 의식주도 아니고 영화가 없다고 세상이 굴러가지 않는 것도 아니고 두 시간 남짓이면 금방 끝나버리고 말지만, 누군가에겐 위로가 되고 즐거움이 되고 또 다른 누군가에게는 눈물이, 때로는 삶이 된다. 세상이 먹고사는 게 전부가 아니라고 할 때, 그 어딘가에 분명 영화가 있어 삶은 잠시 영화가 됐다 돌아온다.

우스운 이야기지만, 나는 대학을 졸업하고 영화 잡지에서 일을 시작해 10년 넘게 잡지를 만들면서, 그건 고작 115분짜리 영화 한

特殊撮影
総天然色映画
カルメン故郷に帰る

文化映画研究
引き出しは静かに開けてください
Please open the drawers slowly

편 때문이었다. 고등학교 2학년 무렵, 친구가 보던 신문 광고 하나를 보고, 야자 시간을 땡땡이치고, 왕복 네 시간이 걸리는 동숭씨네마텍에 가서 월터 살레스 감독의 〈중앙역(Central do Brasil)〉(1998)을 보았다. 별것 아니지만, 당시의 내겐 절대적이고 너무나 비현실적인 일이라 오히려 영화 같았던 이야기.

오사와에게 그런 영화와의 시작을 물었다.

나 > **저는 제 첫 잡지였던 《씨네21》을 옆구리에 끼고 개봉하는 영화를 모두 보겠다고 서울 곳곳의 극장을 찾아다니고 그랬어요. 조금 바보 같고 이상한 야망 같은 게 있었던 것 같아요.**

오사와 > **알아요. 그 마음. (웃음) 저는 지금 생각하면 좀 이상하지만, 영화는 무조건 처음부터 보지 않으면 안 된다는 고집 같은 게 있었어요. 일본은 당시 두 편 동시상영 극장이 대부분이라 한번 들어가면 하루 종일 있을 수 있는 시스템이어서, 도중에 들어가 도중에 나오는 사람들이 많았거든요. 하지만 저는 그렇게 하면 안 된다고 혼자 결정했죠. 제가 영화관에 처음 간 건 초등학교 5, 6학년 무렵이에요. 당시에는 그냥 평범하게 좋아하고 영화 많이 보는 학생이었는데, 에드워드 양 감독의 영화 〈고령가 소년 살인사건〉에 충격을 받았어요. 중학생 남자애와 여자애의 단순한 이야기이지만, 대만의 역사가 있고 사회가 있고,**

미국 문화가 얽혀 있으면서 최종적으로 그려내는 살인사건, 그 충격이 어쩌면 시작이에요.

〈고령가 소년 살인사건(牯嶺街少年殺人事件)〉은 에드워드 양 감독이 1991년에 237분이라는 네 시간 가까운 분량에 담아낸, 대만 근대사의 엘레지와 같은 작품이다. 국내에서는 2017년과 2019년에 재개봉되었다. 오사와는 네 시간이 넘는 감독판도 보았다며 아직도 끝나지 않은 영화인 듯 이야기를 늘어놓았다.

영화여서, 영화이기 때문에 이해되는 맥락의 이상함들. 두 편 동시상영 시절, 극장에서 자신만의 시작과 마지막을 지켰던 그의 어제가 없었다면 찾아오지 않았을 오늘. 이곳에 영화가 있다는 건, 조금 이상한 이야기이지만 어딘가 수상한 내일이 시작되고 있다는 이야기인지 모른다.

영화가 끝나고 시작하는 이야기

영화를 좋아한다고 해도 그 길은 수십 개로 나뉠 수 있다. 영화를 만드는 사람, 쓰는 사람, 연구하는 사람, 평론하는 사람, 때로는 홍보하고 응용해 장사하는 사람까지 넓히면, 영화에서 시작되는 세계는 '오늘'의 수많은 얼터너티브이기도 하다. 하지만 세상에 영화만큼 흔한 취미도 없고, 극장에서의 두 시간 남짓이 밖을 나와 한 사람의 삶이 된다는 건, 설명할 수 없는 명장면 혹은 이상하게 떠나지 않는 엔딩 크레디트와 같은, 조금 촌스러운 말일지 몰라도 운명적인 시간 이후의 일들이기도 하다.

오사와는 영화를 좋아했지만, 대학에서 과학사(科學史)를 전공했다. 학창 시절에는 8밀리 카메라를 들고 이즈(伊豆)에 머물며 영화를 찍는 나날도 보냈다.

"돌이켜보면 여러 이유가 있는 것 같아요. 당시 저는 일본 영화를 별로 좋아하지 않았어요. 지루하고 따분하다고 생각했죠. (웃음) 영화 많이 보는 사람이 대부분 그렇듯 실베스터 스탤론, 브루스 윌리스의 액션과 재키 챈을 비롯한 홍콩 영화를 주로 봤어요. 그러고 보면 시작은 재키 챈과 스탤론이기도 했던 거네요"라고 그는 웃으며 이야기했다. 하지만 그 이상한 비약은 그저 개봉하는 영화를 모두 보려고 이상한 고집을 부리다 기자가 된 내게, 사소하지만 운명적인 터닝 포인트, 즉 하나의 전환처럼 들려왔다.

"촬영을 하기는 하는데 점점 나와 맞지 않는다는 느낌이 있었어요. 영화는 좋아했기 때문에, 내가 할 수 있는 게 무얼까 생각했을 때 자연스레 연구하는 길을 가게 된 것 같아요. 영화를 통해서 글을 통해 표현하고 공유함으로써 무언가를 하자. 영화를 통해 받은 게, 행복한 시간이 많았기 때문에 돌려주자 싶었죠. '받기만 하는 걸로 괜찮은 걸까'라는 생각도 했고, 다른 사람과 가치를 함께함으로써 내가 받은 것들, 경험하고 느낀 행복을 돌려줘야겠다는 생각이었어요."

국립영화 아카이브가 모토로 삼는 것은 '남기다'와 '살리다'. 영화에 머무르지 않고, 타인을, 밖을 향하는 그의 이야기에 플래시백으로 돌아갔던 장면이 FWD, 다시 되돌아오는 것만 같았다.

과거와 현재를 오가는 어느 미래적 하루

오사와는 영화를 연구하는 연구원이지만, 실제로 데스크에 앉아 산더미처럼 쌓인 영화 자료에 파묻혀 일을 하지만, 그의 일상은 한 뼘의 커다란 플래시백으로 완성된다.

국립영화 아카이브의 본관, 영화가 상영되는 상영관 한편에는 영사실이 있고, 신발을 벗고 들어선 그곳엔 SF영화 속 우주선 조종실을 연상케 하는 미지의 풍경이 펼쳐졌다. 35, 70, 16밀리 필름 프레임에 따라 영사기는 달라지고, 같은 35밀리라 해도 필름 한 롤은 고작 20분 분량이기에 영화를 끊김 없이 상영하려면 두 대의 영사기가 필요하다.

필름 보존을 위함인지 냉동고에 들어온 듯 그곳은 몹시 싸늘했고, 디지털 시대에 조금도 필요 없는 그 장면이 내겐 그야말로 한 편의 영화 같았다. 오사와는 영화를 상영하기 이전 체크 시사를 위해 이곳에 올라와, 20년 넘게 영사기를 조종하고 있는 다케무라 씨와 이야기를 나눈다.

"다케무라 씨는 베테랑이에요. 다케무라 씨, 여기 자랑할 거 뭐

없나요?" 오사와의 별것 아닌 소개에 머리가 희끗한 다케무라 씨가 렌즈를 하나둘 꺼내기 시작했다. "여기에서 대단한 건 렌즈예요."

영화는 화면 비율에 따라 시네마스코프, 스탠더드 등 여럿 프레임으로 나뉘고, 이건 어디까지나 이미 흘러버린 필름 영화 시절의 이야기이지만 국립영화 아카이브는 서로 다른 비율에 서로 다른 렌즈를 서로 다른 영사기에 조립해서, 그러니까 꽤나 성가시고 번거로운 방식으로 영화를 상영한다. 요약하면 단 한 편의 영화를 틀기 위해 다케무라 씨의 발걸음이 몹시 분주해진다는 이야기.

"지금은 스탠더드 상영을 하나의 렌즈로 다 해버리지만, 필름의 경우 렌즈를 바꿔줘야 하기 때문에 꽤 번거로운 일이에요." 영화 기자 출신이나 되면서 한참을 멍하니 있는 나를 보고 오사와가 배려 있게 작은 다리를 하나 놓아주었다.

그 멍함의 시간, 과정의 오고 감이, 조금 과장해 영화의 맥락을 복원하는 일의 수고스러움처럼 느껴졌다.

"영화 보존에 중요한 건 필름, 대본과 같은 물질 그리고 콘텐츠. 나아가 콘텍스트(context)예요. 어떤 카메라로 어떻게 촬영했는지, 어떤 방식으로 공개가 되었고 어떤 버전들이 나왔는지 등. 지금은 디지털 시대라 카피가 쉬워지면서 그런 콘텍스트가 지워지고 점점 찾아보기 힘들어지지만, 그 콘텍스트를 제대로 남기는 게 제가 하는 일의 가장 중요한 점 중 하나죠."

영화의 시절과 함께 영화를 보는 세월도 변해, 극장의 영화는

DVD로 발매되면서 코멘터리가 붙고 색 보정이 이뤄지고 단편으로 쪼개져 새로 편집되기도 하지만, 영화를 복원한다는 건 그렇게 지워지는 별 쓸모없는 어제를 기억하는 조금 대단한 일인지도 모른다.

"오스트리아의 영상 작가 마리아 라스니히가 만든 16밀리 필름 체크 시사를 했는데, 1970년대 감독이 남긴 터치의 순간을 몸으로 체험하는 기분이 들었어요." 곧 진행될 상영전을 이야기하는 오사와의 목소리는 한 톤 높게 울렸다. 그렇게 별것 아닌 흥분, 사소하지만 드러나지 않는 집념의 오늘 속에, VR 시대의 어제, 그런 이상한 오늘이 태어나고 있다.

어제를 기억하는 흑백영화의 노력

영화를 기록한다는 건 어쩌면 지도 만들기와 조금 닮아 있다. 시간이 흐르면서, 시대가 변하면서, 옆 동네에는 새로운 건물이 들어서고, 있던 공원은 없어지고, 일주일 사이 영화는 10여 편이 새로 개봉했다 내려간다. 공을 들여, 때로는 전국 곳곳을 돌아 기껏 한 챕터의 지도를 완성해도 세월은 변하기 마련. 한 편의 고전 영화를 발굴한다 해도 극장에는 오늘도 신작 영화의 대형 포스터가 나붙는다. 더불어 고작 40년 정도밖에 되지 않는 영화 아카이빙의 역사를 생각하면, 영화를 발굴하고 복원한다는 건 사실, 시침 없는

The Discreet Charm of Film Magazines
KINEMA RECORD
活動寫眞雑誌
EIGA JIDAI
展覧会
映画雑誌の
キネマ旬報
スクリーン
FILM
秘かな愉しみ
2019 9/7㊏–12/1㊐
主催：国立映画アーカイブ

타임머신 속 한복판을 걸어가는 일과 같은 이야기일지도 모른다.

국립영화 아카이브는 일본 영화를 중심으로 활동하고 있지만, 그 수만 해도 100년 넘는 일본 영화사의 축적이고, 실제로 오사와는 "일본 영화는 편수가 너무 많아요. 특히나 1920년대 무렵에는 극영화만 한 해 400편씩 찍어내곤 했어요"라고 힘겨운 처지를 토로하기도 했다. 듣기만 해도 멀고 멀게 느껴지는 시간들. 오사와는 그런 어제와 오늘의 사이를 연결한다. 한 해 10여 차례의 기획전과 더불어, 시절에 따라 찾아오는 영화의 기념적인 날들, '숱한 어제'를 상영을 통해 기억한다.

"새로운 필름, 뉴 프린트를 제작하지만, 저작권이나 예산 문제로 착수하기 힘들 때가 많아요. 하지만 기획 상영이란 형태를 취하면, 뉴 프린트 제작을 할 수 있는 여지가 생기죠."

매주 목요일 혹은 금요일 새 영화로 도배되는 스크린 시장에서 필름 영화가 상영되는 일은 거의 없고, 실제 일본에서도 필름 영화의 현상이 가능한 데는 '도쿄 현상소'와 'IMAGICA Lab' 단 두 곳뿐이다. 지금을 산다는 건 애처롭게도 쓸모를 잃지 않았다는 의미이기도 하다.

이곳에만 남은 2020 올림픽, 그런 영화적 리얼리티

오사와는 일본의 3대 영화사 닛카쓰(日活)의 100주년을 맞아 '닛

카쓰 영화 100년 일본 영화 100년'이라는 거대한 한 세기의 맥락을, 2018년에는 '영화로 보는 메이지 일본(映画にみる明治の日本)'이라는 상영회를 4월과 8월 두 번에 나누어 진행했고, 2020년 올림픽을 앞두고는 세계의 올림픽을 기록한 '올림픽 기록영화 특집'으로 어쩌다 2021이 되어버린 그 시절의 어제를 돌아봤다. 오래전 영화에는 오늘이 살아온 어제의 흔적이 있고, 필름 영화를 복원한다는 건 잊힌 시대의 맥락을 이곳에 데려오는 일이다. 이곳에는 2020이 2021이 되어버린 얄궂은 시절의 사연이 남아 있다.

"올림픽과 영화는 시간이 겹쳐요. 영화는 1895년 뤼미에르 형제의 〈기차의 도착(L'Arrivée d'un train en gare de La Ciotat)〉, 올림픽은 1896년 아테네. 올림픽을 기록한 영화는 이상하게도 100년 전부터 존재했어요. 1912년 스톡홀름 올림픽에 처음 출전한 일본 마라톤 선수 가나쿠리 시소가 경기 도중에 열사병으로 쓰러져 가까운 민가에서 보호됐다가 그대로 돌아왔다는 이야기도 있어요. 실종자 처리가 됐고 50년쯤 흘러 골인했다는 우스갯소리도 있죠. (웃음) 매우 유니크한 상영회예요."

오사와가 이야기한 가나쿠리 시소의 이야기는 최근 NHK 대하드라마 〈달리기의 신 도쿄 올림픽의 이야기(いだてん~東京オリンピックの噺)〉로 제작돼 방영되기도 했다. 정말 한 편의 극영화를 보는 것만 같다.

오래된 영화는 종종 내일에 도움이 된다

영화감독 니시카와 미와는 자신의 에세이 《고독한 직업》(마음산책, 2019)에서 필름을 좋아한다고 고백했다. 동시에 점점 디지털과 필름, 그 둘을 구별할 수 없어 애처롭다고도 적었다.

2019년 5월, 나는 지금의 도쿄를 남겨두고 싶어 그곳을 찾았고, 100년 만의 변화를 맞이하는 도쿄는 오늘도 어김없이 어제를 지워가고 있었다. 여전히 공사 중인 시부야 역사에서, 인디 문화의 성지라 불리던 시모키타자와의 잃어버린 반쪽에서, 대부분의 노포가 철거돼 황폐한 공사판이 되어버린, 내가 좋아했던 언덕 마을 사쿠라가오카초에서 추억이 되려 하는 오늘을 애써 되새겨봤다.

오사와는 "복원된 필름을 보고 기뻐서 놀라는 건 손에 꼽아요. 대부분 상처투성이의 필름들이죠. 하지만 사람은 기본적으로 그런 게 필요하다고 생각해요. 일하고 일상을 보내는 건 현재형이지만, 어딘가에서 막히거나 방황하거나 할 때 인간은 자신의 과거랄지 타인, 이전 시대 사람들과 그 지식, 경험, 역사의 무언가가 필요하다고 느껴요"라고 말했다.

영화를 발굴하고 복원하고 상영한다는 것은 어제를 마주하는 일이고, 아무런 거짓 없이 시간을 간직하는 작업이다. 그렇게 삶에 보다 가깝다. 그는 영화를 발굴하고 복원하는 데 가치판단을 두지 않는다고 말했고, 지나간 시절을 그리는 영화가 아닌, 언젠가 필요할지 모를, 찾게 될지 모를, 혹은 미래 영화에 무언가 남겨줄지 모를 순간을 찾아간다고 이야기했다.

"지금은 잘 모르지만 10년, 100년이 흘러 누군가 본다면 어떤 가치를 가질지 모른다, 그런 감각의 일인 것 같아요."

그의 말을 들으며 도쿄에 와서 실망했던 날들의 의미를 다시 한 번 그려본다. 나라도 시대도 다르지만, 이상하게 알 것 같은 스크린 너머의 세상. 어제를 생각하는 만국 공통의 마음. 그건 아마 내일을 상상하는 시작의 하루이고, 오래된 필름 영화에는 그런 돌아봄의 내일이 담겨 있다. 아마 가장 아름다운 시절의 아이러니. 그 영화의 엔딩 크레디트는 아직 끝나지 않았다.

오사와 조
大澤浄

○ **Profile**

나가노현 마쓰모토시 출신. 교토 대학 대학원에서 영화학을 전공한 뒤 교토를 중심으로 대학 강사로 활동하다, 2012년부터 도쿄 국립 근대미술관 필름센터, 지금은 국립영화 아카이브로 이름을 옮긴 그곳에서 연구원으로 일하고 있다. '남기다' '살리다'라는 아카이브의 모토처럼, 에드워드 양 감독의 영화 〈고령가 소년 살인사건〉에서 얻은 감흥, 수많은 영화를 통해 받은 감정, 깨우침, 경험을 돌려주고 싶다는 마음으로 상영을 기획하고, 프로그램 운영을 담당한다.

https://www.nfaj.go.jp

○ **취재 이후 이야기**

2020년 일본의 3대 영화사 쇼치쿠는 100주년을 맞이했다. 연극 제작 회사로 시작해 호황을 누리다 1920년 우라타 촬영소(浦田撮影場)를 기점으로 영화 제작을 시작했다. 할리우드의 촬영 기기들을 들여오고, 당시로써는 획기적이라 할 여배우들을 대대적으로 기용하고, 영화를 향한 열정으로 가득한 젊은이들이 모두 쇼치쿠로 모였다. 이건 모두 국립영화 아카이브가 7월부터 시작한 기획전 '쇼치쿠 영화 100년'을 말하기 위한 서두. 무엇 하나 기념할 수 없는 시절에도 영화는 100년의 세월을 돌아본다. 쇼치쿠는 100주년을 기념하며 영화를 제작했는데, 〈시간을 달리는 소녀〉 실사 영화의 감독이자, 지난해 세상을 뜬 오바야시 노부히코의 유작이다. 제목은 〈해변의 영화관-키네마 작은 보물 상자(海辺の映画館-キネマの宝手箱)〉. 영화와 같은 100년이 다시 시작되고 있다.

10 웃음이 말을 하기 시작했다

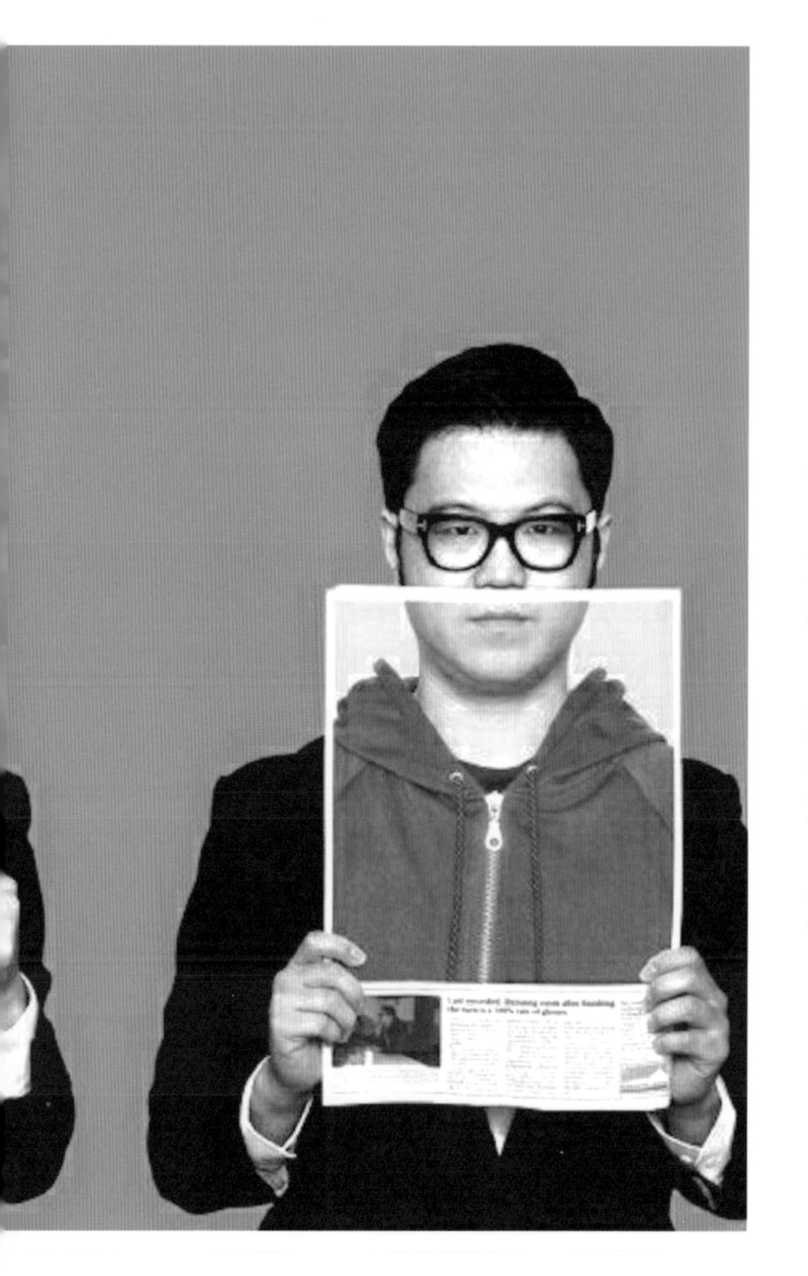

코미디언 콤비 「시손누」 하세가와 시노부 & 지로

"너랑 같이 만났던 나카미세(仲見世), 밀반찬밖에 없는 고래 요리 가게에서, 꺼져가는 추하이 거품 속 꿈을 이야기하고, 똑같은 정장을 처음으로 같이 사고, 나비넥타이도 같이 사고, 구두까지 살 돈은 없어, 그저 웃음 소재로 쓰고 말았네.
그래도 언젠가 잘될 거라 믿고 있었어."

- 기타노 다케시, 〈아사쿠사 키드(浅草キッド)〉, 노래 가사에서

코미디의 거장, 영화감독으로도 유명한 기타노 다케시의 1986년도 노래 〈아사쿠사 키드〉. 웃음은 한순간 찾아와 금방 끝나는 듯싶지만 어제의 지난한 애씀이 묻어 있고, 도쿄엔 100년 가까이 웃음을 길러내는 코미디 양성소가 있다. 누군가의 몸개그, 분장개그, 성대모사에 한껏 웃음을 터뜨리다가도 TV가 꺼지고 웃음이 떠난 자리는, 어쩐지 밑반찬만 남은 술자리를 닮아 있다.

15년 차 개그 콤비 '시손누(シソンヌ)', 지로(じろう)와 하세가와 시노부(長谷川忍), 두 남자를 만나러 가며 기타노 다케시의 노래를 듣는다. 같은 타이틀의 공연으로 1년을 이어가고 그 시간은 벌써 10년 문턱을 바라보고, 시끄러운 사람이 이기는 TV 버라이어티 세계에서 둘은 어딘가 어울리지 않는 것처럼도 보인다. 일본의 한 잡지는 '개그의 왕도 요시모토(吉本, 일본 최대 개그맨 소속사)에서 가장 이질적인 포지션'이라고 둘을 정의했는데, 그들의 웃음엔 지난한 일상이 가득하다. 그리고 나는 그들에게 오늘이란 하루를 보고 만다.

"요시모토 본사 회의실로 와주세요." 메일을 주고받던 하세가와의 문장은 기대와 달리 조금의 웃음기도 없었고, 환락가 가부키초(歌舞伎町)를 걸어 골목에 위치한 낡은 회색 건물 앞에 유니폼을 갖춰 입은 나이 지긋한 경비원이 인사를 건네왔다. 웃음이, 내게 경례를 했다.

알아두면 더 재미있는 일본 개그 용어

—

• 쏫코미(ツッコミ)와 보케(ボケ): 일본의 개그는 쏫코미와 보케로 완성되는 두 박자의 리듬을 갖는다. 단어를 그대로 풀어보면 '쏫코미'는 사람을 몰아세우거나 딴지를 거는 등 이른바 핀잔을 주는 역할에 자리하고, '보케'는 아무런 방어도 하지 못한 채 혹은 하지 않은 채 당하기만 하

는 어리숙하고 바보 같은 설정의 캐릭터다. 한국에 빗대어보면 강호동과 김영철의 조합이랄까. 종종 보게 되는 일본 개그맨 중 콤비가 많은 건 이러한 연유에서다. 이에 관해서는 오래전, 옛날옛날 이야기로 거슬러 올라가는데 헤이안 시대(800년대부터 가마쿠라 막부 시대 이전) 동네를 돌며 가무했던 이들이 두 명의 한 쌍이었다는 이야기도 실은 정설이 아니다.

• 네타(ネタ): 네타의 본래 뜻은 '~거리' 정도로 웃음의 주제, 소재, 재료를 의미한다. 일본의 개그맨들 이야기를 듣다 보면 '네타 수첩이 몇 개나 쌓였다'라는 말이 심심찮게 나온다. 지금 가장 잘나가는 개그 콤비 중 하나인 '오도리(オードリー)'의 쏫코미인 와카바야시 마사야스는 "프리(일종의 전주란 뜻)가 있고, 쏫코미가 있고 보케까지, 그렇게 성립되는 게 기본"이라고 말했는데, TV를 보며 웃을 때 그런 걸 알아차리는 이는 사실 별로 없다. 그렇게 일본의 개그는 보이지 않는 웃음의 흐름을 설계한다. 한국에서 가장 가까운 보케와 쏫코미의 예로는, 90년대 코미디 프로그램 〈유머 일번지〉의 심형래와 김형곤의 조합 정도가 떠오른다.

웃음이 살아가는 도시의 일상

장인을 찾아가는 여정에서, 전통의 오늘을 만나러 가는 길에 '개그'는 사실 너무 먼 샛길이다. 짧은 콩트 프로그램에 출연해 반짝 웃기고 들어가는 그들에게 오래 이어지는 장인의 시간을 떠올리는 건 꽤 잘못 찾은 주소인지도 모른다. '웃음 장인'이란 말은 그냥 웃기기만 하다. 하지만 일본에는 1912년부터 이어지는 예능 프로덕션 회사가 있고, 그 시작은 게닌(芸人, 개그맨. 일본에서 개그맨은 '오와라이게닌'이라 부른다) 한 사람 한 사람이 모여 탄생한 '요시모토흥업(吉本興業)'이다.

"스물여섯에 요시모토에 들어갔는데, 이번에도 안 되면 돌아가자고 생각했어요." 하세가와 그리고 지로 모두 입을 모아 이렇게 이야기했다. 그곳엔 웃음을 목표로 하는 젊은이가 매년 모여들고, 일본에서 개그를 꿈꿀 땐 요시모토에 간다.

본사가 있는 오사카를 중심으로 도쿄, 요코하마, 후쿠오카, 니가타(新潟), 바다 건너 오키나와(沖縄)까지 일본 전역에 지점이 있고, '킹 오브 콩트(King of Conte)'랄지 'M1 그랑프리(M1 Grand prix)'같은 웃음을 겨루는 대회도 십수 년째 건재하다. 고작 웃음을 꿈꾸고 그저 웃음을 연마하는 시간이 깊이 뿌리를 내리고 있다.

"어릴 적 TV에 개그 콩트 방송이 많았어요. 그런 거 보면서 순수하게 본능이랄까, 해보고 싶다고 생각했어요"라고 하세가와는 이야기했다. 어릴 적 유치하게 꿈꿨던 장래 희망, TV를 끄면 금세 잊히는 인스턴트 웃음. 하지만 그 작은 행복을 꿈으로 간직하는 사람이 왜인지 그곳엔 있다.

5년 전 아쿠타가와상(芥川賞, 신인 소설가에게 주는 문학상)을 수상해 화제를 모았던 소설 《불꽃》(소미미디어, 2016)은 개그 콤비 '피스(ピース)'의 멤버 마타요시 나오키의 작품이었고, 그건 만담을 위해 파트너를 찾고 만나고 헤어지고 무대에 오르는 서툰 젊음 눈물이 피워내는 불꽃 같은 이야기였다. 고타쓰(炬燵, 좌식형 난방기구) 하나

뿐인 작은 아파트에서의 순한 애절함이 영화로 드라마로 만들어져, 사람들을 웃기고 또 울렸다. 한바탕 웃기고 나면 끝이라고 생각하지만, 그 안에 묻어 있는 눈물과 땀방울, 그런 눈물 어린 서사가 일본엔 흘러간다. 가끔은 웃음의 뒷모습을 바라보는 시간이 필요한지 모른다. 동양 최대 환락가 가부키초 골목길의 요시모토흥업에서, 그들의 웃음기 없는 얼굴을 마주했다.

둘이 하나가 되는 웃음의 방정식

일본의 개그는 두 사람의 그림을 그린다. 시손누는 남자 둘이 만난 콤비이고, 한국에서도 인지도가 있는 같은 소속사의 '런던 부츠 1호 2호(ロンドンブーツ1号2号)'는 경력 18년 차의, 성이 같은 다무라 료와 아쓰시가 콤비다. 한국에서는 가장 익숙할 기타노 다케시는 1972년 2년 선배 가네코 니로와 '투비쓰(ツービッツ)'란 이름으로 데뷔했다. 이런저런 지적을 해대며 상대를 몰아붙이는 쏫코미와 알면서도 자꾸만 당하는 보케. 이런 플러스와 마이너스, 공격과 수비로 완성되는 일본의 '오와라이(お笑い)'는 애초 두 박자의 그림을 그린다.

시손누를 예로 들어보면, 본명을 그대로 쓰는 하세가와 시노부는 시즈오카 출신, 성을 뺀 이름을 히라가나로 쓰는 지로, 오카와라 지로(大河原次朗)는 아오모리 출신. 그렇게 둘은 서로 모르는 생

같은 타이틀의 공연으로 1년을 이어가고
그 시간은 벌써 10년 문턱을 바라보고,
시끄러운 사람이 이기는 TV 버라이어티
세계에서 둘은 어딘가 어울리지 않는
것처럼도 보인다. 일본의 한 잡지는
'개그의 왕도 요시모토(吉本, 일본 최대 개그맨
소속사)에서 가장 이질적인 포지션'이라고
둘을 정의했는데, 그들의 웃음엔 지난한
일상이 가득하다. 그리고 나는 그들에게
오늘이란 하루를 보고 만다.

판 남남이지만 스물여섯 늦깎이로 같이 NSC 11기로 입학해 시손누가 되었다. 함께한 시간이 벌써 20년을 향해간다. 테이블 너머 나란히 앉은 둘의 이야기가 한 조각 요철처럼 서로의 빈자리를 채우듯 들려왔다.

나 > **첫 만남은 NSC**(New Star Creation)**에서인가요?**

하세가와 > **NSC 들어가기 전에 요시모토에 한 번 소속돼 있었어요. 당시에 파트너도 있었는데, 공연을 앞두고 갑자기 튀어버렸죠.** (웃음) **보통은 그냥 포기하고 시골에 돌아갈 나이였지만, '적어도 스스로 납득할 수 있을 때까지 해보자'고 생각했어요. 스무 살에 상경해서, 5~6년 동안은 하는 일도 없이 끼적거리고 있었거든요. 할 수 있는 데까지 해보자는 각오로 NSC에 들어갔고, 내가 쏫코미하고 싶어지는 네타**(개그의 소재)**를 쓸 수 있는 상대를 찾자고 생각했어요.**

지로 > **'시티 보이스'라는 유명 콩트 그룹이 있어요. 그 그룹을 동경해서 콩트 극단에 들어가 4년 정도 활동하고 있었어요. 그게 스물네 살 정도였는데, 당시에는 직접 네타를 쓰지 않았고, 말하자면 출연자 쪽이어서 어느 정도 한계를 느꼈던 것 같아요. 이대로 그만두면 이도 저도 아니겠다 싶었고요. 지금은 게닌 양성소가 여럿 있지만, 당시에는 게닌이라고 하면 요시모토여서 '요시모토에 들어가**

죽기 살기로 한번 해보자, 아니면 말자'라고 생각했어요. 요시모토에 가면 꿈을, 목표를 제대로 생각하는 사람을 만날 수 있을 것 같았거든요.

나 > 누가 먼저 함께하자고 이야기했나요?

하세가와 > 처음 말은 내가 먼저 걸었나? 지로가 이야기해줬던 것 같아요.

지로 > 저랑 하세가와만 스물여섯이었고, 다들 어렸어요. 스물 전후 정도. 하세는 왜인지 좀 혼자 떠 있다는 느낌이 들어서 말 걸었죠. (웃음) 또 둘 다 오토바이로 다니는 처지여서, 공통점이 있었어요.

하세가와 > 원래는 지로가 다른 파트너와 만담을 하고 있었어요. 근데 보고 있으면 아쉬운 부분이 너무 많았어요. 내가 더 쏫코미 잘할 것 같은데, 내가 들어가면 더 새로운 네타가 나올 것 같은데, 그렇게 같이하면 좋겠다는 맘을 갖고 있었고 말할 시기를 보고 있다 이야기했어요. (웃음) 저는 혼자 핀으로 할 수 있는 사람이 아니라서 파트너를 찾으러 요시모토에 들어갔기 때문에, 지로를 만나면서 세계관이 달라졌달까? 이전의 저와는 180도 달라졌다고 느껴요.

웃음의 하루를 엿보다

NSC, 정확한 명칭은 요시모토 종합 예능학원(吉本総合芸能学院) NSC. 환락가 가부키초에 있지만 신주쿠 구청 옆 골목이기도 하고, 하세가와의 뒤를 따라 회의실로 가던 중 그는 "원래 초등학교였다고 해요"라고 이야기해줬다. 중앙에 잔디 마당을 두고 'ㅁ' 자로 둘러싼 회색 벽에 멋 하나 내지 않은 건물은 여전히 오래전 초등학교 시절의 역사를 이어가는 듯도 보였다.

입구에서 내게 경례했던 중년 남자와 마찬가지로 로비 데스크의 두 직원도 모두 남색빛의 유니폼과 모자 차림. 곳곳이 각종 이벤트, 소속 게닌들의 TV 출연 프로그램 포스터, 관련 굿즈 등으로 꾸며져 있었지만, 관료사회라 불리는 일본 특유의 오래된 질서와 규칙, 딱딱했던 시절의 흔적이 더 크게 다가왔다.

회의실까지 긴 복도를 걸으며 마주친 사람들은 제각각 자신의 억양으로 "오쓰카레사마(수고하십니다)"라고 인사를 건네오고, 나는 그저 당황해 고개를 작게 숙이고 말았지만, 장인을 만나러 찾아온 길, 그곳에 웃음이 있다면 아마도 이런 그림일 것 같았다. 직원도 아니면서, 동네 주민도 아닌데, 잠시 그곳에 사는 것 같은 착각이 싫지 않았다.

시손누의 라이브는 의상부터 조명, 소도구 그리고 사운드까지 연출 가능한 최대한의 디테일을 고집한다. 노래방에서의 한 장면을 그린 콩트 '회식 후(飲み会の後)'에서는 방문을 열고 복도에 나서

는 단 몇 초 사이 옆방에서 들려오는 노랫소리마저도 들려준다. 개그에 무슨 그렇게까지…… 라고 생각할지 모르지만 웃음은 사실 지루한 일상과 일상 사이에서도 벌어진다. 그리고 시손누, 그들의 웃음이 자라는 곳은 지겹고 따분하고 가끔은 짜증 나고 힘들기까지 한 평범하고 보통의 일상, 바로 그 한복판이다.

뒤늦게 회의실에 들어온 지로는 선물이라며 가방에서 노트 한 권을 꺼내 건네주었다. 이 책에 등장하는 도쿄 장인 중 한 명인 와타나베가 만든 70년 역사의 츠바메 노트. 표지에 시손누의 트레이드마크인 안경 두 개가 귀엽게 그려져 있었다.

웃음 is Everywhere

시손누의 네타, 콩트는 단발성의 에피소드라기보다는 일상의 한 뼘을 떼어낸 듯한 인상에 가깝다. 자전거 가게, 백화점 추첨 부스, 점심시간 교무실에 들른 학생과의 대면, 도쿄 내 복싱 스튜디오 등 설정도 제각각이다. 그렇게 리얼한 일상의 한복판에서 웃음이 태어난다.

“사람을 관찰하자고 마음먹고 밖에 나가지는 않아요. 하지만 의식하지 않아도 사람들을 많이 보기 때문에, 특히나 조금 이상해 보이는 사람은 인풋(input)이 잘되는 것 같아요.”

지로는 이렇게 이야기했다. 하지만 그렇다고 그가 아무것도 하

2013년 전국 47개 도도부현 일주를
콘셉트로 시작된 '시손누 라이브' 아홉번째
neuf가 지난 10월 조심스레 스타트를
끊었다.

지 않는 것은 아니다. 그는 지금 이 시대에 종이신문을 구독한다. "저희 할아버지도 아이패드로 신문 보세요. (웃음) 하지만 종이신문에는 지금의 리얼한, 살아가는 사람들의 고민이랄지 할머니 할아버지들의 투고가 나오거든요. 우리 집이 이렇다 하는, 그런 것들요. (웃음)" 일상의 별것 아닌 것, 그렇게 시시한 이야기. 이런 걸 누가 볼까 싶지만, 하세가와가 읽는다.

하세가와는 "일을 시작하고 나서 가급적이면 지하철에서 앉지 않으려 해요. 서 있으면 '열심히 한다!'는 느낌이 들거든요. (웃음) 아무도 모르겠지만요"라며 어처구니없지만 선한 믿음 같은 것도 털어놓았다. 웃음을 위한 교과서는 어디에도 없지만, 웃음은 어쩌면 삶 속에 숨어 있다.

시손누의 네타는 모두 지로가 쓴다. 그건 여타 다른 글처럼 혼자만의 작업이지만, 쏫코미와 보케의 리액션을 기대하는 글쓰기는 조금 다른 그림을 그리기도 한다. 하세가와는 지로의 네타를 "제가 쏫코미하고 싶어지거나 쏫코미할 수 있는 부분이 많아요"라고 표현했다.

많은 개그가 위악적이게 때로는 혐오를 섞어, 국내에서는 한 유명 가수가 게닌에게 머리를 맞아 뉴스가 됐듯, 머리를 때리는 동작이 동반되기도 하지만, 시손누의 네타에는 쏫코미와 보케, 그런 합의 요철이 굴러 굴러 둥그렇게 흘러간다. 그들의 개그에서 머리를 때리는 일본 개그 특유의 그 장면을 본 적은 단 한 번도 없다.

2013년부터 시작된 둘의 단독 라이브, 같은 공연을 10번 정도 반복하는 타이틀은 더도 덜도 없이 '시손누 라이브'. 횟수가 더해질 때마다 프랑스어로 숫자를 세어 벌써 neuf, 아홉 번째 공연이 기다리고 있다. 그런 부지런한 개미의 발걸음을 닮은 시간이 지금 도쿄에 굴러간다. "시손누는 프랑스어로 발레의 기초 동작이에요. 진짜 별것 없는 평범하고 지루한 동작이거든요. 그게 딱 좋다 싶었어요. (웃음)" 그 설명이 내겐, 딱 좋았다.

라이브 공연 'six' 에피소드 중 '복싱이 하고 싶어서'

—

–첫째 날

체육관 코치: 프로를 생각하는 건 아니죠?

(퇴근 후 체육관을 찾은) 가와시마 요시코: 그냥 몸을 움직이고 싶어서요. 복싱사사이즈(복싱+엑서사이즈).

코치: '사'가 하나 많네요. 요즘 여자분들도 퇴근하고 와서 1~2시간 운동 많이 해요.

가와시마 요시코: 하고 싶단 맘은 있었지만 계속 부끄러워서, 복싱사사사이즈. 아는 사람이 볼까 봐 창피했는데 오늘은 흥미가 창피함을 이겨서, 지금은 흥미가 챔피언이에요.

코치: 도대체 무슨 말인지…… 또 하나 '사'가 늘었네. 아무튼.

–둘째 날

가와시마 요시코: 근데 왜 다 유리예요?

코치: 밖에서 보고 흥미 있으면 와줄까나 싶어서. 아가씨도 그랬잖아요. 일단 통유리에 익숙해지는 연습을 합시다.

가와시마 요시코: (글러브를 보고) 왼쪽은 빨강, 오른쪽은 파랑으로…….

코치: 코디는 안 돼요.

가와시마 요시코: (글러브를 착용하며) 안에 손이 들어갈 길이 있네. (샌드백을 치며) 슉슉!!

–셋째 날, 늦은 밤에

(축 처진 어깨로 기가 죽은 가와시마 요시코는 텅 빈 체육관에서 샌드백을 친다.)

가와시마 요시코: 치한에게 당했어요.

코치: 분하지 않아요? 연습, 연습!!

* 시손누의 꽁트는 사실 사건이라 할 만한 게 벌어지지 않아 심심하지만, 이 에피소드엔 타인을 의식하는 사회, 여성스러움에 대한 강박, 동시에 종종 폭력이 되곤 하는 타자의 시선에 대한 가벼운 도발이 있다. 수직이 아닌 수평의 '유리창'은 같은 곳에 있지만 서로 다른 '위치'에 있는 너와 나를 은유하기도 한다.

사회를 도발하는 조금 웃긴 콩트

일본의 만담, 오와라이 콤비의 수식은 아마도 1+1이 다시 1이 되는 이상한 관계의 방정식일 텐데 실은 어김없이 2가 되어버린다. 요즘 가장 잘나가는 팀이라고 해도 둘의 차이는 여지없이 드러난다.

'런던 부츠 1호 2호'의 경우엔 다무라 료가, 기타노 다케시와 콤비를 꾸렸던 '투비쓰'의 가네코 니로는 두 명 중 두 번째, 늘 그 자리에 있었다. 하지만 본래의 방정식이 '1+1=1'이라는, 일본 예능이라 갖는 특수한 예외 사항이라면, 시손누의 그 수식은 조금 둥근 모양을 하고 있다.

"파트너(지로) 캐릭터에 공감되는 게 없어 보이고 '뭐? 시끄러워. 바보'로 끝나버릴 것 같지만 거기서 끝내지 않고, 그 안에서 무언가를 끌어내는 네타를 하고 있다고 생각해요. 캐릭터는 분명 대화도 잘되지 않는 고집이 세고 독특한 사람이지만 받아주다 보면 사랑스럽달까, 모성은 아니어도 엄마의 마음 같은 게 생겨나요"라고 하세가와는 말했다.

시손누는 둘의 오가는 대화의 합을 살리는 개그를 구사하고, 그곳에는 늘 평범한 사람과 그렇지 않은 사람, 조금 다른 플러스와 마이너스가 등장한다. 모성을 닮아가고 있다는 하세가와 시노부의 보케는 개그의 합을 이루는, 말하자면 청자의 위치지만 둘의 개그를 보다 보면 세상의 모든 것을 다 받아주는, 보다 큰 영원한 2인칭의 누군가로 보이기 시작한다.

"예를 들어 선생님과 학생이 등장하는 네타에서 학생이 선생님께 '시끄러워. 바보'라고 하는 건 사실 일상에서는 있을 수 없는 일이잖아요. 저는 그런 비일상적인 것들을 배제하고, 현실 세계의 관계성 안에서 재미를 끌어내려고 해요. 그리고 '세상에 스며들지 못하고 삐져나온 이들에게도 상냥하게 해줍시다' (웃음) 그런 메시지도 역시 조금은 담아서 하는 것 같아요"라고, 지로가 그 선량한 개그에 대해 설명해줬다.

학교 내에서의 관계, 여성과 남성에 대한 차별의 이슈, 인도 카레집에서의 외국인에 대한 선입견, 이런저런 일상의 빤하고 익숙한 풍경에 시손누의 개그는 조금 웃기게 도발을 한다. 아무리 이상하고 바보 같고 때로는 어이없을 정도의 말과 행동을 하더라도, 하염없이 받아주며 세상의 가장 커다란 항아리 같은 존재가 된다. 그런 웃음을 만들어낸다. 그러니까 한마디로 "참 잘 참으시더라고요". 코미디 세계에서 참 어울리지 않는 표현이지만 시손누의 개그는 관대하다. 누구 하나 소외되지 않게, 웃음이 아픔이 되지 않게, 그렇게 영원히 1로 수렴되는 묘한 셈법이 그들에겐 작동한다. 그러니까, '참 잘 참으시네요'. 그들의 웃음은 눈물을 외면하지 않는다.

'용서하는 여자, 노마 쿄코'에서

—

(콧소리 80퍼센트 정도 담아) "최근 진짜 많네. SNS에서 여자 탤런트 악플 소동. '애 두고 여행 갔다'랄지 '부자 남자 친구랑 테니스 관람했다고 자랑하는 거 아니야'랄지…… 진짜 그런 거 가득. (욕하는) 기분은 알아요. 모두 짜증 나는 거, 알아요. 이런 나도 '어? 그래서 뭐?' 안물안궁. 그럴 때 있어. 그래도 그럴 때 한번 멈춰봐. 나에게 자문하는 거야.
'진짜 용서 못 하겠어?' 나에게. 용서할 수 없어? 그래서 어젯밤 생각해봤어. 나, 노마 쿄코…… 그녀들을…… (두두둥) 용서한다. 용서합니다.

深夜0時15分

시손누는 둘의 오가는 대화의 합을 살리는 개그를 구사하고, 그곳에는 늘 평범한 사람과 그렇지 않은 사람, 조금 다른 플러스와 마이너스가 등장한다. 둘의 개그를 보다 보면 세상의 모든 것을 다 받아주는, 보다 큰 영원한 2인칭의 누군가가 보이기 시작한다.

웃음이 되지 않는 길목의 '하하하'

일본 국영방송 NHK의 프로그램 〈LIFE: 인생에 바치는 콩트〉의 일부라 이름도 설정도 조금 달라졌지만, 가정주부 '노마 쿄코'는 아마 시손누의 보이지 않는 멤버 가와시마 요시코의 가까운 사촌 정도 되는 사람이다. 시손누의 콩트엔 자주 등장하는 40대 중년 여성 가와시마 요시코와 조금 이상한 중학생 소년 노무라가 있고, 콤비 결성 전부터 존재했다는 요시코 씨의 가상 경력은 이미 20년이 넘는다.

하세가와는 "연기를 하다 보면, 요시코는 지로 안에 이미 같이 사는 사람이란 느낌을 받아요"라며 멋쩍게 웃었다.

단순한 콩트일 수 있지만 사실, 웃음을 연기한다는 건 고난도의 기술도 남다른 감정 묘사도 타고난 소질도 필요로 하는 작업이고, 시손누의 콩트는 그런 디테일의 결, 웃음이 자라나는 순간의 세월을 품어낸다. 세세한 무대연출은 물론, 눈물이 있기에 빛나는 웃음, 일상의 촘촘한 그리고 축축한 역사가 그들의 콩트에 꿈틀댄다.

"처음에는 그저 이상한 아줌마 네타를 하자고 생각해 만든 거예요. 이름도 정하지 않았었는데 당시 빠져 있던 극단 '시키'의 CD를 듣다가 거기 나오는 뮤지컬 넘버의 가사에서 가져왔어요."

요시코는 회사에 다니는 평범한 사원이지만 밥 먹을 땐 오른손, 별을 셀 땐 왼손을 쓰는 이상한 양손잡이이고, 출산 예정일 7월 7일을 지키겠다며 6일 밤 9시에 격심한 진통을 참아내는 괴짜 고집을 가진 예비 엄마다. 그리고 부끄럼을 많이 타는 노무라란 이름의 중학생은 전학 첫날 리코더로 자기소개를 대신한다. 모두 다 이상하지만 100퍼센트 이해 못 할 순전한 뻥은 아닌 게, 그곳에는 일상이 있다.

"제가 네타를 만들 때 생각하는 건, '이건 웃음이 가능하다'라는 부분이에요. 이렇게 무거운 테마를 가지고도 '오와라이'가 가능하다는 것에 도전하는 기분이 있고, 의외의 것에서 웃음을 갖고 온다고 느껴요." 하세가와가 지로의 네타에 매력을 느낀 것도, 흔하지만 웃음으로 표현되지 않는 이런 일상의 순간 포착 때문이었다.

"보통은 잘 쓰지 않는 테마를 바탕으로 하기 때문에 남들은 이야기가 심각하다고 말할 수 있지만, 그 안에서 웃음을 가져오는 게 우리의 특징이고, 우리여서 가능한 거라고 생각해요. 예전엔 제가 네타를 쓰기도 했는데 별로 재미도 없고, 엇박자의 템포로 어떻게든 웃음을 끌어내지만 남는 게 없다는 느낌이 있었어요. 그런데 지로의 네타는 내가 하지 않는 것들을 끌어내줄 수 있겠다고 느끼게 했고, 내 쏫코미로 더 좋아질 수 있겠구나 싶었어요. 저라면 절대 하지 못하는, 제 머릿속에 없는 네타지만 제게 필요한 것이라고 생각해요."

그건 아마 지로의 몸 어딘가에 20년 넘게 살아가는 요시코의 일상 같은 것이기도 하고, 그렇게 10여 년 이어가는 콩트의 일상이기도 하고, 한 번 웃고 사라지는 웃음의 뒷면을 바라보는 시간이기도 하다.

지난해 지로는 에세이《단 술에 가글을 하고(甘いお酒でうがい)》를 출간했는데, 표지에 적힌 지은이는 지로가 아닌 가와시마 요시코였다. 웃음이란 이런 일상의 작은 반란이기도 하다.

웃음은 어쩌면 인생을 알고 있다

기타노 다케시가 일흔이 넘어 소설가로 데뷔하고, 개그맨 마타요시가 아쿠타가와상을 수상하고, 시손누의 지로가 에세이를 써서 책을 펴내고…… 사람을 웃기던 게닌의 스토리가 책으로, 하나의 서사로 뻗어 나오는 건, 웃음이 어김없이 삶의 한 자리임을 이야기하는지도 모른다.

오와라이 게닌이 자신의 이름을 내걸고 단독 공연을 하는 건 드문 일이 아니지만, 한 공연을 전국 10여 곳에서 반복하며 10여 년을 이어오는 콤비는 아마 없고, 시손누의 매번 다른 이야기는, 일상이란 무대에서 다시 또 만나고 헤어진다.

올해로 데뷔 15년 차, 보통은 정규 프로그램을 하나 더 따내고 싶어 하겠지만 둘의 '오늘'에 그런 따분한 목표 같은 것은 별로 없다.

"같은 공연을 10번 정도 하는데, 반응이 같았던 적은 단 한 번도 없어요. 노렸던 게 실패할 때도 있고, 예상 못 한 곳에서 저희도 모르는 걸 캐치해서 웃어주는 경우도 있어요."

이런 이야기를 들었는데, 지로의 말인지 하세가와의 말인지 구별되지 않아 한참을 헤맸고, 어쩌면 둘이 함께한 시간의 문장이란 생각에 그냥 그런 말이라 체념했다.

매번 같은 날의 반복인 듯싶어도 다른 풍경, 그렇게 다른 웃음소리. 둘의 라이브 콘셉트는 따로 콘셉트라 할 것도 없이 '일본 47개 도도부현 전국 일주'다. 웃음에 장인이 있다면, 그건 아마 가장 가까운 일상 곁의 자리가 아닐까. 그냥 그런 생각이 들었다.

하세가와 > **잘나가고 싶은 마음이 없는 건 아니지만, 잘나가는 방식을 고를 수 있다면 계속 골라서 해가고 싶은 마음은 있어요. 우리가 계속하고 있는 것들 연장선상에서 잘나갈 수 있다면 좋겠다고 생각해요. 지금까지는 그렇게 (사람들이) 많이 찾을 정도의 게닌이 아니었어요. '어?' 알아차리고도 그걸로 끝. 그래도 힘든 시기는…… 솔직히 의외로 없었어요. 5~6년이나 계속 일이 없었는데도요.**

지로 > **잘나가지 못하는 게닌끼리 매일 모여서 이야기하는 게 그냥 즐거웠어요. 정신적으로 매우 충실했기 때문에, (웃음) 분명 괴로웠겠지만 별로 그렇다고 느끼지 못했던 것 같아요.**

하세가와 > **그냥 집에 있는 날에는 계속 넷플릭스 틀어놓고 자는 게 가장 행복해요. (웃음) 어떤 선배는 '꿈이 없어'라고 하지만요. 하하하.**

9년째, 전국 47개 도도부현에서 수백 번의 공연. 그냥 그런 날, 그런 웃음. 별것 아닌 당연한 이야기겠지만, 그들의 라이브에는 조금씩 변해가는, 성장하는 하루하루가 보인다. 14번의 반복하는 공연이라 해도, 그건 지로의 말대로 "금방 끝나버리는구나" 싶은 일이기도 하고, 하세가와 말대로 "하는 저희는 재미있지만, '뭘 하려는 거지?'라 느낀다면, 거기까지겠죠"라는, 쓴웃음의 시간이기도 하다.

데뷔 10년이 되던 해, '킹 오브 콩트'에 참가해 다섯 번 만에 우승을 하고 천만 엔의 상금을 받았지만 그들의 소감은 인당 천만 엔을 계산했는지, "2천만 엔짜리 개그 할 자리 주세요"였다.

"저희는 전국을 돌면서 공연해요. 도쿄에 오기 힘든 사람들을 위해 저희가 가는 건데, 많은 분이 보러 와주셨으면 좋겠어요. 지금은 만화도 스마트폰으로 보는 시대고, 네타도 스마트폰으로 볼 수는 있겠지만, 극장에서 '라이브로 보는 재미'는 절대 없어지지 않을 거라고 생각해요. 시대를 역행하는 말일지 몰라도, 계속해서 돈을 내고 라이브로 개그를 보러 오는 사람들이 늘어날 수 있도록 하고 싶어요." 지로는 이런 꿈을 이야기했다.

"잘나가고 싶다, 저 사람처럼 되고 싶다고 생각해도 그렇게 되는 방법을 몰라요. 막연하게 '잘나가고 싶다'고 생각해도 그 비법을 몰라요. 그럼 뭐, 지금 하는 것에 전력을 다하고, 또 다른 재미난 일을 해가고, 그런 스탠스로 괜찮으시면, 저희를 써주세요, 이런 정도죠. 이러다 일이 제로가 되면 곤란하지만요. (웃음)" 하세가와는 이런 바람을 이야기한다.

본래 너무 웃기려고 하면 재미가 없는 법. '아사쿠사 키드'가 아닌 신주쿠 '가부키초 키드' 시대에, 시손누는 웃음이 살아가는 방식을 생각하게 한다. 오늘도 난 그저 며칠 전 트위터에 지로가 남긴 글이 너무 웃길 뿐이고, 세상엔 여운이 남아 삶에 스며드는 웃음도 있다. 그들과 헤어지고 돌아가는 길, 왜인지 조금 짠한 웃음이 남았다.

5년간 진행하던 히로시마 지역방송
〈푸치푸치 시손누〉의 종영을 마치고

—

엔코바시(猿猴橋)를 건너 내셔널회관을 훔쳐보고, 역 앞의 오코노미야키 빌딩에서 오코노미야키 사서 호텔에 돌아가 방에서 스포츠 뉴스 보며 오코노미야키를 먹는다. 첫 방송 로케이션 촬영이 빨리 끝났을 때 정해놓은 나만의 코스. 일기예보도 도쿄, 아오모리(지로의 고향) 외에 보는 건 히로시마뿐이에요. 무의식적으로 고향 날씨 찾는 건 지방 출신들의 촌스러운 습관이죠……. 4월에 '모노쿠로' 공연으로 히로시마 일정이 기대되지만, 코로짱 영향으로 상황이 어떻게 될지. 나가레가와초(流川町)에서 라멘, 볶음밥 먹자고 정했는데……. 봐준 사람들, 나와준 사람들, 모두 고마워요. 사랑합니다, 히로시마. 다시 만날 날까지, 건강하게…….

– 3월 18일, @sissonne_jiro, 트위터 글에서

지로
じろう

○ **Profile**

1978년 7월 아오모리현 출생. 간사이 외국어 단기대학을 졸업했다. 극단 콩트에서 배우로 활동하다가 NSC 11기로 요시모토 양성소에 입학했다. '시손누'의 보케 담당. 취미는 파친코, 마작, 게임. 하지만 NSC 모바일판에 연재한 에세이《단 술에 가글을 하고》가 단행본으로 출간되어 2019년에 영화화되었다. 2019년 최초로 올림픽에 출전한 일본 마라톤 선수의 일생을 그린 NHK 대하드라마 〈이다텐〉에도 작은 배역으로 출연했다.

https://twitter.com/sissonne_jiro

하세가와 시노부
長谷川忍

○ **Profile**

1978년 8월 시즈오카현 출생. 스시집에서 태어나 취미는 소바집 탐방. 패션을 좋아하고 스니커즈 컬렉터에 좋아하는 음식은 비둘기 모양 비스킷 '하토 사브레'이다. 스무 살 때 도쿄로 올라와 오와라이를 시작했지만, 5년 후 파트너가 갑자기 달아나 NSC 11기로 요시모토 양성소에 입학했다. 그리고 하세가와를 만나 '시손누'의 쏫코미로 활동. 2017년 3월 25일 트위터에 결혼 발표. 지난해 구로키 하나 주연의 드라마 〈나기사의 휴식〉에 짧게 출연했다.

https://twitter.com/hasemadgawa

○ 취재 이후 이야기

TV보다 극장 라이브를 중심으로 활동하는 시손누에게 코로나19는 치명적이지만, 둘은 근래 〈아리요시의 벽(有吉の壁)〉이라는 인기 심야 방송에 고정 출연을 확정했다. 드라마, 영화에도 찔끔찔끔 모습을 내비치고, 공식 유튜브 채널엔 예전 공연들이 하나둘 올라온다. 하지만 그보다 둘의 트위터는 코미디 그 자체라, SNS가 그들의 또 다른 무대가 아닌 듯싶기도 하다. 예를 들어 7월 21일의 지로.
"장어를 먹으려고 했는데 줄이 너무 길어 무의식적으로 장어집이 잘 보이는 라면 가게에 줄 섰다. 하지만 라면 가게에서 시간 예약제라며 천 엔을 주고 건네받은 건 '12시 반'이라 적힌 식권. 이쪽이 더 길었네……. 눈에 보이는 정보에만 좌우되면 안 된다, 새삼 배웠다." 캬캬캬.
웃음은 자리를 가리지 않는다.

II 어느 농부의 브랜드 마케팅, 채소의 경쟁력

컬러풀 유럽 채소「고야마 농원」고야마 미사오

그 농원의 오늘은 멀리 있었다. 왜인지 도쿄에서 유럽 채소를 재배하는 농장. 도쿄라고는 해도 오래전 살던, 문을 열면 눈앞에 논밭이 펼쳐지던 나의 작은 1LK는 도쿄도 미타카시(三鷹市)에 있었고, 도쿄는 대도시지만 그 아래 작은 행정구역으로 미타카시, 하치오지시(八王子市), 다치카와시(立川市) 등과 같이 도쿄의 화려함을 덜어낸 작은 마을들이 자리한다. 그만큼 작은 도시 다치카와시 니시스나초(西砂町)에 '컬러풀 채소 고야마 농원(カラフル野菜 小山農園)'이 위치해 있다.

여정을 준비하며 도착한 메일 속 주소는 도쿄의 서쪽 끝. 내가 살던 마을을 훌쩍 지나 있었고, 지도를 찾아보니 주오선(中央線)을 타고 한참, 내려서 버스를 타고 10여 분을 더. 그 버스는 한 시간에 한 대가 올까 말까다. 가보지 않아도 고생길이 훤한 길. 하지만 이런 길은 주책맞게도 여행을 꿈꾸게 하고, 장인을 만나러 가는 길, 나는 조금 다른 도쿄를 상상했다.

"역 북쪽 출구에서 나와 세븐일레븐, 스미토모은행 앞에서 기다려주세요."

때아닌 뜨거운 햇살 아래, 역 앞 벤치에 앉아 고야마 트럭의 넘버플레이트 69-76, 그 숫자를 기다렸다.

내가 아는 가장 먼 도쿄로의 여정

농장을 찾았던 9월의 마지막 날은, 일본에 태풍 15호가 몰아닥치고 조금 지난 뒤였다. 출발을 기다리며 매일 밤 침대에 누워 그곳의 뉴스를 검색했고, 유독 강풍이 심했던 지바현(千葉県), 이바라기현(茨城県)과 강이 범람해 마을 전역에 대피령이 내려졌던 에도가와구(江戸川区) 일대가 남의 이야기 같지 않았다. 취재가 어그러질까 싶은 조바심, 바다 건너 타인의 안부를 생각하는 미안함. 하지만 태풍은 물러가고, 도쿄의 9월 하늘은 이상하게 햇빛이 작열한다. 자연은 언제 그랬냐는 듯, 늘 그곳에 있다.

10분 아니면 15분. 알아차리지 못했는지 저 멀리 광장 너머에 멈춰 선 트럭에 잰걸음으로 다가가 이마의 땀을 닦고 "안녕하세요"하고 인사를 건넸다. 일본은 운전석이 한국과 반대인 오른편에 있고, 난생처음 앉아보는 왼쪽 자리에 조금은 설렜다. 이 나이에

나는 아직 면허가 없다.

"태풍이 쓸고 가서 지금 보여드릴 게 많이 없어요. 어쩌죠." 가타카나로 '컬러풀 채소 고야마 농원'이라 적힌 파란색 반소매 티셔츠 차림의 고야마 미사오(小山三佐男)가 이야기했다. 방금 밭에서 걸어 나온 듯한 풀과 흙 냄새, 그날의 쨍한 하늘을 닮은 미소를 띠고 그가 이야기했다. 그날의 오후가 마치 그렇게 이야기하는 것만 같았다.

나 > **얼마 전에도 태풍이 지나갔잖아요. 그럴 때마다 마음이 힘들 것 같은데요……. 일본은 지진도 많고요. 그럴 땐 보통 어떻게 보내세요?**

고야마 > **음…… 저는 그냥 밭에 나가서 씨 뿌려요. (웃음) 고민하는 시간이 아까운 거죠. 씨 뿌리면 기분이 좀 편해지는데 그건 처음부터 그랬던 것 같아요. 그냥 씨 뿌려요.**

농부는 처음이었다. 10년 넘게 잡지를 만들고, 사람을 만나 취재를 하고 인터뷰를 해오면서 농부와의 만남은 왜인지 이번이 처음이다. 언제나 영화, 패션, 문화의 언저리를 돌며 일했기 때문이기도 하지만, 사실 매일같이 밥을 먹으면서도 끼니를 찾아 거리를 걸으면서도 밥상을 생각해본 적은 별로 없다.

고기의 산지를 표기하고 제품의 생산공정을 투명하게 공개하고 생산자와 소비자의 관계를 바라보고…… 소위 크래프트맨십의 시대가 흘러가지만, 밥상은 그렇게 트렌디한 자리가 아니다. 오히려 화려하게 토핑된 말들을 덜어내고 음식의 시작을 바라보는 일, 백화점의 판매대가 아닌 농장의 시간을 떠올리는 일, 혹은 메트로폴리탄 도쿄가 아닌 전차로 한 시간을 이동해, 뜸하게 도착하는 버스를 타고 가는 길의 니시스나초를 돌아보는 일. '고야마 농원'은 컬러풀한 유럽 채소 120여 종을 재배하는 조금 별난 농장이고, 그곳의 계절은 트렌디한 잡지에 몇 자 적혀 있는, 그런 얄팍한 도시의 언어 같은 게 아니다.

"10년 전부터 아내의 본가인 농가에서 일을 하게 됐어요. 그때 알게 된 건 농작물의 원가가 너무 싸다는 사실이었어요. '일반적인 채소로는 베테랑 농가를 이길 수 없겠다, 그렇다면 아직 아무도 하지 않는 유럽 채소를 만들어보자' 한 것이 그 시작이에요."

어느 농부의 채소 마케팅이 시작됐다.

농부의 조금 컬러풀한 이력

'컬러풀 채소 고야마 농원'이 개원한 건 올해로 고작 8년 남짓이다. 하지만 그 시간은 거슬러 100여 년에 달하고, 사실 그곳은 고야마의 본가가 아니다. 고야마의 이력은 사실, 별로 농부 같지도 않다.

"대학에서 경제를 공부했어요. 본가가 소바집이어서 조리사 자격증을 따고 그곳에서 일을 시작했죠. 농업은 결혼한 다음에 아내의 농장에서 일을 배우며 시작한 게 처음이에요." 말하자면 데릴사위, 그는 결혼한 뒤 아내 집안의 가업을 이어받았다.

"저희는 소바집을 해요. 다치카와시 와카바초(若葉町)에 있고, 지금은 형이 맡고 있어요. 부모님은 아마 속으로는 소바집을 같이 이어주길 바랐을 테지만, 반대는 하지 않으셨어요."

데릴사위, 꽤나 구태하고 생소한 말이지만 그런 독특한 가족의 구성이 일본엔 아직도 종종 남아있다. 유명하게는 두 해 전 세상을 떠난 배우 기키 기린의 장녀 우치다 아야코의 남편, 배우이기도 한 모토키 마사히로가 기키의 데릴사위로 수십 년을 살았다.

고야마는 교린대학에서 경제를 공부하고 조리사 자격증을 땄지만 아버지 가게에서는 소바를 배달하며 전체 유통을 담당했다. 어쩌면 형이 있어서 가능했던 삶. 하지만 재배뿐 아니라 수확 이후의 시간이 더 궁금했던 고야마는 지금, 100여 년 역사의 농장을 잇고 있다.

"제가 좀 별난 사람이라서요. (웃음) '남들이 하지 않는 것, 아무도 하지 않은 걸 하고 싶다'는 생각을 했어요." 마흔이 넘었는데도 그 마음은 나이를 먹지 않아, 그의 얼굴에는 어린아이의 미소가 남아 있었다.

"여기서부터 저희 밭이에요." 그가 트럭을 세운 곳은 사방이 흙이고 갓 새싹을 틔운 이름 모를 풀밭 한가운데. 10년을 넘게 일하면서 밭에서 인터뷰를 진행한 건 이번이 처음이다.

제가 재배부터 배송까지 모두 다 하게 된 건 옥수수 때문이에요. 어릴 때부터 옥수수를 싫어했는데, 언젠가 갓 수확한 옥수수를 먹고 정말 놀랐어요. 가치관이 뒤집혔달까요. 그만큼 맛있었거든요. 그때 갓 수확한 채소의 중요성을 절감했고, 그게 직접 배달하는 길로 이어졌어요.

고야마 농원의 명물, 컬러풀 감자 모종 심는 작업이 무사히 끝났습니다. 작년에는 일주일이 걸렸는데, 올해는 근처 마마토모(ママ友, 아이 엄마들)들이 도와주었어요. 마마토모분들의 친구들도 찾아주고, 학교가 쉬고 있어 아이들까지 힘을 더했어요.
마마토모 4명, 아이 7명, 모두 11명이 제 지시에 따라 누구도 땡땡이치지 않고 200킬로그램이 넘는 묘종을 심었습니다. 밭을 통해 지역 공헌에 조금은 이바지됐을까요. 아이들 웃음소리가 시끄러워 누구도 비행기 소음에 클레임은 걸지 않았고요.
이렇게 도움받을 수 있어서 농민은 힘이 납니다. 앞으로 어떻게 될지 모르지만 불안한 시기일수록 멈추지 않는 비즈니스!
셰프분들의 재미난 발상으로 어떤 음식이 태어날지 여름이 기대되네요.

– 고야마의 페이스북, '2020년 고야마 농원의 봄, 코로나19가 아직도 흉흉했던 그 어느 날'

밭에서 시작하는 농부의 흙내 나는 인사이트

도쿄의 유럽 채소라 하면, 사실 프랑스에서 만든 '메이드 인 재팬'만큼 생소하고 낯설다. 한국에서 신토불이를 이야기하는 것처럼, 일본에서도 감자는 홋카이도, 쌀은 니가타, 낫토는 후쿠시마산

(産)을 으뜸으로 치고, 그렇게 산지와 제철을 이야기한다. 그만큼 남의 나라 채소를 재배한다는 건 꽤나 큰 무리수다.

채소는 지역의 이름을 입고 아이덴티티를 얻는 식재료이기도 하다. 하지만 고야마는 고작 옥수수 하나 때문에 그 '무리수의 오늘'을 시작했다.

"제가 재배부터 배송까지 모두 다 하게 된 건 옥수수 때문이에요. 어릴 때부터 옥수수를 싫어했는데, 언젠가 갓 수확한 옥수수를 먹고 정말 놀랐어요. 가치관이 뒤집혔달까요. 그만큼 맛있었거든요. 그때 갓 수확한 채소의 중요성을 절감했고, 그게 직접 배달하는 길로 이어졌어요."

고야마 말에 의하면, 옥수수는 하루만 지나도 맛이 50퍼센트 떨어지고 '섀도퀸(Shadow Queen, 단면이 보라색을 띄는 감자)'이라는 별난 이름의 감자는 보존이 길다고 했다.

왜인지 아직 도착하지 않았던 생소한 이름들. 고야마는 지금의 컬러풀한 농장을 열게 한 것 역시, '코신다이콘(紅芯大根, 과일무)'이라는 좀 낯설고 별난 이름의 무라고 이야기했다.

"다이콘(흰무)과 코신다이콘은 겉모양은 그리 차이가 없어요. 그런데 '코신다이콘'은 줄기가 길고 크기가 좀 큰 편이죠. 겉보기엔 푸르스름해서 보통 무 같은데 속이 붉어요. 매운맛이 없어서 생으로도 먹을 수 있어요." 그리고 그 곁엔 단골 레스토랑의 조금 특별했던 주문이 하나 있었다.

영업이 빚어내는 컬러의 채소

"거래하는 레스토랑에 유럽 채소 재배를 시작할 거라고 이야기 하니까 '그럼 코신다이콘 만들어주세요'라고 했어요 제가 좀 원래 튀고 싶어 하는 사람이거든요. (웃음) 처음에는 채소에 대해 아는 것도, 별생각도 없었지만, 비트도 케일도 색이 더 선명하고 예쁘고, 알고 보니 영양소도 충분히 갖춰져 있더라고요."

사실 고야마의 농장도 여느 논밭과 마찬가지로 시금치, 당근, 양배추 같은 채소를 재배하던 평범한 밭이었다. 하지만 발품을 파는 농부, 영업 전략이 있는 고야마에게 그곳은 내일이 자라는 새로운 마켓으로서의 텃밭이기도 했다.

"일본에서 '코신다이콘'을 쓰는 곳은 별로 없어요. 재배해도 어떻게 먹어야 할지 모르니까 보통 주부들에게는 잘 팔리지 않아요. 아무래도 먹는 법도 잘 모르는 채소이기 때문에 많이 사지 않아요. 값도 비싸고요. 그래서 음식점, 레스토랑을 통해 거래하고 있는데, 거기에 비즈니스 기회가 있죠." 틈새시장을 공략하기 위한 토대가 마련된 셈이다.

비즈니스를 말하는 채소밭의 농부, 수확의 계절을 기다리는 채소 유통 비즈니스맨. 고야마는 사진 촬영을 위해 들고 있던 기다란 낫을 바닥에 내려놓고, 작은 종이 하나를 꺼내 아직도 외계어에 가까운 채소 이름들을 하나둘 적어주었다.

"채소 종류가 처음에는 이렇게 많지 않았는데, 이제는 120종이 넘다 보니 저도 이게 뭐냐고 물으면 그거, 그거, 저거, 저거. 막 이래요. (웃음)"

지난 3월 고야마는 다치카와역 철판요리점 '센주'에서 열린 '지바의 술과 채소 이벤트'에도 참여했다. 그곳에는 평범한 케일이 아닌 '카리노 케일(カリーノケール, 곱슬케일)'이 등장했다.

소비자와 생산자가 곁에 있는 시간, 외래어 투성이인 그의 채소는 이름을 외우기도 쉽지 않지만, 모르기 때문에 대화가 태어난다. 고야마가 페이스북에 덧붙인 해시태그는 '#생산자의 살아 있는 목소리는 최고의 조미료'였다. 영업이 맺어내는 컬러의 채소가 있다.

땅을 돌보는 남자의 농사 이야기

고야마 농장은 몇 번의 서로 다른 계절을 보냈다. 1920년대, 지금부터 100여 년 전 시금치나 무 그리고 양잠을 중심으로 밭을 일궜던 그곳은 고야마 세대 이전, 부인의 조부가 낙농업을 시작하여 40여 년간 소를 기르기도 했던 목장 겸 농원이었다.

고야마는 "당시 주변에 낙농가가 거의 없었기 때문에 많을 때는 소 16마리를 길렀어요"라고 이야기했다.

밭을 일구고 채소를 재배하는, 그저 평범한 도심 외곽의 시골 마을 이야기지만, 그건 어김없이 세월의 변화를 이야기하는 서사

근래에는 생산자의 얼굴 사진이 붙은
시금치나 호박도 있고, 과일에 산지와
더불어 관련된 정보도 기재되어 있지만,
'고야마 농원'의 채소는 아침이면
일어나 날씨를 체크하는 고야마의
"곤니치와(안녕하세요)"와 함께 배달된다.
다소 번거롭고 때로는 귀찮은 비효율적인
채소의 시간이지만, 그런 느림의 비즈니스.
수확한 당일 도착한 호박은 조금도 색이
바래지 않았다.

컬러풀 유럽 채소 「고야마 농원」 고야마 미사오

이기도 하다. 국도가 뚫리고 유통이 발달하며, 홋카이도의 갓 짜낸 우유를 고작 이틀 만에 도쿄에서 받아 마실 수 있게 된 20세기 말, 고야마 농원은 목장을 접었다.

"그 당시 농원 주변에 주택도 많이 늘어났다고 해요. 선대의 건강도 좋지 않았고, 체력적 한계 그리고 도심에서의 낙농이 예전 같지 못해서 다시 채소만 재배하게 된 것 같아요."

어찌 보면 시대를 이기지 못해, 시대에 끌려가듯 흘러온 시간처럼 들리지만 고야마는 농업에서 가장 중요한 것은 '땅'이라고 이야기한다.

"햇빛도 바람도 비도 모두 중요하지만, 농업은 '땅을 어떻게 가꾸는가'에 대한 일이라고 생각해요." 눈앞에 펼쳐진 광활한 밭을 어떻게 가꿔갈까. 벼를 수확하고 공터가 되어버린 밭을 어떻게 돌볼까. 내일을 위해 어떤 '쉼'의 시간을 가질까.

"채소는 1년에 네 번, 많으면 다섯 번 정도 수확을 하는데, 3~4개월 정도는 땅을 쉬게 해줘야 해요."

거대한 잎을 늘어뜨린 브로콜리밭을 지나, 잡초 하나 없이 휑한 풍경 앞에서 고야마는 "쉬고 있는 중이에요"라고 말했다.

현재 '고야마 농원'에서 재배 중인 채소의 종류는 모두 120여 종이지만, 내일은 또 어떤 이름 모를 채소가 자라날지 모른다. 고야마는 속이 보랏빛을 띠는 감자 섀도퀸, 생으로도 먹을 수 있는 표주박 모양의 호박 코린키(コリンキー), 거대한 땅콩 모양을 한 또 하나의 호박 바타나쓰(バターナッツ, Butternut sqash)를 비닐에 담아주며,

"조금만 더 지나면 많이 보여드릴 수 있는데……"라고 미안해하며 말했다. 잠을 자는 채소의 계절을, 그곳에서 처음 마주했다.

하늘을 바라보며 조금 앞서 걷는 삶

다시 이야기하면, '고야마 농원'이 20여 년 전 낙농을 갑자기 접은 것은 갑작스레 들이닥친 시대의 변화 때문이다. 이 세상에 시대의 영향을 받지 않은 삶이 어디 있을까 싶지만, 매일 아침 일어나 파란 하늘을 바라보고 아직 돋지 않은 새싹에 귀를 기울이고 바람을 걱정하고 하늘을 궁리하는 삶에, 그 시간은 보다 순조롭게 길을 찾는다.

"본래 소를 기르던 땅이고, 저는 결혼하면서 이곳에서 일을 시작했으니, 이 땅의 역사가 저보다 더 긴 거죠. 무엇보다 선조가 남겨준 것이기 때문에 어떻게든 남겨서, 살려서 다음 세대로 이어가야 한다는 생각이 있어요."

고야마가 결혼해서 호적을 옮긴 건 2004년. 한동안 그는 오전에는 농업을, 오후에는 소바 가게에서 국수를 말면서 배달도 하는, 좀처럼 잠들지 못하는 시간을 보냈다. 2010년까지 무려 6년간. 농부의 그런 낮과 밤은, 고야마의 표현으로 꽤나 '튀지만', 그는 태어나 지금까지 다치카와시를 벗어난 적이 없다.

"항상 압박감이 있어요. 채소는 한시라도 손을 놓으면 바로 병

들어요. 항상 보고 있지 않으면 말짱 도루묵이 되기도 하고 배송 시간이 길어질수록 색도 맛도 선도도 떨어지기 때문에, 그래서 제가 모두 다 하자고 시작한 거예요. 제가 만드는 코신다이콘도 나가노(長野)나 홋카이도에서 재배되기도 하는데, 먼 거리만큼 생산비가 올라가 값이 비싸져요. 그럼, 도쿄에서 만들자. 나는 배달도 할 수 있으니까 수확한 것 전부 매입해주는 조건으로 지금처럼 하게 된 거죠."

밭과 가게에서의 시간만을 생각할 때 고야마의 어제는 갈지자로 바쁘게 움직인 분주한 시간처럼 비춰진다. 하지만 대학에서 경제를 전공하고 바로 아버지의 소바 가게에서 유통을 시작한 그의 시간은, 그러고 보면 언제 한번 뒤를 돌아본 적이 없다. 어찌 보면 걸어온 풍경이 그저 조금 많이 변했을 뿐인 이야기. "도쿄에서 유럽 채소 재배하는 사람은 저밖에 없어요." 그건 곧 앞서 걸어가는 풍경이기도 했다.

밀레니얼 농부, 커뮤니티를 수확하다

도쿄의 장인을 찾아 나선 길에서 그곳의 오늘은 서로 닮아 있었다. 시부야 뒷골목 오쿠시부에서 치즈 공방을 하는 후카가와 신지는 빵을 대신해 모차렐라 치즈를 사용한 버거를 만들며 '무엇을'이 아닌 '어떻게'의 문제를 떠올렸고, 그것은 곧 그의 비즈니스, 나카메구로의 '오니버스 커피'는 '커피 신'을 위해 경쟁업자들과 동맹을 맺기도 했다. 그리고 고야마의 채소는 도쿄 외곽에서 재배되고 있지만, 도쿄와 지바 그리고 사이타마 등 지역 곳곳의 셰프들 손에서 멋진 음식으로 완성된다. 공방 속 두터운 시간의 장인이 아닌, 경영을 하는 새로운 타입의, 어쩌면 밀레니얼 세대의 장인이 지금 첫걸음을 내딛기 시작했다.

흔히들 '산지 직송'이라고 쉽게 말하지만, 농부가 배달, 영업까지 발 벗고 나서는 고야마의, 채소의 시작과 끝을 함께하는 계절이야말로 그런 시간의 배송인지 모른다. 그는 "농가를 운영하면서 채소의 원가가 낮은 건 산지에서 도심까지 배송하는 시간에 소요되는 비용 때문이란 걸 알았어요. 저는 유통도 했던 사람이기 때문에 '그렇다면 재배부터 배달까지 내가 다 하는 게 하나의 방법'이라 느꼈어요"라며 별것 아닌, 하지만 가장 핵심일 전략을 이야기했다. 채소는 대부분 갓 수확했을 때 맛이 가장 좋고, 선도를 이야기할 때 정답은 어디도 경유하지 않는 '나에게서 너에게', 그렇게 가장 빠른 길. 고야마의 채소는 아침에 수확해 저녁에 출하된다.

"다른 업자에게 부탁하면 인건비가 들고 비싸지기도 하는데 직접 유통하면, 손님에게 어떤 농약을 썼고 씨는 언제 뿌렸는지 직접 설명할 수도 있어요. 제가 만드는 채소를 잘 알리기 위해서라도 지금의 방식이 필요했다고 생각해요."

그에게는 커뮤니케이션의 상술이 있다. 근래에는 생산자의 얼굴 사진이 붙은 시금치나 호박도 있고, 과일에 산지와 더불어 관련

BOSS

된 정보도 기재되어 있지만, '고야마 농원'의 채소는 아침이면 일어나 날씨를 체크하는 고야마의 "곤니치와(안녕하세요)"와 함께 배달된다. "색이 예쁘고, 일본에 없는 채소를 만들고 싶었어요." 다소 번거롭고 때로는 귀찮은 비효율적인 채소의 시간이지만, 그런 느림의 비즈니스. 수확한 당일 도착한 호박은 조금도 색이 바래지 않았다.

자연을 미워하지 않는 마음

고야마와 이야기를 나누던 중, 바람과 함께 이름 모를 새들이 무리를 지어 날았다. 도쿄에서 이른 아침에 잠을 깨우는 까마귀를 본 적은 있지만, 새 무리가 높은 하늘을 가르며 날아가는 모습은 괜히 새롭다. 고야마는 '근처에 미군 기지가 있어, 하늘에 하루에도 수차례 전투기가 뜬다'고 아무렇지 않게 이야기했다. 그렇게 평온한 하늘에 좀처럼 어울리지 않는 이야기라 나는 생각했지만, 어쩌면 이건 도시의 속 좁은 편견일지도 모른다.

매일 아침 날씨를 체크하고 농기구를 손질하고, '주변에 아무것도 없어 신주쿠가 훨씬 좋다'고 말하면서도 근처 밭을 크게 돌며 조깅하고, 1~3월 농한기에는 마라톤 대회에 참가하지만, 기록은 '그저 보통 수준'이라며 웃는 고야마. 그런 농부에게 세상은 자연에 발을 맞춰가는, 조금씩 적응해가는 잔잔한 나날인지 모른다.

"이곳도 얼마 전 태풍 때문에 새로 씨를 다 다시 뿌렸어요."

이 힘겨운 문장을 말하는 고야마의 얼굴에 흐린 구름은 보이지 않았다. 넘어지고 다치고 상처 나고 유치하지만 비 온 뒤 굳어지는 작은 땅 한 뼘처럼, 정직하게 앞을 바라보는 계절이 그곳에 있다.

"여기에는 아무것도 없잖아요. 일본은 태풍 같은 자연재해가 많으니까 힘든 점이 있어요. 바람이 약한 곳이랄지, 강한 곳, 결국 자연을 알아가는 거라고 느껴요."

갑자기 거세게 불어오는 바람에 나는 고작 세팅한 머리가 망가질까 또 신경이 쓰였지만, 고야마는 자연을 미워하지 않는다고 말했다. "농사를 시작하고 자연에 대한 자세 같은 게 변했죠. 사실 태풍이란 소리만 들어도 신경이 곤두서요. 그래도 자연은 이길 수 없고 피해는 1년에 한 번 정도, 나머지는 대부분 은혜를 입고 있기 때문에, 자연을 미워하지는 않아요. (웃음)"

아마도 이런 감각. 그곳에는 한 무리의 새가 날고, 가끔 예고 없는 비행기가 바람을 가르고, 그건 아마 더불어 함께 살아가는 삶의 풍경일 거라고, 바람에 헝클어진 머리칼을 다듬으며 생각했다.

무사히 검역을 통과한 +3킬로그램의 내일

섀도퀸, 기억나지 않을 테니 다시 한번 적어보면 표주박 모양의 호박 코린키, 거대한 땅콩 모양을 닮은 또 하나의 호박 바타나쓰가 가득 담긴 비닐봉지를 들고 플랫폼 앞에서 맘이 좀 무거웠다. 이코노미를 타고 왔으니 수하물 기준 무게는 23킬로그램. 들어올 때 20킬로그램 조금 넘었으니 여유 무게는 3킬로그램 조금. 왼손이 이렇게나 당겨오는 걸 보면 분명 그 숫자는 넘을 텐데, 과연 검역은 통과할 수 있을지……. 별것 아닌 구질구질한 고민의 시간을 생략하면, 고야마가 건네준 유럽의 컬러풀한 채소들은 무사히 내 방에 도착했다. 바타나쓰에서 가져왔는지 뭔지 모를 수분이 비닐에 조금 묻어 있기는 했지만 무사히 바다를 건넜다.

하지만 얄궂게도 어떤 '컬러풀'인지 기억이 나지 않았고, 한 달이 조금 지났을까, 어머니가 새도퀸을 깍둑썰어 엄마표 감자볶음을 만들었다. 익숙한 식탁 위에 낯선 보라색이 담긴 접시 하나. 젓가락을 옮기는 손의 움직임이 조금 다르게 느껴진다. 새로운 일상이란 이런 질감의 흥분일까. 손가락에 남아 있는 지난 기억의 설렘일까. 집에 돌아와 그에게 페이스북 친구 요청을 보냈고, 고야마는 TV 출연 소식과 함께 웃는 얼굴의 사진을 올려놓았다.

봄은 다시 찾아와 고야마는 모종을 심었다는 소식을 알려왔는데, 좀처럼 봄 같지 않은 3월, 나는 그의 문장 하나를 다시 꺼내 본다.

"일본은 여름이 너무 더워요. 햇볕이 너무 뜨거워 채소가 죽어버려요. 어쩔 수 없다는 걸 알지만, 그런 것들이 많아요. 채소를 가게에 보내고 나면 쓸쓸하고, 그걸 알면서도 수확을 하고…… 항상 그런 쓸쓸함이 있어요."

세상은 종종 어찌할 수 없는 날들로 흘러가고 어찌하지 못하는 아픔은 어디에도 있고, 사람은 그저 또 한 번 모종을 하고 수확의 철을 기다린다.

왜인지 더디기만 했던 2020년의 봄, 나는 오늘도 그저 2천 걸음 남짓 걸으며 그날의 오후, 불어오던 도쿄의 서쪽 바람, 브로콜리 잎 위로 떨어지던 햇빛, 땅 그리고 그 모든 것, 농부의 시간을 애써 떠올렸다. 채소가 자라는 계절을 생각했다.

고야마 미사오

小山三佐男

○ **Profile**

1975년 도쿄 다치카와시 출생. 도쿄 교린대학에서 사회과학을 전공하고, 소매업에 종사하며 유통을 경험하고, 이후 조리사 면허증을 취득, 본가인 소바집에서 조리사로 10년간 일했다. 2004년 결혼을 기점으로 농업에 도전해, 오전에는 농장, 오후에는 소바집에서 일하는 생활을 하다가 2010년, 아내 본가 농장을 이어받으면서 전업 농부로 전환했다. 2012년 '컬러풀 채소 고야마 농원'을 개원하고, 도내의 호텔, 유명 레스토랑과 거래하며 '컬러풀한' 식문화 관련 이벤트에도 열혈 활동 중이다. 도쿄산 농업의 존재감을 어필하며 차세대 농부의 삶을 살고 있다.

http://koyamafarm.com

○ **취재 이후 이야기**

일본에선 10일 연속 비가 내렸다고 했다. 한 달 치 강수량이 하루에 모두 쏟아부어졌다고도 했다. 고야마 미사오를 만나러 가던 즈음에도 안 좋은 날씨에 맘이 뒤숭숭했는데, 그 계절은 올해도 다시 찾아왔다. 고야마는 페이스북에 "장마가 아니라 우기네요. 예년 같으면 이미 끝마쳤을 감자 수확도 끝내지 못한 상황이에요"라고 조금은 하소연을 털어놨다. 하지만 그와 고작 몇 시간을 함께한 덕분인지, 괜찮을 거란 생각이 든다. "비 때문에 힘이 들지만, 올해는 여름 채소들이 애써주고 있어요. 이번 달 안에 수확할 채소가 많아요. 더 파워업한 고야마 농원을 기대해주세요." 이런 말들이 적혀 있으니 말이다. 고야마는 신주쿠, 이케부쿠로, 시오도메(汐留) 등 새로운 거래처를 확보해놓았고, "밭이 작아(?) 한계를 느끼지만, 그건 도쿄를 떠나지 않으면 해결되지 않을 과제. 하지만 다치카와를 떠나는 일은 없어요. 데릴사위인걸요……"라는 묘한 포부도 적어놓았다. 농부의 열정은 식지 않는다.

12 도쿄는, 도쿄를 예고한다

도시 큐레이터 「코뮨」 구라모토 준

2018년 겨울, 도쿄에 조금 이상한 광고 하나가 등장했다. 골조만 남은 고층 빌딩, 포장을 덜어낸 길바닥에는 흙먼지가 일 것 같고, 투명한 비닐로 둘러싸인 건물 곁에 타워크레인이 보인다. 2019년 50주년을 맞이한 쇼핑몰 '파르코(パルコ)'의 새로운 시작을 알리는 포스터. 흔한 도시의 흔한 쇼핑몰일 뿐이지만, 돌연 세 개의 관이 동시에 문을 닫은 두 해 전 여름, 그곳의 고엔도리(公園通り)는 쓸쓸했다.

1970년대 오픈해 패션뿐 아니라 음식, 라이프 그리고 문화 전반을 아울러온 파르코는 소위 '세이부 컬처(西武カルチャー, 세이부 백화점과 함께 세종 그룹 산하 시절, 젊은이들의 컬처 발신을 새로운 전략으로 세운 이후 펼쳐진 일련의 현상)'라 불리는 도쿄 문화의 심장이었다. 젊은이들이 별일도 없으면서 근처를 오가고, 서로 어우러지던 러프함의

거리로, 도쿄의 가장 오늘을 닮은 곳이었다. 보통은 펜스, 일본에서는 블루시트라 불리는 가림막에 묻혀버리는 장면이, 그곳에서 오늘을 살아간다.

하루 3만이 넘는 사람들이 오가는 거리에서, 모든 것은 스쳐 가고 떠나버리는 듯싶지만, 내게는 왠지 여전히 남아 있는 시간의 장소들이 그곳에 있다. 공사 중인 현장 외벽에 만화 〈아키라〉의 그림이 도색되고, 거리 곳곳에 '시부야의 365일'이란 테마의 라이프가 그려지고, 갑자기 마주한 이별 후 6개월이 지날 즈음 찾아온 그 포스터를 보았을 때, 도쿄는 누구도 홀로 두지 않는다.

"새로 오픈하는 파르코 옥상에 또 하나의 '코뮨(표기를 달리한 ComMunE)'을 만들어요. 그곳에서 저랑 동생이랑 록밴드 라이브를 할지도 몰라요. (웃음)"

지난가을 두 번째로 만난 '코뮨 세컨드(Commune 2nd)'의 구라모토 준(倉本潤)은 내게 그런 내일을 예고했다. 도쿄는, 내일을 예고한다.

도시는 가끔 내 이야기를 한다

구라모토 준을 처음 본 것은 2019년 5월이었다. 연호가 바뀌고, 새로운 시대가 시작된 2019년 5월 그리고 이틀. 새해 첫날이 아님에도 백화점을 비롯한 주요 상점들은 '하쓰우리(初売り)'란 이름으

로 첫 장사를 시작했고, 도시 곳곳은 이른 아침부터 사람들로 북적였다. 매년 5월의 골든위크(4월 말에서 5월 초에 걸쳐 일본에서 1년 중 휴일이 가장 많은 주간)와 맞물려 도쿄 중심은 발을 딛기가 힘들 정도. 보이지는 않는 이상한 설렘이 사람 수만큼 일렁인다. 그저 상술일지 모르지만 시부야에서 극장을 운영하는 아사이는 5월의 하쓰우리는 "장사, 장사"라고 손사래까지 쳤는데, 나는 별것 아닌 시작, 또 한 번의 하루를 예감한다. 시작은 늘 앞으로 나아가는 그림 같아도, 그건 분명 뒤를 돌아보는 시간이고, 오늘과 내일이 교차하는 그곳에서 도시는 어제를 돌아본다.

구라모토 준을 알게 된 건 고작 지난여름이지만, 그가 작업한 오모테산도(表参道) 국도 246 도로변의 마켓 '코뮨'은 벌써 7년 전쯤 한 번 놀러 간 적이 있다. 그보다 더 이전에, 첫 잡지사에서 첫 번째 출장으로 열흘간 오가던 길가의 '파머스마켓'은 그저 궁금하기만 했는데, 구라모토가 사회인이 되어 처음 참여했던 작업이다. 그사이, 내가 '코뮨'을 알고 '파머스마켓'을 아직 잘 모르던 시절, 국내에서는 (아마) 처음으로 포틀랜드 특집을 하며 《트루 포틀랜드》(터닝포인트, 2014)란 책을 유일하게 참조했고, 그 책은 구라모토가 일하는 '미디어 서프(MEDIA SURF)'에서 2010년에 펴낸 책이었다.

어쩌면 이런 스쳐 감, 이런 교차들 그리고 어긋남. 도쿄는 오늘도 또 한 걸음을 나아가지만 아직 이곳에 남아 있고, 그런 찰나의 만남을 나는 늘 그리워했는지 모른다.

구라모토 준. 그는 지난가을까지 오모테산도 인근 국도 246 근처에서 작은 '타바고 스탠드(タバコスタンド)'를 운영하던 점장이자 바리스타였다.

지금은 매 주말 유엔 대학(国連大学) 앞뜰에서 파머스마켓을 개최하고, 오모테산도 국도 246 근처의 코뮨으로 출근해 신주쿠 외곽의 호텔 '더낫(THE KNOT)'에서 회의를 하고, 그 회의가 끝나면 11월에 오픈한 시부야 파르코 옥상에 있는 또 하나의 코뮨을 향해 고엔도리를 걷거나 오픈 준비 중인 '이케부쿠로(池袋) 공원 프로젝트'를 위해, 짙은 갈색의 후쿠토신선(副都心線)을 탄다. 그다음에는 코뮨에서 돌아와 퇴근하거나 최근 막 이사한 하쓰다이(初台)의 집으로 직행하거나.

몸은 하나인데 커피부터 음악, 채소를 비롯하여 농작물과 맥주, 음악, 각종 이벤트까지, 하는 일은 의식주 그리고 알파를 넘나든다.

"뭐 하는 사람이냐고 물으면, 대답하기 어렵네요. (웃음) 적당한 명함도 없고요. 회사 문화가 그렇기도 하지만, 제가 기분 좋게 할 수 있는 범위 안에서 재미있으면 좋겠다는 생각으로 하고 있어요."

그에게서 명함을 받기는 했지만 '미디어 서프'라는 회사명과 한자 그리고 영어로 표기한 이름을 제외하면 구라모토라는 사람을 설명하는 문장은 달리 없다. 도쿄에는 지하철이 거미줄 같다고도 하는데 구라모토의 일상은 마치 그 카오스의 그림을 그리는 것만 같았다.

소파에 앉은 구라모토는 오래전, 내가 손에 들고 열흘을 걸었던 초록 표지의 책을 이야기했다.

"지금은 10년 전에 만들었던《트루 포틀랜드》개정판을 준비하고 있어요. 회사 보스의 동생이 포틀랜드에 살아서 매년 한 번씩, 열흘 정도 있다가 오거든요. 한국판도 나왔죠, 아마? 미국판이 나왔고 그리고 2020년, 10년 만에 개정판을 내네요. (웃음)"

지하철이야 목적지를 향해 달려가지만, 걸어가는 길은 샛길로 새기도 하고 그곳에는 어제도 떠오르고, 출근 시간도 퇴근 시간도 장소도 정해지지 않은 그의 일상은 어쩌면 지금의 도쿄, 그런 오늘의 산책길을 닮아 있는지 모르겠다. 그저 오늘의 유행처럼 흘러가는 듯싶지만, 그곳에는 짙은 어제가 묻어 있다.

"이번 파르코 옥상의 '코뮨'에 제가 친구랑 장난처럼 시작한 파스타 가게가 들어서요. '준준 파스타'라고. (웃음) '코뮨'에 매주 월요일에 쉬는 샌드위치집이 있어서, 그 주방을 빌려 파스타를 만들기 시작했거든요. 그게 이번에 가게가 됐어요."

먹는 걸 좋아하는 구라모토는 300엔짜리, 자칭 가장 맛있고 싼 파스타를 만들어 팔기 시작해 파머스마켓이 열리는 주말에는 관광객, 쇼핑객, 심지어 거리의 홈리스까지 누구나 부담 없이 찾아와 한 끼를 때울 수 있는 시간을 만들었다. 그리고 그 300엔짜리 시간이 지금 시부야 한복판 옥상 테이블에 상륙한다.

하루 3만이 넘는 사람들이 오가는 거리에서,
모든 것은 스쳐 가고 떠나버리는 듯싶지만,
내게는 왜인지 여전히 남아 있는 시간의
장소들이 그곳에 있다. 공사 중인 현장
외벽에 만화 〈아키라〉의 그림이 도색되고,
거리 곳곳에 '시부야의 365일'이란 테마의
라이프가 그려지고, 갑자기 마주한 이별
후 6개월이 지날 즈음 찾아온 그 포스터를
보았을 때, 도쿄는 누구도 홀로 두지 않는다.

구라모토가 다니는 회사 '미디어 서프'는 말 그대로 미디어를 '서프(surf)' 하는 곳이고, 사무실이 아닌 거리와 골목에서, 노는 듯 일하고 일하는 듯 노는 듯, 내 생전에 이런 회사원은 처음이다.

"바로 지난주에도 책 개편 취재차 6일 동안 포틀랜드에 다녀왔어요. 65곳을 도느라 힘들었죠. 그곳도 다른 도시처럼 주목을 받으면서 땅값이 오르고, 그렇게 다른 곳으로 이주한 아티스트들이 있기도 했지만, 아직 그 자리에 남아 아티스트끼리 함께 사는 법을 궁리하고, 컬래버레이션과 기획을 통해 무언가를 만들어가는 에너지가 있다고 느꼈어요. 점점 '수평의 이어짐(横のつながり)'이 중요해진다고 느끼고, 그릇을 크게 하면서 어떻게 변해갈 것인가를 생각해요. 저희는 '브리지'란 말을 쓰는데, 도시를 잇고 움직이게 하는 것과 같은 일들을 하고 있다고 생각해요."

코뮨, 도심 속의 새로운 도쿄

'Commune 246'과 'Commune 2nd' 그리고 더 오래전 '246 COMON'과 리뉴얼을 마친 2020년의 'Commune'. 편의상 '코뮨'으로 정리해 이야기하면, 구라모토의 코뮨은 '246 COMON'으로 시작해, 2014년 'Commune 246' 그리고 2017년 1월 또 한 번 이

름을 바꿔 'Commune 2nd', 지난 11월 리뉴얼을 끝낸 'Commune'으로 이어지고 있는 커뮤니티형 마켓이다. 주소는 변하지 않았지만, 이름이 네 번 바뀌었고, 네 번의 '세월'도 흘렀다. 연호라는, 어쩌면 별것 아닌 이름으로 새로운 시대를 기대하는 것처럼, 고작 이름 하나에 내일을 품어보는 공간이 오늘을 걸어간다.

"굳이 이야기하면 부동산 계약의 문제예요. 건물 주인과 매번 2년 혹은 2년 반마다 계약했기 때문에 '246'을 마칠 즈음엔 진짜 끝이라고 생각했어요. '2nd'를 할 생각은 전혀 없었어요."

구라모토는 다소 팍팍한 도시의 시절을 훑듯 이야기했지만, 그곳에 어제는 쌓여가고, 그건 땅값이나 개발 같은 딱딱하고 매정한 이야기가 아니다. 구라모토는 246 시절의 마지막 밤, 서로가 서로를 마주 봤던 타인과의 조금은 특별한 이야기도 들려줬다.

"마지막이라 알리고 영업하는 날, 정말 많은 사람이 '코뮨'을 찾아줬어요. 인파가 주차장까지 넘쳐나고 진짜 전설적인 밤이 되었죠. 다들 울었던 것 같아요. (웃음)"

도시에서 세월을 벗어난다는 건 꽤나 힘든 일인지 몰라도, 타인에 의해 시간은 이어지고, 함께하는 발걸음에 내일이 태어난다.

"사람이 없으면 재미없지 않나요? 밥도 혼자 먹으면 맛이 없고, 이런 생각을 한다는 것 자체가 인간적이라고 생각해요. 저는 음악도 혼자 속주하는 솔로 기타보다 합을 맞춰서 만들어가는 밴드 뮤직을 좋아해요. (웃음)"

지난해 모리미술관(森美術館)이 한 해를 정리하며 개최한 전시의

타이틀은 '이어짐(つながり)'이었고, 캡슐호텔의 캡슐을 가져온 마에타니 카이의 'Kapsel'에는, 누군가 남기고 간 어제의 흔적이 구겨진 이불 속에 남아 있었다. 도시는 차갑다고 하지만, 그만큼의 온기를 도쿄는 갖고 있다. 산다는 건, 도시를 살아간다는 건 아마 이런 2인칭의 이야기가 아닐까. 오늘도 나는 너의 어제를 걷는다.

"(지금의 변화는) 2011년 3월 11일 이후의 시간이라고도 생각해요. 그때 대지진이 있고 난 뒤 사람들 생각이 바뀌었다고 느껴요. 당시에 파머스마켓도 개최를 해야 하나 말아야 하나 고민했는데, 저희 보스가 '이럴 때일수록 마켓이 필요하다'며 그대로 진행했어요. 그런데 정말 많은 사람이 와줬고, '우리를 필요로 해주는구나' 싶은 생각이 들었어요. 아무도 없다면 역시 인간이 될 수 없고, 역시 사람이 있기에 인간이 된다고 느껴요. 물론 귀찮게 느끼는 사람도 있을지 모르겠지만요. (웃음)"

머리카락을 자르지 않고 취업에 성공한, 밀레니얼 세대의 고집

9월이 되어, 또 한 번의 만남을 앞두고, 구라모토는 뒤늦게 장소 변경을 부탁했다. 'Commune 2nd'가 위치한 오모테산도와는 조금 거리가 있는 신주쿠. 아마 가장 익숙한 도쿄이지만 신주쿠는 출구 하나만 잘못 나가도 길을 잃기 십상인 곳이고, 그가 메일로 알려준

호텔 '더낫'은 관광객이 붐비는 동쪽 출구가 아닌 서쪽, 오히려 하쓰다이에 가까운 신주쿠였다.

구라모토의 '트루 포틀랜드' '코뮨' '파머스마켓' 그리고 포틀랜드의 '에이스 호텔'을 연상케 하는 호텔 '더낫'까지. 그의 작업은 지금의 도시 지형, 새로운 문화의 흐름을 훑는 플랫폼의 확장처럼 보인다. 오늘의 도쿄를 설명하는 모든 키워드가 그의 작업 속에 배어 있다. 하지만 그가 코뮨을 시작한 건 그렇게 거창한 내일을 향한 다짐 때문이 아니었다.

"일단 대학은 들어갔고 학교를 다녔는데 졸업할 무렵 방황했어요. 영화 배급 일을 하고 싶었는데 채용하는 곳이 없어서 어쩔 수 없이 집에 틀어박혀 빈둥빈둥거렸죠. (웃음) 영화를 좋아해서 영화 보고 음악 만들고 책 보고. 다른 친구들은 '졸업 예정' 타이틀 지키려고 유급하기도 했는데, 전 졸업을 해버려서 '어쩌지' 하고 있던 시절이에요. (웃음)"

'아니면 말고' '어차피 할 거 없으니까' 그렇게 초라한 시간. 하지만 동시에 리얼한 21세기 도쿄의 청춘. 그 흔하고 보잘것없던 일상이, 지금 도쿄에 내일을 그리고 있다.

"어머니는 웬만하면 취업 좀 하라고 했어요. 그런데 저는 머리 자르기 싫고, 슈트 입고 싶지 않아서 하지 않았어요. (웃음) 그러다 사촌이 디자인 회사를 하는데, 어머니가 그쪽에 부탁했는지 '우리 스튜디오 와서 한번 일해보라'고 하더라고요. 어차피 금방 그만둘

FUTURE
CONTROL

tobaccos
OCB

Peace
FESTIVAL
TOBACCO
STAND

것 같았지만, 해보자고 해서 시작하게 됐어요."

베레모를 쓰고 있어 몰라봤지만 구라모토의 긴 흑발은 여전히 두터운 다발을 이루고 있었다. '싫은 걸 싫어하고' '좋은 걸 좋아하는' 그런 멋모르는 고집의 라이프 철학이 지금 도쿄의 새로운 내일이 되어간다.

"운이 좋았어요. 마침 당시에 '코뮨'을 구상하던 무렵이었는데 그렇게 우선 '파머스마켓'부터 돕는다고 시작했어요. '커뮤니티를 형성해야지'라고 거창하게 생각했던 게 아니에요. 그냥 아침 5시에 일어나서 9시에 마켓으로 출근하는 식이었는데, 어차피 깨 있는 시간이니까 괜찮겠다 싶었죠. (웃음) 아르바이트로 시작했던 게 지금까지 왔어요."

사실 사는 건 그렇게 거창하지 않고, 구라모토의 긴 흑발에도 역사는 새겨진다. 그런 이상한 나라의 밀레니얼 세대가 물들이는 도쿄가 한 발짝 더 다가온 듯한 기분이 들었다.

시간이란 씨줄, 사람이란 날줄, 도시의 에디팅

외람된 말이지만 코뮨의 모델은 재래시장이다. 카페가 책을 팔고, 책방이 커피를 팔고, 갤러리에서 잠을 자고, 호텔에서 옷을 사는 시대에, 서로 다른 장르의 가게들이 아무런 경계 없이 혼재하는 코뮨은 '가장 오늘'의 표본처럼 느껴지기도 한다. 하지만 구라모토는 코뮨을 오모테산도란 지역, 즉 '마을의 일부'라고 애써 자리를 한정했다.

"'미디어 서프'는 본래 프리페이퍼를 제작하던 회사였어요. 《도쿄 디자인 플로》라는 잡지를 만든 적도 있고 여러 가지 의미에서 편집 일을 한다고 생각해요. 잡지도 그렇지만 장소를 편집하는 것에도 의미가 있다고 느껴요. 코뮨은 마켓을 편집하는 형태로 완성되는 공간이에요. 그 무렵에 마켓, 생산자와의 교류가 화두로 떠올랐거든요. 우리가 재밌다고 생각하는 것들, 새로 찾은 가치 있는 것들을 서로 잇고, 그 안에서 새로운 커뮤니티가 생겨난다고 믿어요."

그러고 보면, 구라모토를 기다리던 날, 점심을 신세 졌던 코뮨 내 식당 '이키바(ikiba)'는 새롭게 떠오른 힙한 레스토랑이 아닌, 2010년 초반 하라주쿠 뒷골목 우라하라(裏腹)에서 작은 식당으로 시작한 곳이다. 부동산 시장 안에서 거리는 2년 단위로 모습을 바꾸고 코뮨 역시 2년 단위로 이름을 달리하며 네 번의 문턱을 넘어왔지만, 그렇게 치이듯 살아가는 도쿄에 사람을 바라보는 자리는 분명 있다.

"이번에 리뉴얼되는 코뮨의 가장 큰 특징은, 맞은편에서 주말에만 열리던 '파머스마켓'을 매일 여는 곳으로, 규모는 작지만 그대로 가져왔다는 거예요. 환경 친화적인 의미에서 '프리 플라스틱(Free Plastic)' '마켓 내 완전한 작은 순환'을 모토로 다시 단장했어요."

근래 도쿄는 올림픽의 영향인지 거리의 라이브 공연을 규제하고, 시부야역 인근에만 10여 곳에 달하던 흡연 구역을 대폭 축소했다. 입구에서 오가는 행인을 유혹하던 쿠바의 시가 바를 연상케 하던 작은 '타바코 스탠드' 역시, 돌연 영업을 중지해야 하는 상황이 왔다.

"계약이 갱신되면서 술을 팔 수 없다는 조건이 붙었어요. 동시에 불을 많이 사용하지 못한다는 제약도 생겼고요. 사실 코뮨에는 맥주 파는 곳만 여럿이고 타바코 스탠드도 있어서 타격이 크다 생각했지만 위기가 기회라고, '그렇다면 어떻게 할 것인가'를 생각했어요."

2년 전 왜인지 오래전 살던 집을 찾았던 적이 있다. 미타카시 무레6초메(牟礼6丁目)의 작은 1LK. 작은 바람에도 창이 소리를 내며 흔들리던 낡은 집은 왜인지 사라져 한참을 헤맸고, 몇 번을 배회하다 콘크리트로 쌓아 올린 지루한 건물을 보았다. 아쉬움과 서운함. 하지만 그건 그저 세월이라는 이름의 풍경인지 모른다. 어김없이 오늘의 도쿄 이야기.

"확실히 알코올이 없어지면 가게 입장에서는 자금 면에서 힘든 게 있어요. 하지만 이번 변화를 계기로, 본래 코뮨의 자리를 돌아보게 되었던 것 같아요. 재미있는 걸 찾고 사람들과 어울리고, 우리가 중요하다 생각하는 것을 알려가는 것, 그게 시작이었거든요. 어쩌면 더 재밌어질지 몰라요. (웃음)"

10년도 더 지난 그날이 내게 문득 떠오른 것처럼, 도쿄에는 왜인지 어제를 바라보는 오늘이 있다. 도시는 그렇게 사람을 닮아 있다.

"코뮨은 시설 안에서 사용하는 에너지의 30퍼센트 정도를 태양열 발전으로 충당해요. 라이브 공연이나 이벤트를 할 때는 100퍼센트 태양열 전기를 쓰고요. 그러면 소리도 더 좋다고 하더라고요. (웃음) 저 위에 미도리소(みどり荘, 코뮨 내 사무실 겸 아틀리에) 지붕에 열판을 올리거든요. 60장을 올려야 하는데, 한 장의 무게가 성인 남자 둘이 들고도 낑낑댈 정도예요. 하지만 그런 사회적 메시지랄까요, 지금 도쿄를 살아가면서 '발신하는 장소'로 이곳이 완성된다고도 생각해요. 가게에서 수거한 음식물 쓰레기를 지렁이 사료로 주고, 지렁이들이 옥상 밭을 비옥하게 하고, 그렇게 작은 순환을 만들어가는 거죠."

플로를 서핑하며 도시를, 나를 디자인하다

이건 어쩌면 '구라모토 준'을 이름으로 한 도쿄의 '10년 그리고 α'의 이야기일지 모른다. 2010년 파머스마켓을 시작으로, 오모테산도의 코뮨과 2019년 11월 파르코 시부야 옥상에 문을 연 또 하나의 코뮨 그리고 포틀랜드에 관한 책이자 새로운 라이프 스타일을 제안했던 《트루 포틀랜드》와 이케부쿠로에 예고되어 있는 새로운 시대의 공원까지. 구라모토가 대학을 졸업하고 조금 늦게 시

OPEN
FRIED

TABAC
TOBACCO STAND
OURS

코뮨의 모델은 재래시장이다. 카페가 책을 팔고, 책방이 커피를 팔고, 갤러리에서 잠을 자고, 호텔에서 옷을 사는 시대에, 서로 다른 장르의 가게들이 아무런 경계 없이 혼재하는 코뮨은 '가장 오늘'의 표본처럼 느껴지기도 한다. 하지만 구라모토는 코뮨을 오모테산도란 지역, 즉 '마을의 일부'라고 애써 자리를 한정했다.

작한 사회생활의 시간은 도쿄의 변화, 내일을 향한 발걸음과 함께 한다. 그에게는 미디어 서프라는 일종의 '도시 편집 회사'와 만나 벌어진 일일 뿐이지만, 그 시간의 얼개가 지금의 도쿄와 교차한다.

"저는 도쿄 주오구 출신이에요. 주오구에서 태어나 고토구(江東区)에서 자랐죠. 도쿄라 해도 중심에서 벗어난 곳이었고, 동네에 상점가가 늘 있었어요. 아저씨가 굽는 야키토리(焼き鳥, 꼬치구이)랄지, 아줌마가 만들어 파는 어묵 같은 게 있고, 친구끼리 가거나 아버지를 따라가면, 부모님 모임에서 만난 애들끼리 놀기도 하고 부모님 친구분과 놀기도 하고. 어른들이 술 마시면 그 옆에서 야키토리나 데바사키(手羽先, 닭 날개 구이), 교자 같은 안주를 얻어먹곤 했는데, 그때마다 속으로 '내가 술 마실 수 있는 나이만 돼봐라' 그랬죠. (웃음) 그런 상점가 문화란 게 오래전부터 있었어요."

연호가 바뀌고 구라모토를 만났을 때, 그는 가나가와현 신유리오카(新百合丘)에 살고 있었고, 곧 이사한다고 했으니 지금쯤 신주쿠구 하쓰다이, 도쿄에 돌아왔다.

슈트를 입고 싶지 않아서 면접을 마다하고, 긴 머리를 포기하느니 취업을 포기하고, 하고 싶은 일이 없어 방에 갇힌 생활을 전전하던 구라모토의 이야기는 여느 도쿄의 청춘들과 같지만, 그건 곧 '나'를 잃지 않으려는 고집의 스토리이기도 하다.

"예전부터 혼자 여행을 해보고 싶은 마음이 있었어요. 스무 살 됐을 때 미국에서 한 달 정도 있었는데, 지금 생각하니 거기서 '파머스마켓' 같은 걸 봤던 것 같아요. 단순히 기분이 좋아지고, 아침

일찍 일어나 마켓에 온 사람들의 생생한 민낯이 그냥 기분을 좋게 하더라고요. 그래서 파머스마켓 이야기 들었을 때, 아무런 부담 없이 자연스레 들어갔던 것 같아요."

영화와 삶이 다른 건, 지나봐야 그날의 예고편을 알아차린다는 것. 베레모 안에 숨어 있던 그의 흑발처럼 내일은 사실, 고작 쓰고 있던 모자를 벗어보는 일. 이제야 이야기하지만, 그의 오늘은 이미 그때부터 그려지기 시작했다. 아무도 알지 못하는 곳에 분명 자신만의 오늘이 살아간다.

"도시도 나이를 먹는다는 것은 유감스럽지만, 그럼에도 그 안에 지금을 사는 흐름이 보여서 재미있다 느껴요. 일본에는 1990년대에 버블이 붕괴한 후 사람들이 모여 사는 주거로 '단지(団地, 집단 주거 형태의 주택)'란 게 생겼고, '단지 커뮤니티'라 할 만한 게 있었어요. 그런데 얼마 전 한 TV프로그램에서 그 단지 커뮤니티가 '단지 문화'로 다시 태어나고 있다고 하더라고요. 단지 한편에 공동의 밭이 있어서 주민끼리 채소를 재배하고, 수확한 채소로 피자를 굽고. 시간이 흐르고 시대가 달라져도 늘 밖을 바라보는 태도, 이곳에서 오늘을 살지만 항상 밖을 의식하는 자세가 더욱 소중해지는 게 아닐까 느껴요."

구라모토 준은 오후 4시쯤, 인터뷰가 끝나면 몇 개의 미팅 그리고 마무리 짓지 못한 일을 정리한 뒤 플라잉 로터스(Flying Lotus)의 공연을 보러 간다고 이야기했다. 나는 이틀 전 진구마에(神宮前)에 새로 리뉴얼을 한 쇼핑몰 자이레(GYRE)의 갤러리, 그곳에서 데이비드 린치의 전시를 봤다고 이야기했고, 그는 곧 "린치의 작품을 좋아해요. 저도 이따 들러봐야겠어요"라고 말했다.

동시에 네다섯 개 프로젝트를 손에 쥔 채, 도쿄의 서쪽과 동쪽을 오가며 일하는 그에게 그럴 여유가 어디 있을까 싶지만, 구라모토는 '햐쿠쇼(百姓)'라는 다소 생소한 말을 꺼낸다.

"지금 저희 회사에서 떠오르는 키워드가 '햐쿠쇼'예요. 영어로 하면 '100 works'. 예전에 농사일을 하던 사람들은 수확을 마치고 농한기가 되면 풀을 쑤어서 종이를 만들곤 했대요. 그렇게 생계를 이어갔다고 하는데, 바로 지금도 혼자서 하나의 일을 하는 게 아닌, 네다섯 가지의 일을 하는 게 자연스러워지는 시대가 다가오고 있다고 느껴요."

그가 일하는 미디어 서프는 현재 이시카와현(石川県) 장인들과 함께 공방을 만드는 작업을 진행 중이고, 지금 도시가 이야기하는 그러데이션, 융합, 심리스의 시대를 살면서 구라모토는 가장 오래된 어제에 다녀오기도 한다.

"프로젝트별로 움직이기 때문에 매번 새롭지만 금방 적응하는 편이에요. 무슨 일이 일어나도 마찬가지랄까요. 지금 하는 일을 1년 전에는 조금도 상상하지 못했고, 1년 후에 또 무슨 일을 하고 있을지도 상상할 수 없어요. 저는 색깔이 없다고 생각해요. 카멜레온이기 때문에, 얼마든지 색을 바꾸면서 살 수 있지 않을까요. 물론 재미있다면요. (웃음)"

구라모토는 카멜레온이라는 유치한 표현을 꽤나 진지하게 이야기했는데, 어쩌면 이미 시대는 무게와 진지함을 덜어내고 걷기 시작했는지도 모른다.

도시는 보다 경쾌하게 이곳과 저곳을 넘나들고, 금방 헤어질지 모를 누군가는 오늘도 내 곁을 지나간다. 그렇게 구라모토는 조금 익숙한, 이름 모를 타인이었을까. 뒤를 돌아보지 않았다면 보지 못했을 장면. 주위를 둘러보지 않았다면 마주하지 못했을 내일. 타인이 아니었으면 그려지지 않았을 색깔. 지금의 도쿄에서라면 카멜레온 구라모토는 정말 100가지의 색을 낼지도 모르겠다.

그런 도쿄. 도쿄는 다시, 도쿄를 예고한다.

구라모토 준
倉本潤

○ Profile

도쿄에서 태어난 30대 독신남. 센슈 대학을 졸업하고 2014년 '미디어 서프'에 입사해 도시를 기획하고, 계획하고, 디자인하는 다수의 프로젝트를 진행했다. 도심과 시골을 잇는 장터 '파머스마켓'을 비롯해, 도심형 마켓 '코뮨'의 6년 세월을 함께했고, 동시에 '타바코 스탠드'의 점장으로도 일했다. 지난겨울엔 시부야 파르코 옥상에 또 하나의 코뮨을 디자인했지만, 해를 넘겨 도착한 메일엔 회사를 떠나 다른 곳에서 일하고 있다고 적혀 있었다. "조만간 돌아갈 것도 같아요"라는 추신과 함께, 세상은 조금 더 유연해지고, 어떤 엔딩도 영원한 마지막은 아니다. 그저 '하쿠쇼', 그 숫자를 채우는 무엇 하나가 지금 또 다른 시작을 준비하고 있을 뿐이다.

https://commune.tokyo

○ 취재 이후 이야기

거리 두기를 이야기하는 시절에 온라인에서의 만남은 늘어나고 심지어 도쿄에선 '장터'까지 들어섰다. 도쿄의 '긴급 사태 선언' 이후 잠정 무기한 휴점을 알렸던 파머스마켓은 요즘 온라인 장사가 한창이다. 마켓에 출점한 가게, 농원, 음식의 최신 정보를 나날이 업데이트하고, 집에서 주문할 수 있는 방법을 알기 쉽게 정리해 안내한다. 이도 여의치가 않다면 일부이지만 근처의 코뮨에서 구매할 수 있기도 하다.

밭에서, 바다에서, 주방에서 신선한 음식과 웃는 얼굴의 상인들을 보면 잠시 장터에 놀러 온 듯한, 이 시절이기에 가능한 착각이 들기도 한다. 그리고 이틀 전엔 후카가와 신지의 모차렐라 치즈가 파머스마켓의 페이스북에 소개되었다. 이 반가움은 무엇인지. 우리는 장에 가면 늘 그곳의 안부를 묻곤 했다.

13 스시는 좀 더 멋을 내도 된다

최초의 여자 스시 장인 「나데시코 스시」 지즈이 유키

10월의 어느 아침, 아키하바라에 긴 줄이 늘어섰다. 어디서 시작됐고 어디서 끝나는지 좀처럼 보이지 않는 길고 긴 줄. 도쿄 거리에 행렬이 등장하는 건 그리 드문 일상이 아니지만, 그 많은 사람 중에 여자는 한 명도 보이지 않는다. 아키하바라라는 지역성, '전자 거리' '오타쿠 성지'의 시절을 지나온 그곳에서 이는 어쩌면 당연한 풍경인지 몰라도 그녀를 만나러 가는 길, 그 줄은 조금 애잔하다.

세계 최초의 여자 스시 장인, '나데시코 스시(なでしこ寿司)'의 지즈이 유키(千津井由貴). 그녀는 아키하바라에서 스시를 만든다. 장인은 시대를 버텨내는 시간의 이름이라고 하지만 그건 때로 타인과의 싸움이다. 가게에 도착하기까지 그 줄은 끝나지 않았다.

세계경제포럼(WEF)이 공개한 '세계 성 격차 보고서(2020)'에 따르면 2019년 기준 일본의 성별 격차지수(GGI)는 전체 153개국 중 121위를 차지. 일본은 2015(101위), 2016(111위), 2017(114위), 2018(110위)에 이어 2019년도에도 낮은 등수. 한국은 2018년에 115위, 2019년에 108위를 차지하며 일본과 큰 차이를 보이지 않았다.

– 자료: 세계경제포럼(World Economic Forum, WEF) 누리집

페미니즘 시절에 스시 장인을 만나다

말이 굴러간다. 아픈 말들이 굴러간다. '여자는 남자보다 체온이 높기 때문에 할 수 없다' '화장품 가루 떨어지니까 화장하지 말아라' '당신에게는 생선 팔지 않아요' 심지어 '뚱뚱하니까 다른 애로 바꿔주면 좋겠다'는 말.

근래 발표된 OECD 국가 중 일본의 성 평등 순위는 최하위 수준이었고, 아직도 그곳에서는 결혼 후 남편의 성을 따른다. 고작 복식의 한 유형일 뿐이지만 긴자 거리의 기모노 차림을 한 여성들은 조신하기 그지없고, 일본의 대표 음식 스시를 만드는 곳에는 왜인지 여자가 없다. 고급 스시집이든 캐주얼한 회전 스시집이든, 생선을 만지고 스시를 만드는 건 모두 백의를 입은 남자들뿐. 그래봤자 고작 한 끼의 풍경일 뿐인데 차별과 편견의 시절은 한결같다.

스시가 완성되고 200여 년, 시대는 이제야 세상의 나머지 한쪽, 여성 그리고 페미니즘을 이야기하지만 지즈이는 여전히 두터운 편견 속에서 스시를 만든다. '나데시코 스시'는 올해로 10년째를 맞이했다.

"처음엔 그저 힘들다고 생각했는데, 얼마 전부터는 '싸워야 한다, 험한 말을 받으면 되받아치고 반박해야 한다'는 생각이 들었어요"라고 그녀는 이야기했다.

나데시코(술패랭이꽃)는 짙은 분홍빛의 '청초, 검소한 미인'이라는 꽃말을 가진 꽃. 그 한 송이는 무슨 연유에선지 시대의 격전에서 피어나고 있다. 시대가 외면해온 길고 긴 세월의 차별, 지금 그 민낯을 이야기하는 건 너무 늦게 도착한, 조금은 부끄러운 봄날의 이야기다.

누군가에겐 그저 싸늘했던 'Cool Japan'

분하고, 조금 억울하지만 '나데시코 스시'가 주목받기 시작한 건 지즈이 유키가 새벽같이 시장에 달려가 생선을 떼 와서 빚어낸 스시 맛 때문이 아니다.

그녀가 가게를 오픈한 2010년 9월, 아키하바라는 '모에(萌え)' 그러니까 페티시즘, 사소한 것에 과하게 빠지고 만화적 판타지가 흘러넘치고, 현실을 잊은 거리였다. 인기 배우 야마다 다카유키가 주연한 영화 〈전차남(電車男)〉(2005)이 인기를 끌고, 드라마와 만화로 만들어지며 오타쿠는 하나의 컬처 페르소나, 거리의 캐릭터로 대두됐고, 버블 붕괴 이후 흥하기 시작한 아니메(アニメ), 게임 소프트는 다양한 소녀 캐릭터를 소비하며, 하루 유동인구 30만의 전자 도시를 1인칭 남자들의 거리로 만들어버렸다.

오래전 도쿄를 취재하며 그곳의 '돈키호테(없는 게 없음을 콘셉트로 한 대형 할인 매장)'를 찾은 적이 있는데, 가는 길 곳곳 메이드 복장을 한 여성들의 유혹이 끊이지 않았다. 메이드 차림으로 하녀가 주인을 섬기듯 서비스하는 '메이드 깃사(メード喫茶)'. 컬처의 허용 범위는, 만화라 용서할 수 있는 수준은 무엇인지…… 도쿄는 종종 묻게 한다.

"당시에는 쿨 재팬(Cool Japan, 2010년쯤 도쿄가 관광 캠페인을 진행하며 만들어낸 선전 문구)이라는 말이 유행했어요. 관광객도 많이 몰렸고, 저희는 '모에 스시'로 화제가 됐죠. 미디어가 모두 그렇게 보도했어요. 그런데 두 달 정도 지나자 손님 발길이 뜸해지고, 트러블이 생겨 가게에서 먹다 나가는 여자 손님도 생기고 직원도 떠나고, 그렇게 되더라고요."

남자 중심 사회에 여자가 처음 작은 돌을 하나 던졌다 한들, 정갈한 기모노 차림으로 스시를 만든다고 한들, 시대착오적 현실이 팽배한 거리에서 지즈이의 진심이 머물 자리는 없었다. 지금도 지즈이의 '나데시코'를 검색하면 '인터넷 소동'이란 글들이 먼저 올라온다. 나데시코 스시는 한때 노골적인 스토킹 때문에 문을 닫아야 했던 시절도 견뎠다.

거리 한편에서 외면받는 마음과 오해되는 애씀들. 도시는 오늘도 타인의 하루를 짓밟고, 그곳의 거리는 '쿨 재팬'. 그냥 싸늘하기만 하다.

커뮤니케이션을 청하는 참치와 새우와 연어

도쿄에서 스시집에 가면 혼자 속앓이를 하곤 한다. 일본어를 공부하며 가장 애를 먹었던 건 각종 생선의 이름이었고, 전통과 기품을 지키는 고급 스시집이라도 되면 메뉴는 불친절한 암호나 다름없다. '도미, 농어, 방어 등 흰살생선으로 시작해 아카미(참치의 등 쪽 지방이 적은 부분)-마구로'로 끝내고 싶은데, 10번을 먹어도 100번을 쳐다봐도 '방어-간파치(잿방어)-옅은 붉은빛의 흰살생선'이라는 이미지의 회로가 좀처럼 완성되지 않는다.

빙글빙글 돌아가는 스시를 바라보면서 주토로(中トロ, 중뱃살)를 주문하고 싶어도, 소리는 몇 번이나 묻히기 십상. 회전 스시집은 시끄럽고, 긴자 고급 스시집의 다이쇼(大将, 스시집을 비롯해 일본 전통 요릿집에서 주인장을 일컫는 호칭)들은 모두 말이 별로 없다. 1828년 완성돼 200여 년에 달하는 역사의 그 요리는 오늘도 입을 다물고 있다. 결국 잡지 못한 '주토로' 한 접시가 내 앞을 스쳐 지나가고, 남아 있는 건 완성되지 않은 미련의 커뮤니케이션이다.

"스시 접시가 빙글빙글 돌아가는 게 '스시야(寿司屋, 스시집)'라 알

Schauplatz

Dienstag, 26. April 2016

Frauen hinter den Sushi-Tresen

Sushi gilt in Japan als hohe Kunst, die gelernt sein will – und zwar von Männern. Für Frauen ist die Zubereitung des Nationalgerichts weitgehend ein Tabu. Ein paar mutige Japanerinnen widersetzen sich diesem jedoch neuerdings.

지즈이에게 스시는 보다 여성스러운, 장인이 스시와 하나 되는 퍼포먼스 아트이기도 하다. 퓨전을 스시에 가져오는 이종 메뉴들은 꽤 파격적이고, 200년 역사의 스시 지형이 변화하고 있는 듯한 느낌도 준다. 하지만 그건 그저 여자가 스시라는 세계에 첫발을 내디뎠을 뿐인 이야기인지도 모른다.

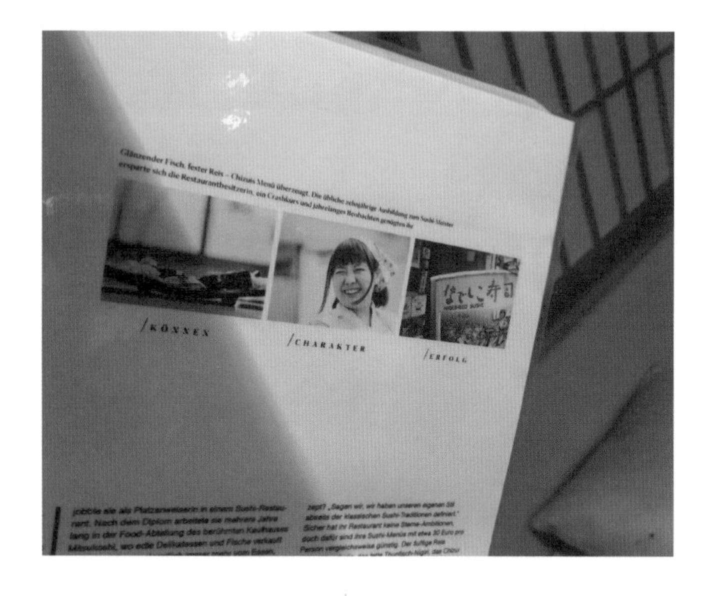

Glänzender Fisch, fester Reis – Chizuis Menü überzeugt. Die übliche zehnjährige Ausbildung zum Sushi-Meister ersparte sich die Restaurantbesitzerin, ein Crashkurs und jahrelanges Beobachten genügten ihr

/KÖNNEN

/CHARAKTER

/ERFOLG

jobbte sie als Platzanweiserin in einem Sushi-Restau-
rant. Nach dem Diplom arbeitete sie mehrere Jahre
lang in der Food-Abteilung des berühmten Kaufhauses
Mitsukoshi, wo edle Delikatessen und Fische verkauft

zept? „Sagen wir, wir haben unseren eigenen Stil
abseits der klassischen Sushi-Traditionen definiert."
Sicher hat ihr Restaurant keine Sterne-Ambitionen,
doch dafür sind ihre Sushi-Menüs mit etwa 30 Euro pro
Person vergleichsweise günstig. Der fluffige Reis

2012년 한 외신은 지즈이 유키를 200년
전통의 남성 중심 스시 업계에서 새로운
바람을 일으키는 주인공으로 소개했다.
업계의 차별, 남자 손님들의 집요한 괴롭힘
속에서 이 기사의 한 줄이 지즈이 유키에게
얼마나 큰 울림이었을지, 나는 쉽게
상상되지 않는다.

고 있는 아이들이 적지 않아요. 카운터 너머로 손님과 주인이 대화하며 스시를 즐기는 가게의 존재 자체를 모르는 젊은 세대가 점점 많아지는 걸 느껴요"라고 지즈이는 이야기했다.

그녀는 소박한 백의가 아닌 화려한 유카타를 차려입고, 머리를 올려 스프레이를 뿌리고 메이크업한 모습으로 스시를 만든다. 그렇게 손님에게 이야기를 건넨다.

"스시 장인의 일은 7~8할이 손님과의 커뮤니케이션이에요. 그리고 저는 그 능력이 남성보다 여성이 더 뛰어나다고 생각해요."

먹을 때 조용하게 씹는 소리를 죽이고, 엄숙한 가게 분위기에 기가 죽어 몇 접시를 조심스레 비우고 돌아서지만, 그건 그저 소통을 모르던 날들의 그림이기도 하다. 나데시코 스시는 아보카도를 얹은 간파치, 파르페 모양의 가이센동(해산물 덮밥) 같은 메뉴도 제공한다. 일종의 커스터마이즈, 전에 없던 주문, 그건 곧 너와 나의 커뮤니케이션이다.

스시에 보이지 않던 아름다움을 새기다

정갈한 도기가 아닌 투명한 유리 위의 마구로. 틀에 박힌 쇼사(所作, 스시 세계에서 동작 하나하나를 일컫는 말)가 아닌 신선한 무드를 타고 리듬 속에 태어나는 스시. 지즈이 유키의 스시는 '새로움'의 요리이기도 하다. 보통은 네타(ネタ, 스시에 쓰이는 재료, 즉 생선을 일컫는

말)의 종류에 따라 접시의 색깔이 바뀌고, 가격이 달라지고, 종류의 수가 늘어나지만, 나데시코 스시는 전통과는 다른 방식으로 접시를 업데이트한다.

새우 위에 이쿠라(イクラ, 연어알)를 토핑한달지, 이쿠라와 시라스(シラス, 잔 멸치), 우니(ウニ, 성게)를 샤리(シャリ, 식초로 간을 한 스시용 밥)에 얹어 사치스러운 돈부리(일본식 덮밥)로 만든달지.

인터뷰가 끝나고 그녀가 내온 건 대나무잎을 오리고 그려서 장식한 접시에 놓인 7품이었다. "대학에서 디자인을 전공했어요. 예전부터 새로운 아트를 하고 싶다는 생각이 있었고, 제로부터 시작하는 아트, 거기에 제가 밀착하고 스며들어 완성되는 존재가 되고 싶다고 생각했어요. 그런 세계에 끌렸다고 느껴요."

지즈이에게 스시는 보다 여성스러운, 장인이 스시와 하나 되는 퍼포먼스 아트이기도 하다. 퓨전을 스시에 가져오는 이종 메뉴들은 꽤 파격적이고, 200년 역사의 스시 지형이 변화하고 있는 듯한 느낌도 준다. 하지만 그건 그저 여자가 스시라는 세계에 첫발을 내디뎠을 뿐인 이야기인지도 모른다.

지즈이는 전통과 에도 시대 유산의 거리인 아사쿠사에서 태어났고, 미술대학에서 디자인을 전공했고, 무용하는 외할머니 아래에서 여자 형제들과 어린 시절을 보냈다. 그렇게 누구보다 일본 전통 안에서 자라온 사람이다.

"지금 생각하면 여고 시절부터 여자 리더, 사회교육에 관한 걸 배웠던 것 같아요. 여자들끼리 함께 생각하고 도와주고 행동하고,

그게 당연해서 자연스레 몸에 뱄고 그 노하우를 밖으로 드러내고자 생각했어요."

같은 시절이 흘러가는 듯싶지만, 사실은 각자의 시절. 지즈이는 그저 오늘도 자신의 하루를 걸어가고 있다. 그리고 그 두터운 세월과의 힘겨운 발걸음이, 나는 그냥 좀 즐거워 보였다. 스시는 조금 더, 멋을 부려도 된다.

여성, 타자를 은유하는 그곳의 스시

전례 없는 페미니스트 시대, 미투가 도시에 번져가는 시절에 나데시코 스시가 위치한 아키하바라는 아직도 종종 충격과 소름의 거리처럼 보인다. 젊은 여성이 메이드 복장을 하고 남자 손님에게 말을 걸고, 2005년 데뷔한 여자 아이돌 AKB48은 아키하바라의 이니셜을 따온 이름이기도 했다. 압도적으로 많은 수의 남성을 상대로 소수의 여성이 서비스를 일삼는 근래의 보기 드문 모습이 아직도 그곳에 있다.

한편에서는 비즈니스로서의 '아키바(아키하바라의 줄임말)'를 이야기하기도 하지만 상품화되는 '타자'에 도시는 묵묵부답이다.

"처음엔 세일러 복장을 하고 접대한 적도 있어요. 일단은 비즈니스니까요. 하지만 '나데시코 스시'가 시작된 데는 당시 외환 위

지즈이 유키의 스시는 '새로움'의 요리이기도 하다. 보통은 네타의 종류에 따라 접시의 색깔이 바뀌고, 가격이 달라지고, 종류의 수가 늘어나지만, 나데시코 스시에서는 전통과는 다른 방식으로 접시를 업데이트한다.

기로 모회사가 휘청이면서 대량의 정리해고가 있었고, 이후 파견직은 아무런 보상을 받지 못한 배경이 있어요."

2008년 리먼 쇼크 이후, 지즈이가 일하던 회사에도 대량 해고가 단행됐다. 시간이 흘러 남자 직원들은 복직이 됐지만, 여자 직원들에게 그런 절차는 거의 이뤄지지 않았고, 지즈이는 그 순간 부조리를 느꼈다고 했다.

"여자는 결혼, 출산 때문에 계속 일할 수 없다는 편견이 있다고 느꼈어요. 그래서 여자도 할 수 있다는 것을 보여주는 의미로 '나데시코 스시'가 시작된 거예요."

부조리한 시대에 여성의 목소리를 내려고 시작한 나데시코 스시. 하지만 그 자리는 아키바 문화 속에, 타자의 삶을 옭아매는 비즈니스 사이클 안에 고작 여자 대여섯 명이 일하는 작은 가게일 뿐이었다. 메이드 복장을 한 채 스시를 만들어야 했고, '모에 스시'라 불리며 일해야만 했고, '정말 만들 수 있기는 한 거야?' '뒤에서 로봇이 만드는 거 아냐?' 같은 비아냥을 들어야 했다. 딱 그 정도, 그만큼이 아키바 문화 속 여자 스시 장인의 자리였다.

"그래도 장사는 해야 하니까 시작을 했지만, 어느 순간 소비되는 여자로 비치는 것에 위화감이 들었어요. 처음 스시 장인의 세계를 바꾸자 생각했던 제 감각이 둔해져버렸단 느낌도 들었고요."

하지만 소위 유행이라는 게, '모에'라는 게 오래가는 말이 되지 못해, 몇 년 후 가게는 문을 닫을 위기에 처했다. 나데시코 스시를 운영하는 '프레디언스'는 폐점을 생각하기도 했다. 그리고 지즈이는 장문의 글을 적어 회사 대표에게 전달했다. 가게의 개혁안이 적힌 오기와 집념 그리고 약간의 분노가 담긴 글이었다. 어떻게든 오늘을 바꾸고 싶은, 내일을 향한 이야기였다. 무엇보다 유행에 편승해 버텨왔던 날들이 아닌, 홀로 서고 스스로 나아가는 내일을 향한 시작의 전환점이었다.

"여성들이 수준 높은 스시 장인으로 성장하려면 스스로 움직여야 한다고 생각해요. 예전에 스시집에서 아르바이트했을 때도, 한 번도 조리나 쇼사에 대해 지도받은 적이 없거든요."

그녀는 대학을 졸업하고 스시집에서 6년간 아르바이트를 했다. 6년 동안 계속, 아르바이트였다. 이상하게도 유난히 더딘 계절이, 아직 남아 있다.

"'남성 사회에 맞서는 지즈이 유키, 나데시코 스시'란
제목이었어요. 일본 언론은 거의 다 '모에 스시'로
이야기했는데 그 기사를 보고 '아, 그랬구나, 내가 지금 세계의
비위를 맞추고 있었구나' 싶어서 뜨끔했어요. 차별받고 험한
말을 들으면 역시나 힘들지만, 일본의 1억 2천만이 아닌 전
세계 52억, 53억을 보자고 생각해요. 그럼 이건 정말 작은 일에
지나지 않거든요."

2012년 한 외신은 지즈이 유키를 200년 전통의 남성 중심 스시 업계에서 새로운 바람을 일으키는 주인공으로 소개했다. 업계의

차별, 남자 손님들의 집요한 괴롭힘 속에서 이 기사가 지즈이 유키에게 얼마나 큰 울림이었을지, 나는 쉽게 상상되지 않는다.

발언하는 스시의 오늘

지즈이 유키의 SNS는 바쁘다. 트위터, 인스타그램, 유튜브 계정도 갖고 있고, 팔로워를 모두 더하면 8천 명에 이른다. 그녀는 새우, 성게, 다랑어 등 정해진 네타를 가지고도 다른 메뉴를 만들어 내고, 새롭게 완성한 요리가 있기라도 하면 바로 SNS에 긁적인다.

그녀의 스시는 소통과 대화, 그리고 커뮤니케이션 한가운데에 있다. SNS를 하는 스시 장인. 확실히 아직은 조금 이질적이지만 지즈이는 "음식이 입 안에 있을 땐 말을 걸지 않고, 왼손잡이 손님에겐 스시를 왼쪽 방향으로 내고, 적절한 거리의 대화를 건네기 위해 이런 부분을 항상 주의하려고 해요"라고도 말한다. 분명 우리가 알고 있던 장인의 오랜 애티튜드. 여자가 스시 장인이 된다는 건 그저 주어가 바뀌었을 뿐인 이야기고, 전통과 오늘의 그저 평범한 하루가 흘러가는 이야기인지 모른다.

아직도 누군가는 여자의 스시를 인정하지 않고 색안경을 쓰고 바라보지만, 지금 시대에 필요한 건 기울어져버린 너와 나, 이곳과 저곳 사이의 균형, 높이 조절을 위한 평등한 세상으로의 한 걸음이다.

나데시코 스시에서 일하는 직원은 모두 여성이지만, 지즈이는

"남자도 똑같은 기준으로 채용할 수 있어요. 다만, 여자 리더의 필요성을 보여주고 싶을 뿐이에요"라고 말했다. 그녀의 가게에서 카운터는 너와 나의 경계가 아닌 마주하기 위한 높이, 조금 더 다가가기 위한 걸음의 자리인 것이다.

2019년 4월 지즈이는 여자 스시 장인을 길러내기 위한 학교를 개교했다. 딱딱하고 엄숙한 쇼사가 아닌, 전통 속에 여성스러움을 발휘할 수 있는 장인들을 위한 학교라고 그녀는 설명한다.

"전통이 지속된다는 건 정말 중요하고, 그게 베스트일 수도 있어요. 하지만 역으로 현재에 맞지 않는 것일 수도 있다고 생각해요. 핸드폰도 예전엔 폴더 식이었고 지금은 여러 기능을 갖춘 스마트폰이 되었지만, 핸드폰 문화가 사라진 건 아니잖아요. 그래서 저는 엄숙한 환경 속에 위축될 게 아니라 당당해야 한다고, 도마 앞에서 어깨를 펴고 스타가 되어달라고 직원들에게 이야기해요."

'여자는 생리 때문에 제대로 맛을 못 봐!' '체온이 높아서 생선이 상해!' '하고 싶으면 머리를 밀고 도마에 서!' '네가 하는 건 정통 스시가 아니야!' 이런 외면을 넘어선 폭력의 말. 한번은 부하 직원을 데리고 와 먹을 수 있는 건지 먼저 먹어보라고 했다는, 일련의 말도 안 되는 소동까지. 그런 시대에 기대어 방치된 차별 덩어리들 속에 스시는 여전히 애씀과 함께 태어난다. 그리고 그건 사실 우리 모두의 탓. 내가 아닌 타인의 '오늘'을 외면한 시간이 왜 그리 오래도 흘렀다.

지즈이는 새벽 5시에 일어나 수산물 시장에 간다. 돌아와 컴퓨터를 켜고, 가게와 관련 SNS 활동을 하고, 오후 3시쯤 가게에 돌아와 준비 작업을 한다. 그렇게 오픈을 기다린다.

"우리는 프라이드를 갖고 일합니다. 당신도 장인이라면 프라이드가 있겠지요. 지금 발언은 그 프라이드에 반하지 않나요?" 지즈이는 부하 직원까지 데려와 손님들 앞에서 상처를 줬던 그 베테랑 장인 앞에서 이렇게 이야기하고 싶었다고 말했다. 그 말은 아직 마침표를 찍지 못했지만 세상은 변해가고, 나는 그녀의 멋진 마침표를 조만간 꼭 보고 싶다.

여자는 남자의 미래가 되어간다

편견은 반쪽짜리 말이다. 차별은 그의 유사어다. 세월이 변한다는 건 조금 더 많은 타인을 마주한다는 말인지 모르고, 시대는 새로운 타인을 품고 태어난다. 무채색의 정갈하고 건조한 스시집에 여자 장인을 그려 넣는 게 아직은 다소 생소할지 몰라도, 나데시코 스시의 단골 남자 손님 말처럼 "그러고 보면 성별을 떠나 요리하는 여자는 너무나 당연한, 별거 아닌 일"이기도 하다.

도쿄에서는 지난해 83년 역사의 수산시장 '쓰키지(築地)'가 자리를 옮겨 '도요스(豊洲)' 시대가 되었고, 생선을 중개하는 업자들의 연령도 한층 내려갔다. 지즈이는 그 우연의 타이밍이 그저 "다행이죠"라고 이야기했다. 쓰키지 시절, 생선을 팔아주지 않는 중개인들 앞에서 몇 번이나 발길을 돌려야 했던 그녀를 상상하면, '다행'이란 말의 울림은 좀처럼 사라지지 않는다.

"침묵하고 있으면 공격만 받고 있으면, 달라지지 않는다고 생각해요. 제가 살아가는 동안 달성되지는 않겠지만 움직여야 한다고 믿어요."

지즈이 유키는 올해 서른둘이지만, 보기보다 앳된 얼굴이었고, 어린 시절 그녀는 '주식회사 지즈이'란 가공의 이름을 짓고, 친구들과 메모장을 교환하는 장난스러운 아이였다고도 했다. 내겐 그 작은 시간이 지금, 조금 커다란 타인의 벽을 넘으려 하는 듯 보였다.

"여자라서 할 수 있는 게 있다고 생각해요. 저는 말하는 것도 생각하는 것도 좋아하기 때문에, 궁리해서 스시를 만들고 즐기면서 손님을 마주하고 싶어요."

어쩌면 그저 우리가 조금 늦을 뿐인 이야기. 지즈이는 화장을 좋아하고, 가게에서는 평소보다 더 신경 써서 메이크업하지만, 요즘은 메이크업을 고정시켜주는 스프레이도 있다. 장인 밑에서 10년을 수행해도 도마 앞에 서지 못하는 건 결코 미담이 아니고, 그저 타인의 외면이다. 어느 영화의 제목처럼, 여자는 남자의 미래.

가게를 나와 어느새 사라진 긴 행렬에 보이지 않던 타인의 얼굴을 그려봤다.

지즈이 유키

千津井由貴

○ Profile

1986년 도쿄 아사쿠사 출신. 무용하는 할머니 아래 여자가 많은 집안에서 태어나 여중, 여고 그리고 여자 미술대학에서 텍스타일을 전공했다. 재학 중에도 시대부터 시작된 긴자의 노포 '스시에이(すし栄)'에서 6년간 아르바이트를 했다. 졸업 후 미쓰코시백화점에 입사해 영업 일을 하다가 2010년 '나데시코 스시'의 오픈을 준비할 때 합류했다. 아르바이트생, 사원, 부점장을 거쳐 2015년 사장으로 취임. 지금은 점장으로 일하며 2020년 4월, '차세대 스시 연합회(次世代寿司協会)'를 발족하기도 했다. 도쿄 최초의 여자 스시 장인. 존경하는 인물은 그라피티 아티스트 뱅크시.

http://www.nadeshico-sushi.com

○ 취재 이후 이야기

지즈이 유키는 사실 마지막까지 고민했던 사람이다. 남성 중심 세계에서 여성이 험한 길을 헤쳐나가는 이야기는 매력적이었지만, 들려오는 잡음들엔 무시할 수 없는 것도 있었다. 음식에 소매가 닿는 상태로 일한다든지, 손가락에 반창고를 붙이고 스시를 만든다든지……. 여성이기에 불거진 과장과 비판 아닌 비난이 다수였지만, 성별을 떠나 면제될 수 없는 이야기도 들렸다. 이런 답답함에 대한 답변이었을까. 지난 7월 '나데시코 스시'는 아카사카(赤坂)의 오래된 이자카야 'Bar 산다이메'와의 컬래버레이션 이벤트를 열었다. 제목은 '폭로 bar 개최'. 그간의 소문과 비난에 대한 해명이었고, 반성이었고, 가끔은 그저 말할 시간, 기회, 그런 자리가 필요한지 모른다.

14 가장 미래적인 가족 비즈니스, 백년 술집

12月3日オープン

고탄다와 지유가오카(自由が丘). 도쿄를 조금 아는 사람이라면 알아차리겠지만 두 곳의 공통점은 아마 없다. 고탄다는 야마노테선을 타고 신주쿠에서 20분쯤, 시부야와도 멀지 않고 도쿄 동쪽을 직행하는 아사쿠사선과 종합 터미널 역할을 하는 시나가와(品川) 역이 바로 한 정거장이지만, 사실 그곳에 별다른 구경거리는 없다. 2년 전, 한 면접 자리에서 만난 편집장은 고탄다에 호텔을 잡은 내게 "위험한 곳이에요. 가부기초보다 위험하죠"라고 이야기했는데, 그러고 보면 늦은 밤 호객에 불을 밝힌 눈들이 번쩍이곤 했다.

그리고 지유가오카. 한때 시모키타자와, 다이칸야마 등과 함께 트렌디한 도쿄로 떠올랐던 이 동네는 이동하려면 여러 번의 환승이 필요하고, 그만큼 마음먹고 행차해야 하는 수고가 필요하고, 그럼에도 인스타 스폿이 즐비해 어쩌다 익숙하다.

아트 큐레이터이자 양판점 4대 사장인 구와바라 고스케. 그가 운영하는 100년 넘는 역사의 사카바(酒場, 술 양판점의 예스러운 말) '구와바라 상점(桑原商店)'은 고탄다에 있고, 그의 갤러리 '갤러리 투 플러스(gallery to plus)'가 위치한 곳은 지유가오카이다. 어디 하나 닮은 구석은 없지만 그건 그저 오늘의 이야기. 동네도 역사와 함께 어제, 오늘 그리고 내일로 나아간다.

구와바라는 고탄다에서 태어나 아트업계에 종사하며 일본 곳곳을 돌았고, 다시 집으로 돌아와 그곳에서 술집을 이어받았다. 그리고 그 술집은 이상하게도 갤러리를 겸하고 있다. 먼 길을 걸어 집으로 다시 돌아오는 길. 고탄다 호텔 로비에 앉아 그를 기다리며, 몇 번을 환승해야 하는 지유가오카가 아닌, 구와바라의 지유가오카가 괜스레 가까이 느껴졌다.

가을바람에 취한 건 아니지만, 정말 그런 저녁이 흘렀다.

고탄다와 지유가오카, 양판점과 갤러리

술집과 갤러리. 구와바라 상점은 사카바, 이자카야, 선술집과는 다른, 일본 곳곳의 전통 있는 니혼슈(日本酒, 청주)를 가져와 취급하는 대를 잇는 오랜 세월의 술집이지만, 둘의 조합은 여지없이 쉽게 다가오지 않는다. 책방이 카페로, 카페가 호텔로, 호텔이 옷집으로 변신하는 지금의 도쿄라 하지만, 술집의 45년 된 창고를 개조해 만든 갤러리 겸 술집은 그저 비현실적이기만 하다. 하지만 그곳에 조금의 틈을 두고, 내일이 아닌 어제를 돌아보고, 변화가 머무는 자리를 바라볼 때, 불협화음 같던, 부조화의 그 그림은 어디에도 없던 생생한 오늘을 보여준다.

1915년, 지금으로부터 무려 105년 전에 창업한 고탄다강 인근의 구와바라 상점은, 한 세기 넘는 시간 동안 술을 취급해온 노포이지만 늘 변화하는 자리에 있었다. 50곳이 넘던 고탄다 지역 내 양판점들이 점차 문을 닫아버려 지금은 고작 네다섯 곳만이 남아 있지만, 여전히 골목 한편에서 네온 불빛을 밝힌다. 심지어 4대째 사장을 맡은 올해 마흔한 살의 구와바라 고스케는 대학에서 예술학을 전공한, 국내외 각종 예술제에서 중역을 맡는 현역 아트업계 종사자다.

"10년, 20년 전까지는 이 동네에 50곳이 넘는 술집이 있었어요. 그런데 지금은 우리를 포함 서너 곳뿐이에요. 그런데 의외로 지금의 구와바라 상점은 조부 때 운영하던 그림과 가장 가깝거든요. 옛날에도 술집이었지만 간단한 안주를 제공했고, 아마도 처음으로 와인도 취급했고, 제가 초등학교 3학년 때는 편의점도 겸했어요."

술집이라서 하는 이야기가 아니라, 어제는 이렇게 때로 어제가 아니기도 하다.

일본의 전통술인 니혼슈를 취급하는 편의점, 그리고 편의점을 겸하는 사카바. 지금도 생경하게 들리는 이 이상함을 구와바라는 '질리지 않기 위한 방식'이라고 이야기했다.

"주류는 아니어도 조금 다른 벡터(Vector) 안에서, 계속 새로운 걸 하자는 마음으로 운영하고 있어요. 그게 '구와바라 상점'을 가능하게 한다고 생각해요."

가장 오래된 것, 그건 '질리지 않기 위해' 끊임없이 새로움을 찾아가는 축적의 시간임을, 오래된 술잔은 이야기해준다.

술과 아트는 닮아 있다

구와바라 고스케. 그는 소위 아트계의 거물이다. 세토우치 국제 예술제(瀬戸内国際芸術祭)를 비롯해 각종 국제 예술제의 초기 단계부터 감독으로 참여했고, 한 해가 미뤄진 2020올림픽을 준비하면서는 모리미술관의 관장을 역임했던 난조 후미오와 함께 '국제 예술제' 매니저로 활동했다. 2019년 여름부터는 도쿄 내 각지에서 프리 이벤트 성격의 예술 프로젝트를 진행하기도 한다.

미술대학에서 디자인을 전공하고 아트 디렉터로 활동한 지 20여 년. 엘리트 코스의 순조로운 발걸음처럼만 보이지만, 사실 그에겐 조금 다른, 유일하고 오래된 이야기가 하나 숨어 있다.

"어릴 때부터 할머니, 할아버지가 소매업 하시는 거 보며 자랐기 때문에 언젠가 저도 이걸 하지 않으면 안 된다는 생각은 있었어요. 예술제 일을 할 때도, 단지 아트를 한다기보다, 그걸 어떻게 경제활동으로 이어갈까를 생각했고, 그래서 2001년부터 고용이나 관광 같은 테마를 다뤄왔어요."

아트와는 전혀 상관없을 것 같은 고탄다에서 지유가오카의 커피를 찾는 것과 같은 길을, 구와바라는 걸어왔다. 그에게 아트는 지역, 전통의 일상과 멀지 않고, 그건 곧 오래전부터 시작된 그의 시간이다.

"예술제 일을 하면서 다양한 지역 사람들과 만나는 일이 많았어요. 그렇게 여러 문화의 사정을 알게 됐고, 고령화가 사회문제로 제기되는 가운데 '빈터가 되어버린 논밭을 어떻게 유지할 것인가'랄지, 그런 문제들을 궁리하게 됐죠. 2000년에는 국제 예술제를 처음으로 농촌, 산골 마을에서 개최했는데, 그걸 보면서 미술이 마을 안에 들어가 사회를 바꿀 수 있다는 것에 놀랐고, 그게 지금 일을 시작하게 된 계기가 된 것 같아요."

그는 "술은 사실 아트와 닮은 부분이 많다"고 이야기했고, 그 막연한 공통 그림이 나는 잘 떠오르진 않았지만, 그저 그가 지금 걸어가는 길, 보다 현실의 그림인지 모른다. 구와바라는 "현지에서 직접 양조장을 견학하다 보면 술도 하나의 아트라고 느껴요"라고도 말했다.

그가 처음부터 관여하는 '보소사토야마 예술제(房総里山芸術祭)'는 '아트와 지역 자원' '아트와 식' '아트와 건물 재생'으로 내일을 디자인하는 아트 프로젝트이고, '식(食)'을 중심으로 한 그의 커리어는 항상 내일을 바라보고, 이름도 생소한 농림수산성의 '6차 산업화 중앙 서포트 센터 플래너' 자격도, 구와바라는 갖고 있다. 그

집을 나와 100여 년 전통의 가업을 뒤로하고 걸었던 외길. 그곳에 '구와바라 상점'의 내일이 태어나고 있다. 아무도 알지 못했지만 구와바라만이 간직하고 있던 어제의 두터운 역사가 담긴 지유가오카와 고탄다, 두 곳에 새로운 내일이 펼쳐진다. 그러데이션과 융합, 오늘의 도쿄가 살아간다.

의 직함은 일단 아트계의 매니저, 큐레이터이지만, 구와바라 상점과의 기나긴 동거가 늘 그와 함께한다. 아트를 매개로 전국 각지의 1차 생산자와 소비자를 잇고, 간토 대학에서 자원봉사 커뮤니케이션, 실천적 아트에 대한 강의를 하고, 그렇게 아트와 디자인으로 사회를 갱신해간다.

"어릴 때부터 그림 그리고 조형 만드는 걸 좋아했지만, 더 나아가 내 표현으로 머무르지 않고, 사회와 연결 짓는 방법을 왜인지 고등학교 시절부터 생각하게 됐어요. 당시에는 흔하지 않았던 '마을 만들기', 건축 재생, 그런 곳에도 크리에이티브가 있지 않을까 늘 생각해요."

집을 나와 100여 년 전통의 가업을 뒤로하고 걸었던 외길. 그곳에 '구와바라 상점'의 내일이 태어나고 있다. 아무도 알지 못했지만 구와바라만이 간직하고 있던 어제의 두터운 역사가 담긴 지유가오카와 고탄다, 두 곳에 새로운 내일이 펼쳐진다. 그러데이션과 융합, 오늘의 도쿄가 살아간다.

커뮤니티와 순환, 가족이란 지속 가능성

구와바라는 질문이 몇 개 떨어지기도 전에, 가지고 있던 태블릿 PC를 열어 구와바라 상점의 개요, 100여 년 역사의 기둥을 하나둘 설명하기 시작했다. 굵직한 아트 프로젝트를 몇 개나 거느리는 인물이니 이러한 프레젠테이션이 익숙한 건 당연한 일이겠지만, 그곳에는 오랜 흑백사진이 켜켜이 쌓여 있었다. 디지털 미디어 속에 복제된 오래된 흑백사진의 기억들. 그는 가업의 네 가지 축을 '지역성과 지역의 문화' '니혼슈와의 매칭' 그리고 '크리에이트 팀을 바탕으로 하는 아트 매니지먼트'라고 이야기했고, 나는 나머지 한 축인 '가족 경영'이라는 말이 조금 아리송했다.

구와바라 > 확실히 지금까지 해왔던 일은 올림픽 관련이든, 도시 재개발이든, 예술제든, 각각의 큐레이팅 팀이 있고 그를 바탕으로 움직였어요. 하지만 프로젝트가 끝나면 해산, 그런 단발적인 시간의 반복이기도 했죠. 반면, 술집은 가족끼리 모두 커버해요. 가족이라 해도, 할아버지부터 사촌의 며느리까지 하면 13명 정도 되거든요. 하나가 끝났다고 다 없어지는 이벤트 성격의 프로젝트와 달리 이어짐이 남아 있고, 그런 가족이 중심이 되는 일의 중요성을 느껴요.

나 > 근래에 '지속 가능성'을 이야기하잖아요. 지금 이야기를 들으니, 가장 완전한 '지속 가능성'은 가족 경영인지 모르겠네요.

구와바라 > 무언가를 새로 시작한다고 하지만, 항상 언제나 있는 게 아니에요. 계절에 따라 알 수 없는 일이고, 일본은 태풍이 잦아서 지금까지 해온 것이 전부 전멸되기도 해요. 그

러니까 항상 있지 않아요. 불안한 상태죠. 통조림 같은 가공식품이라 해도, 올해 3만 개가 생산됐다고 매번 그럴 수 있는 건 아니에요. 그런데 저희는 대를 이어서 가게를 하니까 그만큼은 안전하죠. 가게의 매뉴얼 같은 것도 없거든요. (웃음) 하지만 눈빛으로 소통이 되고, 가족이란 건 손님들에게 일종의 안심감을 전해줄 수도 있다고 생각해요. 집의 소중함이란 건 사실 가장 사람에게 필요하다 느껴요.

나 > 근래에는 대를 이어 가업을 잇는 게 아니라, 형제가 함께 이어가거나 전혀 다른 타인의 일을 받아서 이어가거나, 새로운 형태로 지속되는 전통이 보이기 시작하는 것처럼 느껴요.

구와바라 > 제가 구와바라 상점을 4대째 이어받은 회사 대표이지만, 그건 그저 이름뿐이에요. 이 가게가 제 것이라고 생각하지 않고, 그저 모두의 것이라 생각해요. 이 자리를 오랜 시간, 질리지 않게 계속 이어갈 수 있도록 그리고 다음 세대에 넘겨줄 수 있도록, 그렇게 하기 위한 역할에 불과하다 생각하죠.

나 > 냉장고에 술도 많지만, 간단한 음식 상품들도 많아요. 케첩을 어린이용, 어른용으로 나눠 만든 건 참 재밌는 아이디어네요.

구와바라 > 그 케첩은 아이치현(愛知県) 유스카와무라(遊子川村) 아주

머니들이 열심히 만든 거예요. (웃음) 가게를 이어받을 때, 술은 사양산업이라고 주변에서 다 말렸어요. 하지만 여전히 전국 곳곳엔 가족 경영으로 좋은 물건을 만드는, 그렇게 운영되는 곳이 많아요. 비록 주류는 되지 못하지만, 메인 비즈니스에 쉽게 올라타지 못하고 휩쓸려버리기 쉽지만, 그런 사람들과 함께할 수 있는 걸 만들어가고 싶다고 생각했어요. 그래서 지방의 할머니, 할아버지가 열심히 만드시는 가공품을 함께 취급해요.

가게에 셰프가 따로 있는 건 아니기 때문에, 간단한 요리는 가족이 만들어 내놓곤 하지만, 어디까지나 주인공은 수확한 생산자, 만든 사람의 마음을 온전히 전달할 수 있도록, 그 자리가 빛날 수 있게 마지막에 예쁘게 보이도록 도움을 주는 정도의 역할을 한다 생각해요.

아마, 이런 게 일상의 아트 그리고 디자인의 자리가 아닐까. 구와바라는 술을 한 병 가져가라며 색색이 디자인된 봉투 안에 니혼슈 한 병을 넣어 건네주었다. 그 패키지는 2016년 일본에서 '굿 디자인 상' 패키지 부분을 수상한 구와바라의 작품, 동시에 '술'이다. 일본 최대 크기의 냉장고를 채운 술은 200여 종이 넘고, 구와바라 말에 의하면 그 수는 점점 늘어나, 냉장고 뒤편에 진열하지 못한 술들이 박스째 쌓여 있다.

더불어 대부분 초록색 패키지인 차(お茶)와 달리 산뜻한 디자인

これは
お酒です。
北海道 清里

雪の茅舎
山田錦
茜さす

으로 멋을 낸 나가사키현(長崎県)의 '소노기차(そのぎ茶)'랄지, 일본보다 홍콩, 싱가폴 등 백화점의 고급 식품 매장에서 더 잘 팔린다는 사과 주스랄지, 지역의 땀방울이 수확한 이런저런 가공품들이 구와바라 상점의 곳곳을 장식한다.

'가족 경영'에서 네트워킹, 지역 문화로의 확장. 그곳의 100년이란 시간은, 오래전 가족사진 같은, 그렇게 정겨운 기억의 그림을 하고 있었다.

거리에만 나가도 이름 모를 외래어나 가타카나로 휘갈겨 쓴 글씨들로 시끌벅적한 도쿄이지만, 구와바라 상점은 처음부터 지금까지 줄곧 한자로 '구와바라 상점(桑原商店)'이라고 쓴다. 2017년 겨울, 구와바라가 본격적으로 가업을 이으며 리뉴얼을 거치면서도 그 이름은 변하지 않았고, 그 무렵 맞이한 100년이란 시간에 대한 질문에 구와바라는 "철학적인 질문이네요"라며 웃음을 지었다.

"지금의 저를 만든 건 조부의 영향이 커요. 어릴 때 부모님이 바빠서 항상 할아버지가 돌봐주셨는데, 무언가를 할 때면 '이 상황을 할아버지가 기뻐하실까?'라고 물어요. 사실 답은 없지만요. (웃음) 가게 이름도 가타카나랄지 영어로 멋있게 바꿀까도 생각했어요. 그런데 결국 그대로 가자고 정한 건, 새롭게 비즈니스를 한다고 할 때, 이 이름은 흉내 내지 못하는, 돈 주고도 사지 못하는, 살 수도 없는 거라고 생각했기 때문이에요."

하나의 이름을 100년간 이어간다는 것, 그곳에서 또 한 번의 오늘을 산다는 것, 그건 별로 도심의 풍경은 아니지만, 구와바라 상점은 그런 낯선, 하지만 설레는 도쿄의 오늘을 보여준다.

100년 역사가 새로운 아침을 여는 법

2018년 겨울, 구와바라는 또 한 번의 봄을 기다리며 워크숍을 진행했다. 100년만의 리뉴얼이다. "창고를 리뉴얼하자고 결정하고, 우선 불필요한 것들을 정리해서 스켈톤 상태로 돌렸어요. 그 안에서 1년간 사람들을 불러 워크숍을 진행해보자고 생각했어요. 이곳에 요구되는 것은 무엇인지, 사람들이 바라는 건 어떤 것인지 아는 게 필요하다 생각했어요."

새로운 내일, 단 하루의 시작을 위한 365번의 아침. 구와바라는 '스키마 건축 계획(スキーマ建築計画)' 건축 사무소의 나가사카 조에게 연락했다. 나가사카는 '예정부조화(予定不調和)'라는 키워드를 가지고 작업하는 조금 독특한 건축 디자이너이다.

"나가사카 씨는 설계도를 먼저 그리고 일을 시작하지 않아요. 그 전에 인간관계랄지 저희 가족의 상황이랄지, 여러 가지를 배경으로 그림을 짜기 시작했어요."

그런 예정부조화, 조화도 예정도 거부하는 오묘한 뉘앙스의 그 단어는 어쩌면 가장 내일의 단어이고, 그 생소한 다섯 자를 구와바라는 '도전'이라고 이야기했다.

"저는 아트업계에 있지만 매니지먼트를 주로 해요. 말하자면 여러 업무의 조절 역할에 있어요. 예산이나 스케줄 등의 관리를 컨트롤하죠. 그런데 이번에는 정반대, 아무것도 정해지지 않은 상황에서 일하는 거라서 머리를 전환시키는 데 시간이 걸렸어요."

디자인과 아트 그리고 '식'을 토대로 서로의 의견을 주고받고, 각자가 자신의 일상에서 새로운 제안을 공유하고, 설계도가 완성된 건 공사에 들어가기 한 달도 남지 않은 시점이었다.

"정말 아슬아슬하게 설계도가 완성됐어요. 크리에이티브한 일에서 가장 큰 난점은, 디자인한 사람이 작업 마지막까지 함께하지 못하는, 끝까지 침투하지 못한다는 관행적 패턴에 있어요. 그래서 저희는 건축은 물론 그래픽, 소프트한 부분까지 일체화하면서 초기의 그림을 그린 사람이 마지막까지 함께하는 흐름을 갖고, 일체화를 이루려고 노력했죠."

구와바라 상점에는 오차즈케(お茶漬け) 봉지 옆에 아트 작품이 걸려 있고, 다치노미(立ち飲み, 서서 마시는 술)가 가능한 작은 테이블을 중심으로 사람들은 자유롭게 술잔을 든 채 대화를 나누고 그림을 감상한다. 테이블은 창고에서 썼던 스틸에 이탈리아에서 가져온 대리석의 조합이거나, 플라스틱 컨테이너를 무작위로 쌓아 올려 자연스레 이곳과 저곳을, 어제와 내일을 그리고 너와 나를 오가듯 이어간다.

그리고 길을 가다가도 걸음을 멈추게 되는 네온빛 간판 속 구와바라 상점. 구와바라는 "가게에 쓰인 폰트는 딱 두 가지예요. 영어와 일본어로 둥근 느낌의 폰트. '사람들이 가벼운 맘으로 들어올 수 있게 하는 것' 이게 매우 중요하다 느끼거든요. 부담 없이 찾을 수 있는 곳. 여기서는 손님도 팔고 있는 물건도 모두 우열이 없어요. 평등한 상황에서 새로운 게 태어난다고 생각해요. 이곳을 이용하는 것도 손님 마음대로예요"라고 이야기했다.

그런 다름과 뒤섞임, 커뮤니케이션 툴로써의 술 그리고 아트가 자리하는 곳은 그런 일상이 아닐까. "예정부조화? (웃음)" 퀴즈 정답을 맞히는 것도 아닌데 그의 말을 듣다가 나도 모르게 답을 하고 말았다. "그렇죠…… (웃음)" 구와바라는 러시아 손님이 올 거라 했지만 아직이었고, 술집 창고가 갤러리가 될 줄은 아마 누구도 몰랐다.

예정에 없던 술자리, 너와 나의 '예정부조화'

계획하지는 않았지만 구와바라와의 인터뷰는 일정의 마지막이었다. 마치 열흘간의 여정을 마무리라도 하듯. 설마 그곳에 술상이 나올지는 생각하지 못했다. 물론 술집을 취재하며 술 한 모금 마셔보지 않는다는 게 어불성설이지만, 마음 한편으로는 오피셜한 인터뷰와 언오피셜한, 술자리의 '이어짐'을 어떻게 이어갈까 궁리했는지 모른다.

"조금 드셔보실래요?" 구와바라는 자연스레 그렇게 이야기했다. 어느새 나는 주객(酒客)이 되어 펼쳐놓은 노트를 덮었고, 일어서서 가게 이곳저곳을 살피는 사이, 아마 아내인 듯한 중년 여성이 다가와 소담하게 차린 술상을 건넸다. 어느 가정집의 저녁 무렵이 내게 다가왔다.

[구와바라 상점의 어느 저녁 술상]
영국의 건축가 노먼 포스터가 제작한 우쓰와(일본 전통 그릇),
에스프레소 잔으로 지바의 도예 장인이 만든 술잔,
오초코(작은 술잔)로 차려진 한 상.
니가타현 도카마와시를 비롯해 서로 다른 네 곳의 니혼슈 네 잔,
합성 물질이 전혀 들어가지 않은 니가타산 돼지고기 슈마이
'오늘의 엄마표' 수제 호박조림과 도카마치 엄마들이 조리한
니쿠자가(감자와 돼지고기 조림)와 간단한 반찬……
그리고 테이블 너머로 데라이 마리코의 유화가 보였다.

나 > 정말 하는 일이 많은데, 하루의 흐름은 어때요?

구와바라 > 매일 빠짐없이 하는 건 시음이죠. 가게에는 모두 200종의 술이 있고, 서비스가 가능한 건 40종인데 매일 바뀌어요. 그리고 한번 개봉한 술은 3일 동안은 괜찮은데 그 이후부터는 날씨나 온도에 따라 맛이 달라지거든요. 그래서 맛의 변화를 매번 체크해야 해요. 한 모금씩 마시지

만, 10종 이상을 마시니 합하면 꽤 많은 양이죠, 그게 가장 힘들어요. (웃음) 해롱해롱해지지는 않지만요.

나 > 술맛이 달게 느껴지네요. (웃음) 니혼슈를 처음 좋아하게 된 건 언제인가요?

구와바라 > 처음 니혼슈가 맛있다고 느낀 건 니가타에서 일할 때예요. 예술제에서 니가타 도카마와시의 술을 마셨는데, 현지의 사람들이 직접 만든 술을 그 자리에서 마시니 전혀 다르다는 느낌이었죠. 정말 훌륭했달까요. 이전까지는 학생 때는 돈이 없으니까 체인점에서 대량생산되는 싼 술을 마시는 일이 많았지만, 집이 술집을 하면서도 니혼슈는 왜인지 머리가 아파진다는 이미지가 있어서, '구와즈기라이(喰わず嫌い, 먹어보지도 않고 이유 없이 싫어함)'가 아닌 '노마즈기라이(飲まず嫌い, 마셔보지도 않고 이유 없이 싫어함)' 같았거든요. 그런데 니혼슈는 맥주보다도 도수가 센데 마시고 이상해진 적이 없어요. (웃음)

나 > 전 이쪽이 맞는데요. 프루티하고 가벼워요.

구와바라 > 역시나. (웃음) 야마나시현의 술이에요. 한국분들은 단맛이 있고, 스파클링이 있는 걸 좋아하시더라고요. 그래서 한국분 많이 오시는 날에는 그런 종류로 미리 마련해놓는데, 다들 병째 비우고 돌아가세요. (웃음)

나 > 니혼슈에도 스파클링이 있는 건 처음 알았어요.

구와바라 > 요즘 점점 나오고 있어요. 드라이한 타입의 스파클링은 흔하지 않지만, 이 술은 드라이해요. 술은 보통 취하고 즐기다 웃으며 헤어지지만, 이곳에는 정말 다양한 사람들이 찾아오거든요. 저희는 딱히 SNS를 하고 있는 것도 아닌데, 어떻게든 찾아오세요. 구글밖에 나오지 않거든요. (웃음) 오늘도 이따가 러시아에서 손님이 오기로 했는데, 어떤 분인지 전혀 몰라요. 아마 건축 쪽에 있는 분 같은데, 그렇게 알 수 없는 인연들이 이곳에서 만들어지고 있는 걸 느껴요. 물 좀 가져다드릴게요.

나 > (투명한 유리잔에 담긴 물도 왠지 고즈넉하게 느껴졌다) 혹시 뭔가 좀 특별한 물인가요?

구와바라 > 딱히 다른 건 아닌데 '야와라기미즈(和らぎ水)'라고 불러요. 그냥 수돗물을 마셔도 상관없지만, 술과 같은 양의 물을 마시면 몸에 좋다고 하잖아요. 에도 시대에도 니혼슈에 록이 아닌, 물을 타서 희석해서 마셨다고 해요. 니혼슈는 40도에서 45도 정도가 가장 맛이 있고, 그 온도도 술에 따라 달라지기 때문에 작은 것 하나하나가 섬세해요. 호텔은 어디에 묵고 계세요?

나 > 고탄다 인근이에요. 잘 몰랐는데 위험한 동네라고 하더라고요.

구와바라 > 좋지 않은 이미지가 있어요. 그런데 그게 다가 아닌 게, 고탄다의 특징은 여러 요소가 섞여 있는, 정말 마구잡이로 뒤섞인 곳이라는 거예요. 예전에는 금융가였고 지금

은 IT 기업이 몰리고 있어요. 여기는 시부야랑 마찬가지로 언덕 지형이거든요. 그래서 실리콘밸리에 빗대서 '고탄다밸리'라고도 불려요. (웃음)

저는 다양한 요소를 가진 장소라는 건 매우 중요하다고 생각해요. 그 말은 그만큼 다양한 사람들이 모인다는 말이거든요. 그 안에서 무엇이 태어날지, 어떤 새로운 것이 생겨날지 모르는 일이고, 그런 의미에서 무언가 새로운 걸 시작할 때 매우 유용한 장소라고 생각해요.

저희도 100년 이상 소매업을 하고 있지만, 마을이 멋대로 변해간다면 그에 맞추어 살아가는 게 아닐까 싶어요. 비록 돈이 되지 않는다고 하더라도 여러 '이어짐' 같은 관계들을 소중히 생각해 살아간다면, 무언가 다이나믹하고 극적인 일들이 벌어지지 않을까요? (웃음) **그런 것들을 위한 갤러리, 술집 그렇게 문화 사업이 아닐까 생각해요.**

100년 노포의 네온빛 내일

100년이란 시간은 딱 떨어지는 숫자에 말하기는 쉽지만, 사실 그런 100번의 하루를 가늠하기란 쉽지가 않다. 술잔과 함께 그와 이야기를 나누던 사이 어느새 1/10 나절이 흘러버렸다. 구와바라

100년이란 시간은 딱 떨어지는 숫자에
말하기는 쉽지만, 사실 그런 100번의 하루를
가늠하기란 쉽지가 않다. 술잔과 함께 그와
이야기를 나누던 사이 어느새 1/10 나절이
흘러버렸다. 구와바라는 내게 러시아 손님을
함께 만나지 않겠냐고 물어왔는데 내게는
하필 다른 일정이 있었고, 산다는 건 때로
완성되지 않은 시간의 다음이기도 하다.

는 내게 러시아 손님을 함께 만나지 않겠냐고 물어왔는데 내게는 하필 다른 일정이 있었고, 산다는 건 때로 완성되지 않은 시간의 다음이기도 하다.

그는 술이 아트랑 참 닮았다고 수차례 이야기했고, 처음에는 다소 막연하던 이야기가 술 한 잔, 한 잔 사이에 매듭을 짓듯 이어지는 것처럼 느껴졌다. 술도 마셔봐야, 아트도 느껴봐야 내 것이 되고, 없어도 무방하지만 있으면 조금 즐거워지는 것. 그저 그만큼의 한 잔. 마지막 잔을 내려놓으며 남겨둔 질문을 꺼냈다.

나 > '구와바라 상점'의 100년이 남겨준 가장 큰 배움은 어떤 건가요?

구와바라 > 제가 하는 일이 여러 가지라서 '힘들지 않느냐'는 질문을 많이 받아요. 솔직히 물리적으로 꽤 힘들지만, 동시에 다른 일을 해도 하나의 사고회로로 생각하려고 해요. 예를 들면, 술도 팔고 예술제 일도 하고 강의도 하고 플래너로 일하기도 하는데, 모든 걸 사람과 사람을 이어주는 매니지먼트라 생각해요.

저희 할아버지는 친구가 정말 많으셨거든요. 고생도 하시고 힘든 시대도 버틸 수 있었던 건 항상 손님을 소중히 하는 마음, 한 사람 한 사람 소중하게 마주해왔던 시간 덕이라 생각해요. 오늘 오신다는 러시아 손님도 그렇고, 거기서 어떤 정보, 만남이 생겨날지 모르거든요. 이걸 저

희 회사에서는 '정보의 수집(仕入れ)'이라고도 해요. 구와바라 상점은 물건을 파는 곳이지만, 결국은 손님 한 사람 한 사람과의 관계의 시간이 지금을 만들어왔다고 생각해요. 얼굴이 보이는 관계의 소중함이랄까요. 대를 이어서, 지금 조부가 92세이신데 '건강하실 때 좀 더 가까이에서 배우자'라는 생각뿐이에요.

이 이야기는 왜인지 이번 여정의 마지막 다짐처럼 들려왔다. 할아버지가 건강하실 때, 내일이 오기 전에 그리고 오늘이 어제가 되기 전에. 그렇게 가장 친숙하고 가장 '지속 가능한' 다짐. 가게를 나오다 네온사인 불빛의 구와바라 상점 간판 '桑原商店'을 바라보며 '그의 얼굴을 기억하자'고, 불어오는 찬 바람에 다짐했다. 달콤하게 남아 있는, 아직 떠나지 않은 지난 저녁의 여흥. 이건 꼭 술 때문만은 아니다.

구와바라 고스케
桑原康介

○ **Profile**

1980년 '구와바라 상점' 4대로 도쿄에서 출생. 미술대학에서 디자인과 예술학을 전공했다. 졸업 후 '아트 프런트 갤러리'에서 퍼블릭 아트, 국제 예술제 등 아트 관련 기획, 운영 업무를 담당. 이후 NPO 단체의 경험을 계기로 지역 중심의 다양한 아트 사업을 진행했다. 2014년부터 가업을 이어 '구와바라 상점'과 'gallery to plus'의 운영을 시작했고, 2018년 겨울, 술집 창고를 개조해 구와바라 상점을 리뉴얼했다. 그와 함께 다수의 국제 아트 예술제를 기획 및 진행한다.

http://to-plus.jp

○ **취재 이후 이야기**

코로나19 이후 술자리는커녕 외출도 부담스러워졌지만, 랜선을 통해 이곳과 저곳에서 함께 술잔을 기울인다. 말 만드는 걸 참 좋아하는 일본에선 집에서 술을 마신다는 의미로 '이에노미(家飲み)'란 말도 생겨났다. 구와바라 상점은 아마도 타격이 가장 클 것도 같은데, 그곳의 '예정부조화', 그 다섯 자는 코로나19 이후의 내일을 상상하게 한다. 5월 11일 이후 구와바라 상점은 점내 이용을 제외한 판매만으로 영업을 이어가고 있고, 7월엔 마림바 주자 노기 아오키의 공연이 열리기도 했다. 노기는 "나가사카 조 씨가 작업한 곳이고 하나에서부터 열까지 아름다워서 감동했어요. 그래픽도 멋지고……"라고 자신의 트위터에 공연 소감을 적어놓았다. 사람의 발길이 뜸해진 그곳에, 술이 아트가 되는 내밀한 시간이 스며들고 있다.

outtro

도쿄와 장인과 우연에 대한 후일담

마지막으로 꺼내놓는 또 하나의 이야기

책을 출간하기로 하고 편집자와 카페에서 첫 회의를 하던 오후. 커피 두 잔이 놓인 테이블을 가운데 두고 이야기를 나누던 나는 문득 흘러가는 말로 "책 제목으로 '도쿄의 시간'이 어떨까요?"라고 이야기했다. 차가운 아메리카노를 홀짝이던 편집자는 별다른 답 없이 다른 이야기를 꺼냈는데, 아마도 맘에 들지 않았던 게 아닐까 싶다. 그 무렵의 난 격변하는 도시의 장인을 통해 도쿄의 시간을 이야기하고 싶었다. 그들이 살아가는 도쿄의 '시간'을 통해 우리의 영원한 과업에 조금은 다가갈 수 있지 않을까 내심 기대도 했다. 하지만 이러저런 우여곡절이 찾아오고, 빠르게 지나는 시절 속에 그런 생각들은 조금씩 잊혀진다.

이 책의 제목은 《도쿄의 시간 기록자들》이 되었다. '도쿄의 시간'은 아니지만, 내가 잊고 있던 문장이 지나간 시간 한편에 남아 있었다. 첫 회의 이후 거의 1년이 지나 최종 제목을 받아 보았을 때, 나는 어쩌다 한 바퀴를 돌아버린 계절과 재회하는 듯한 기분도 들었다. 차가운 커피 앞에서 긁적였던 제목의 흔적이 그곳에 아직 있었다. 혼자만 의미심장할지 모르지만, 어쩌다 20년 넘게 쓰고 있는 블로그를 보고 말을 걸어주신, 이제는 퇴사를 하신 고은주 부장님과의 만남부터 본 책의 제목이 《도쿄의 시간 기록자들》로 정해지기까지, 나에게 이런, 필연 같은 우연의 순간이 스쳐 갔다. 참고로 차가운 아메리카노를 마시던 편집자와 제목이 담긴 메일을 전해준 편집자는 동일 인물이 아니다.

산다는 건 어쩌면 이런 타이밍의 조우가 아닐까. 장인의 시간이란 세월 속에 흘려보내고 다시 재회하는 계절 같은 게 아닐까. 새로울 줄 알았던 밀레니얼 장인은 그저 성실하게 하루를 살아가는 평범한 사람들이었지만 그래서 새로웠고, 자기만의 리듬으로 매일을 살아가는 14인이 이야기하는 건 다름 아닌 '자신의 자리에서 할 수 있는 것들을 꾸준히 이뤄가는' '내가 나이기 위한' 결코 지루하지 않은 오늘이었다.

지난해, 한 해를 시작하며 내가 봤던 영화는 마츠이 다이고 감독의 〈너는, 너라서, 너다(君が君で君だ)〉(2018)이다. 오자키 유타카의 히트곡 〈내가 나이기 위해서(僕が僕であるために)〉를 모티브로 한 이 작품은 어딘가 지금 이 책, 14인 장인들의 주제가 같은 느낌도 든

다. 고바야시의 말대로 지난날의 작은 점(우연)이 하나의 선(필연)의 '오늘'을 만들고 있는지도 모르겠다. 지금 와 생각해보니, 이 책에 담긴 14명의 리얼한 현실 이야기가 마치 마법처럼도 느껴진다. 고바야시의 말을 다시 한번 빌려 와, 나와 도쿄와 너의 '커넥팅 도츠'.

또 한 번의 우연을 기다리며 10월의 늦은 오후, 차가운 아메리카노와 도쿄의 킷사뗑을 생각했다.

- 정재혁

도쿄의 시간 기록자들

초판 1쇄 인쇄일 2020년 10월 21일
초판 1쇄 발행일 2020년 11월 05일

지은이 정재혁
펴낸이 정은영
편집 이현진 김정은 정사라
마케팅 이재욱 최금순 오세미 김하은 김경록 천옥현
제작 홍동근

펴낸곳 꼼지락
출판등록 2001년 11월 28일 제2001-000259호
주소 04047 서울시 마포구 양화로6길 49
전화 편집부 (02)324-2347, 경영지원부 (02)325-6047
팩스 편집부 (02)324-2348, 경영지원부 (02)2648-1311
이메일 kkom@jamobook.com

ISBN 978-89-544-4529-0 (03810)

이 도서의 국립중앙도서관 출판시도서목록(CIP)은 서지정보유통지원시스템 홈페이지
(http://seoji.nl.go.kr)와 국가자료공동목록시스템(http://www.nl.go.kr/kolisnet)에서
이용하실 수 있습니다.(CIP제어번호: CIP2020042173)